WU TAICHANG JI
XIN RU LANGYUE

吴 泰 昌 集
心如朗月

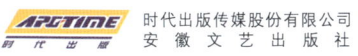

吴泰昌 ◎ 著

时代出版传媒股份有限公司
安徽文艺出版社

吴泰昌，安徽省马鞍山市当涂县人，1938年生。中国当代著名的散文家、文学评论家。1955年由当涂中学考入北京大学中文系，1964年北大研究生毕业后，长期从事文艺报刊编辑工作。1984年—1998年任《文艺报》副总编，第一副总编，编审，后为报社顾问，1992年起为享受国务院特殊津贴专家。1979年9月加入中国作家协会，现为中国作家协会名誉委员，兼任中国散文学会、冰心研究会名誉会长，中国报告文学学会顾问，《儿童文学》编委等。

　　现已出版散文、评论集30余部，代表作有《艺文轶话》《文苑随笔》《有星和无星的夜》《梦里沧桑》和近年陆续出版的吴泰昌亲历大家系列5种：《我亲历的巴金往事》《我认识的朱光潜》《我知道的冰心》《我了解的叶圣陶》《我认识的钱锺书》等。1983年出版的《艺文轶话》获中国作家协会主办的新时期全国优秀散文集奖。主编有《中国新文学大系(1976—2000)散文卷》等多种图书。

WU TAICHANG JI
XIN RU LANGYUE

心如朗月

吴泰昌集

吴泰昌◎著

时代出版传媒股份有限公司
安徽文艺出版社

图书在版编目（ＣＩＰ）数据

心如朗月/吴泰昌著.—合肥：安徽文艺出版社，2019.9
（吴泰昌集）
ISBN 978-7-5396-6346-3

Ⅰ.①心… Ⅱ.①吴… Ⅲ.①散文集－中国－当代 Ⅳ.①I267

中国版本图书馆CIP数据核字（2018）第091305号

出 版 人：段晓静
策　　划：朱寒冬　　　　　　统　　筹：宋潇婧
责任编辑：张星航　　　　　　装帧设计：张诚鑫

....

出版发行：时代出版传媒股份有限公司　www.press-mart.com
　　　　　安徽文艺出版社　　www.awpub.com
地　　址：合肥市翡翠路1118号　　邮政编码：230071
营 销 部：(0551)63533889
印　　制：安徽新华印刷股份有限公司　　(0551)65859551

....

开本：710×1010　1/16　印张：17　字数：300千字
版次：2019年9月第1版　2019年9月第1次印刷
定价：52.00元

....

（如发现印装质量问题，影响阅读，请与出版社联系调换）
版权所有，侵权必究

目录 MU LU

代序：试说吴泰昌和他的散文（严文井）/ 001

海棠花开 / 001

徽州道上 / 003

峨眉山人 / 006

异乡茶水 / 009

石头弹子的故事 / 011

愿这个片刻长久 / 016

乌木雕的情思 / 021

有星和无星的夜 / 025

红红的小辣椒 / 033

在香山没有红叶的日子里 / 037

三个和尚 / 040

咸鸭蛋和松花蛋 / 043

冰心："巴金这个人……" / 054

她钟爱带刺的玫瑰花 / 063

冰心与邓颖超相会在月季花丛中 / 066

月光会照亮路的 / 074

险闯大祸 / 087

梦的记忆 / 092

温暖的记忆 / 096

忘了时日的五天 / 099

文汇情谊 / 101

鲜鱼浓汤 / 103

燕园的黄昏 / 107

乐在浏览 / 111

致红场卖画女郎 / 113

关于《梦的记忆》的记忆 / 115

在意大利寻觅 / 117

我的戒烟 / 123

真情 / 127

我爱吃家乡的鱼 / 129

交往不该累 / 131

妙愿难成 / 133

失约的家宴 / 135

飘动的红叶 / 138

橄榄树下历险记 / 140

方寸之间 / 146

山城故事多 / 149

以水为金 / 152

似曾相识麦卡锡 / 156

我的睡眠 / 158

1999年之夏 / 162

得失之间 / 167

《朱光潜全集》落户家乡 / 170

周而复《上海的早晨》开笔于黄山 / 173

《长征画集》作者之谜 / 175

跋涉之路 / 178

李一氓常忆皖南 / 181

我的理发 / 184

迷人的爱河 / 186

同是绍兴酒 / 189

久久地伫立在郑成功遗像前 / 192

从首都剧场归来 / 194

定交无暮早 / 197

真情永难忘 / 201

巧遇 / 204

我的"咔嚓" / 207

京城看望 / 210

燕园老师的家 / 213

陪巴金的两次杭州之旅 / 216

沿着越地风情的线路行走 / 223

我的作家邻居 / 226

乡情走笔 / 230

沪上采撷小记 / 234

可敬可亲陆文夫 / 238

认真的叶至善大哥 / 244

圣火,也在这里传递 / 247

"的哥"的微笑 / 249

将书读活 / 250

曾向冰心贺寿 / 253

送别陈忠实 / 260

代序:试说吴泰昌和他的散文

严文井

泰昌的散文选集即将付梓,嘱我写几句话,我欣然答应下来。但一动笔,就有些踌躇了。如果议论学识,品味情思,衡量章句,泰昌是这方面的高手,近乎权威,我不敢班门弄斧,也不宜冒昧陈辞。怎么办呢?

可是想起泰昌这个人,我的思路又活了。我不但有话可说,而且很想说一说。

不是有"文如其人"这么一句现成话吗?这四个字的确包含了一定道理。那么,我就先谈谈我所知道的泰昌这个人吧,这样做也许有助于对泰昌散文的理解。当然,我不可能用这种办法来触及泰昌为文的根本,这一点我是有自知之明的。

认识泰昌,不觉已是二十年了。最初,他给我的印象是:一个未来的学者,文质彬彬,眉目清秀。他是北京大学中文系的高才生,严格筛选后留校的研究生。1958年他就负责了一部中国文学史的部分编写工作。这件事很有分量,至少在我这个没有学问的人的心里是这样的。当年,我一看见那个小伙子,首先就想起那部厚厚的书,不禁有些肃然起敬。不管那部书到底怎样,反正我是写不出来的。说泰昌在步入文坛之前,在学术上已经结结实实打了基础,大概不算过分。

1964年,《文艺报》为了充实编辑部,物色接班人,从全国名牌大学里,百里挑一,甚或是千里挑一地挑出十来个"尖子",泰昌就是其中的一个。这个编辑部和学府不同,日常所涉及的很多都不是学术问题,一个啃惯书本的青年进入这个新天地之后的心情想必很复杂,关于这一点,我没有问过泰昌,不能代他说。我只知道,那是一个严峻的考验人的所在,而且正值一个严峻的考验人的年代。紧跟着就是那个确实是"空前",但愿它真"绝后"的"十年"。泰昌和我们这些老头一样,反反复复经历了坎坎坷坷,只是有些时候因地位不同而具体感受会有差异。我想,在那样奇特的苦难中煎熬,敏感而又没有经验的年轻人比老年人可能更难受一些。我知道泰昌在这一段时间里的一些侧面,我不想加以描写。我只说一句,我看见他在逐渐走向成熟。

以后我"有幸"和泰昌等一起参加了流放队伍,被逐出京门而"荣升""干校"。在湖北咸宁那个不知道何年何月才能离开的沼泽地里,我和泰昌之间有了较多的个人交往。我从这个落泊的书生身上找到了一股灵气。他有些不拘小节,可是并不吊儿郎当。不管处境如何,他总是乐呵呵的,既不垂头丧气,也不剑拔弩张,这在一般人很不容易做到。我从他那有些淘气、有些诡谲的微笑里看到尚未写出的散文,他在思考,他在逐渐超脱。我想,也许就是这股灵气帮助了他,使他在钻研学术时不做学究,在驾驭文字时不落俗套,在困难时不灰心丧气,在顺利时不得意忘形。

我不能说已经懂得了泰昌的气质,我只能根据直觉强调他是一个重情感的人。可是"重情感"三个字又能说明什么呢?每一种情感都是复杂的,人更复杂。我注意到泰昌那经常的活泼洒脱,也看到他在困惑中偶尔显出的木讷。我时常听见他的笑声,也偶尔看到过他实在无法抑制的眼泪。他有矛盾。

大概他的故乡对他最初的塑造起了不小的作用。江南的水给他以灵敏,山丘的土给他以朴实。别看那一副文弱书生的外貌,当他挑着一百多斤稻秧在田埂上小跑时,那个轻灵利落劲儿,谁看见了都会说他是农民的儿子。他又洋又土,又土又洋。他能鉴赏微妙,也能咽下粗粝。

泰昌重情感，还表现在不忘故旧上。他时常向我叙说他的一些恩师和那些送给他阳光雨露的前辈，他尊敬他们，怀念他们，话语里充满了感激之情。对待长辈，对待师表，泰昌身上很保留了点中国古风。

诚挚和灵气、朴实和洒脱、理智和热情、知识和禀赋，这种不同的东西，结合在泰昌身上，便形成了泰昌为人的特色。

再看泰昌的散文，不正具备了以上这些特色吗？泰昌正在走着自己独特的路。我以为，继续走下去，写出更多这样独具一格的文章，终将使泰昌自成一家，这是完全可以预期的。只有多一些写法，多一些路子，多一些不同的"家"，散文这一门艺术在中国才会重新发达起来。

谨说如上。

1984 年 12 月 10 日

海棠花开

我每天上班,骑自行车快行半小时。我常跑的一条道,心中的一条自然线,是从叶圣陶老先生住的那条僻静的胡同里穿过。有些日子,我就利用上班或下班的间隙,踏进叶老家那座古老的四合院,直奔后进。先见到叶老的长子叶至善,每次总能得到一杯新沏的热茶。主人说明,茶叶是家乡捎来的,颜色碧绿,像我从小喝惯的那样。常有的情况是,正当我们攀谈得情意浓厚时,叶老听到了客堂里的谈话声,便慢步从西耳房的卧室里踱了出来,右耳戴着助听器,或者站在一旁听,或是参加谈论。所以这几年,我常有机会受到这位八旬老人富有哲理的教诲以及在写作编辑工作方面的精辟的指点。叶老的谈话耐人咀嚼而又风趣横生。他那洪亮的声音,他那十分浓重的银白色的须眉,常常引起我奇怪的联想:在学生时代读叶老的作品,我那时就想象过作者应该是这样恳切的一位老人。作家用蘸着自己的情感的色彩的笔,将读者带到艺术的天地中去。而读者在读作品时,往往通过自己对作品的理解来认识作家,在内心塑造作家本人的形象。也许这就是通常所说的作家与读者之间的心灵的沟通吧!

北方的春天到得晚,要四月才真的暖和起来。这是老年人做户外活动的好季节,叶老也开始在自家的院子里散步。院子东北角上的那棵有了年头的海棠树发绿了,开花了。八年前,叶老与四位幼年时代的朋友约定,每年4月

19 日在家里小聚，观赏盛开的海棠花。这四位老友是王伯祥、章元善、顾颉刚、俞平伯。王、顾两位已经作古了，去年在海棠花下聚会只剩了三老。近几年来，不少老朋友相继去世，叶老固然怀念他们，但是对于这自然的规律，他并不忌讳。有人祝贺他长寿，说他一定能活到一百岁。他总是笑着说："今后的事情，我没法谦虚，只好看吧。"可是我总有这样一个愿望，能够年复一年，看到叶老的白于霜雪的须眉，与一丛丛光彩烨烨的海棠花叠印在一起，我也能够年复一年，坐在叶老跟前，静听他的教诲。

以前春节家人要团聚，亲友要往来，因为过完节，为了各谋生计，许多人又要四处奔波。叶老说，过去，十七八岁的人就要挑起生活的重担。他自己就因为家境贫寒，中学毕业后无法升学，1912 年春节过后就当小学教员了。数年后，又是过完春节，他和吴宾若、王伯祥一同搭乘航船去苏州乡下古镇甪直的一所小学任教。从 1912 年到 1982 年，整整七十年。常言道，人生七十古来稀，而叶老从事教育事业就经历了整整七十年，这在我国的教育史上是很少有的。

1982 年 2 月

徽州道上

傍晚必须赶到屯溪。主人刚沏的新茶喝了二道,还那么青绿,就不得不停杯启程了。皖南晴雨不定,早上还是大晴天,这会儿变脸,下起雨来。离开家乡近三十年了,北方的干燥却不曾使我忘掉家乡雨丝的记忆。中学时,每当春秋远足郊游,最怕的就是阴雨天,晚上睡觉也不踏实,担心屋檐的滴答声。那时我尚未尝过失眠的滋味,一觉睡到天亮,心里有事,四五更时会自然醒来,揉着惺忪的眼睛到天井里去仰望太空。多少次登太白楼、爬翠螺山的兴致,被这讨厌的雨丝抹掉了。

早起听广播,说江面有六七级大风。多年不曾有过的怕雨的心情又潜上心头。昨天与那沙同志约好,上午他从合肥到芜湖,我跟他的车一道去屯溪,我们要参加的座谈会明天开始。这么大的风,轮渡能照常开吗?二十年前有次我从裕溪口过江,赶上大风,轮渡停摆,只好伫立江边,眼望长江浪涛中点点风帆颠簸远去,恨不得一脚跨过江南,去亲吻那令人依恋的青山绿水。现在可不同了。这点风算什么?十时半那沙同志准时过江了。我们从芜湖出发时,漫天的急雨突然住脚,天空明亮起来,将这座江城涤净一新。

我平日自称是皖南人,不说黄山,连皖南山区还未去过。那沙同志是广东人,在安徽工作多年,皖南山道跑熟了。沿途稍大一点的集镇,多半能说出它们的名字,有时还能长长短短谈些有关的风俗人情的趣话。

中午到了宣城,李白的足迹遍布这里,光凭这点,就使这座古城遐迩闻名。友人请我们尝新,泡了本地出产的"敬亭绿雪"。据说,这茶近年很为中外茶客称道,颇有与皖南名茶太平猴魁、黄山毛峰争势的劲头。我从小随大人养成喝茶的习惯,现在每天至少要换两杯。说实话,无非是驴饮,哪里知道喝茶还有许多讲究,什么粗茶细喝,细茶粗喝,好茶的水冲出来是清的,次茶的水冲出来是浑的。我端起自带的茶杯(玻璃罐头瓶),茶水明净,透过浮动的新芽嫩叶,能清晰地看到坐在我对面的一位老人。他是我三十年前的语文教师,现在这里的一所中学教书。

这是我今天在途中最意外的收获了。年岁渐渐增大,有时出其不意地在他乡会遇上故人,交谈几句,情感也会被少年往事所牵动。今天不一样。他是熏陶我爱好文学的启蒙老师。1954年大水退潮之后,他被调到江北工作,远行时,我们一群十六七岁的伙伴,曾在两岸葱绿的长堤上送别他。1957年他因发表一篇文章遭受厄运多年,曾被放逐泾县老家务农,据说自学行医,成了附近一带有名气的郎中。前两年才彻底平反,重返教育岗位。我细细端详他,虽然苍老了,却依旧那么干瘦,有精神;当谈起他的近况时,他习惯地做了一个为我异常熟悉的手势,说:现在还好。"还好",那就好了。至于其他原该探问的一切,我都不敢去触动它。我尊敬地递给他一支香烟,他随手接过,我划亮了火柴……

在我的记忆里,他是吸烟的,烟瘾还不小呢!解放初期流行一种简装硬盒烟,一盒五十支,没有牌子,比较便宜。他的书桌上常常摊开了这样的盒子烟。有次他为北京一家杂志写稿,大概是写《钢铁是怎样炼成的》书评吧,见我进门,放下笔,习惯地伸手摸烟,才发觉烟抽完了。我连走带跑替他上街买了几盒回来。此情此景,还在眼前。现在,我见他吸烟的神态还是老样,情不自禁地微笑了。他见我点烟,也笑着说:"你头发虽白了几根,样子没大变,在街上能认出。"我问起当年一些老师,他说多年没联系了,听说多半在皖南各县。

停留短促,我们又继续赶路了。雨越下越大,夹有冰雹,汽车以一小时八九十公里的速度疾驶在弯弯曲曲的公路上。目的地快到了,远近星散着黑瓦白墙的小楼房。我突然意识到,我们正行进在徽州古道上。

1982 年 7 月

峨 眉 山 人

10月的峨眉,像一壶鼎沸多时的开水突然冷息下来。炎夏盛暑过去了,秋意袭来。在阴雨蒙蒙的日子里,我们来到峨眉山脚下,抬头望去,似云,似雾,似烟,似气,模糊一片。这是个容易挑人思绪、引人遐想的所在。

同行的是一群中青年作家,有的熟悉,有的初识。平日读他们的作品,脑子里活跃着一连串人物,留存着一个又一个悬念。我读作品有点积习,总爱用自己的想象去联结作者和作品,有意给自己造就一种扑朔迷离的感觉。有人说,欣赏文学作品就得有点模糊感。

我们兴致勃勃地爬行在崎岖陡峭的山道上。沿途说笑,不时住脚眺望远近的山景,偶尔从山的这边或那边,传来寺庙的钟声。走着,走着,望着同行的伙伴,我会禁不住失声笑起来。一身江南老农装束、脚着草鞋的高晓声,使人莫名其妙地想起他的那个"陈奂生"。一米九个头的冯骥才,伫立在空荡的山谷里,不由得使人想到他的那篇关于高个子的女人和矮个子男人的近作,他才是高个子呢,还说别人!

这些只是眼前即兴收集起来的一些印象。而峨眉山在我的心里,却从来就是一个神秘的仙境。我用童年稚嫩的幻想去想象她,几十年后,当我第一次不远千里来到她的身边,我又渴求从她那里充实、丰富我童年的想象。我的家乡属于长江下游平原,没有高山峻岭,离城五里有座凌云山,李白的诗中好像提到过。每当春秋假日,少年好友,少不了结伴冶游。每次我们下山,都能遇见满载而归的樵夫,迈着稳健轻快的步子,哼着当地的山歌,松涛的呼啸声常常使人听不清他们在哼些什么。

我想拾起童年的记忆,在上山的路上寻找樵夫。失望,失望,两天中没有遇见一个,不,遇见了,不止一个,但不是樵夫,是背夫,背的不是柴,是煤;不是满载下山,而是负重上山,一步,一步。

我是个意志薄弱者,没有勇气爬上三千多米的顶峰——金顶,到一千多米时,就同几位年老体弱者止步了,正是夕阳西下的时候。从洪椿坪向上,是一路险途,能见到戏人甚至恶作剧的猴子。我和两位同伴,向前走一段,去迎接将要从金顶胜利归返的伙伴,心想说不定还能见到逗乐的猴子,在成都时为猴子准备的食物还不曾打发,一直放在手提包里。渐渐听到了脚步声。走近了,才知道不是我们的伙伴,是两个背空篓筐的汉子,他们步履稳健轻快,使人想起家乡的樵夫。在洪椿坪庙子大门口,他们停下来小憩。一个年近六十,一个五十,额角都沁满着汗珠。他们是山下的社员,每天背一百三十斤煤上金顶,早出晚归,风雨无阻,往返多年了。他们开玩笑说,几代猴子都认识他们了,从不打扰他们,向他们讨食。望着他们悠然抽烟的神情、健壮的气色,我脱口问道:每天这样上下,不累吗? 那位年纪大的漫不经心地说:习惯了,跑熟了;另一位补充说:山上天天要烧煤。当他们启程下山时,暮色降临了。

晚上,我们这些从山顶下来的和从山下上来的全会聚在庙子里,没有一个不感到疲劳。我们用热水烫脚,美美地躺在洁净的客房里休息,回想。

我在未上山之前,甚至在北京,就听去过峨眉山的人说,山上用水,尤其是热水很不方便。但此行我们住过的几处,食用水都方便,因为山上有成堆的煤,有一个一个老年、中年、青年的背煤人。

次日清晨下山,将近十时来到一线天,这是峨眉山中风景极秀丽奇特的地方,瀑布直泻而下,山涧泉水汩汩,两岸险峰不绝,游人无不在此停脚观赏。

心如朗月 | 007

我不由得拿起自带的比俗称"傻瓜"略好的相机,当我对准镜头,反复寻找角度时,从远处山下,稳健轻快地上来三个人,近了才知道,打头的两个,就是昨天傍晚分手的背夫,还是背的煤,多了一个年轻的,一点没少背。他们停步,用手棍支撑背篓,问我们累不累。我反问他们累不累,怎么这么早又上山。他们说:睡一觉就缓过来了,天凉了,山上要储备煤过冬。说罢,又拾级而上。我突然强烈地感到,他们才是这如画风景里的主人,我猛然拿起相机,顾不得对焦距,将他们的背影摄下。

前些天报载,上峨眉山的汽车正式通了,早上从峨眉县出发,到洗象池,走七八里地上金顶,下午返回。过去上金顶要爬两三天。真是现代化建设的好处,使更多中外游客,尤其是年老体弱者能有幸攀上祖国名山峨眉山的顶峰。我下决心,再去,一定要上金顶,看佛光。不过这样,也许见不到那负重而行的背煤人,那令人怀念、崇敬的峨眉山人啊,哪怕是见见他们模糊的背影也是好的!

1982 年 11 月

异 乡 茶 水

我们将去的是热带非洲。非洲人不习惯喝开水,一杯饮料就对付过去了。这可难坏了我。别说不喝开水,早起不喝茶,什么事干起来也觉着不顺手。平日上班第一件事,就是惦记从五楼下去打开水,沏茶。一天的工作就这样开始了。去过东非的朋友告诉我,那里热得出奇,光喝饮料不解渴,最好自带一个"热得快"去,在旅馆里自己煮开水喝。我辗转借到一个,可惜电压不对,临上飞机时只好怅怅地将它从手提包中取出。听天由命吧!习惯总是可以改变的,环境总是可以慢慢适应的,好在不就那么半个月。快上飞机前,我一杯接一杯地喝茶。这时,我望着书橱里存放的那只陶瓷烧的牛,真想自己也成为一只牛(我可属牛),有一个牛那样大的反刍的胃,将茶水大量贮存起来。

中国民航的空中小姐不断送来饮料:可口可乐,橘子水,咖啡,矿泉水,偶有红茶;红茶虽不比绿茶爱喝,但过了卡拉奇,明显感到热起来,未来的热更可想象,我从空中小姐那里要了许多杯红茶。

到达坦桑尼亚首都达累斯萨拉姆①,已是下午,正是烈焰西照之时。我们同行三人旅途一路没有什么不适的感觉。走出机舱,同行的林斤澜同志突然

---

① 现首都为多多玛。

感到一股热浪袭来,有短暂的头晕感觉。在机场贵宾室,前来迎接我们的坦方政府高级新闻官和我驻坦桑使馆文化参赞唐洪同志与我们商谈访问日程,约有一小时。我虽没有头晕感觉,但口干唇裂,急想喝开水。我猛然想起昨夜从家里走时,刚沏的那杯茶,才只喝了一道,如果现在手边该多美!

我们居住的新非洲饭店,是一家相当讲究的旅馆。每套房间都带卫生间,唯一不足的是,空调坏了,又无电风扇,闷热异常。我放下自带的物件,早已满头大汗,正在寻觅解渴的饮料,使馆文化处小蔡、小周抱来了三个国产的暖水瓶,瓶里灌好了开水,并且拿来福建茉莉花茶,同时还带来一个"热得快"。长途夜航生活,加上时差和气温的变化,让我疲乏至极。窗外是陌生的景物,陌生的行人,连行车的左右次序也迥异,一切都新鲜异样。但坦桑人民的情谊,我使馆亲人的关怀,使我很快安静下来。我拉开凉台的那窗门,印度洋的海风徐徐吹来,天空飘来朵朵白云,一天一暴的阵雨快来临了,顿觉凉爽舒适,我用暖瓶里的开水(坦桑尼亚的水!)泡了一杯茶,悠然地观赏起东非名城——达市黄昏的景色。

1982 年 12 月 12 日

石头弹子的故事

自我的孩子小喆长到四五岁,开始与左邻右舍的孩童结伴玩耍起,不知从哪里来的聪明,学会了许多男孩子流行的玩耍法,就说打扑克,也有他们的打法。今年上小学以来,兴趣又转到拍洋画上。以前每次我出差,他要我带好吃的。现在唯一要求是多带些洋画片,最好是有关三国故事的。我在上海、天津的几位好友,知道了孩子的这种兴趣,竟也帮着代找代寄。每当我下班回家,孩子开门头句话就问:"爸爸,小吴叔叔寄给我的画片收到了吗?"看着他那股急切的认真劲儿,猜想十之八九又输了。人大了,视孩童的情趣,有时抿嘴可笑。但谁又不是从这幼稚可笑的孩童时期走过来的呢?谁没有过着迷于某种游戏,梦里也惦念着输赢的乐趣?我小时玩过铜板(现在的孩子们绝少见过),清朝使用的硬币,虽是数九寒天,晚上睡觉身子蜷缩成一团,也将这些生冷的东西带进被窝里,生怕到手的丢失了,捏在手心里睡觉踏实,仿佛一觉醒来两个会变成三个、四个……人到中年,有时想想自己,对孩子的一点业余爱好,也就不那么责怪了。但最近,我却动了想干预的念头。天气冷,见他一双小手红肿得皮都皴了,这是往年没有的。孩子妈怕这样下去,心玩野了,要影响功课。有一次竟破天荒地对着孩子和我发起火来,说以后不准家里再有洋画了,不知是说不准孩子玩了,还是不准我这个爸爸再帮他采购了呢?

这次我去东非访问,七岁的孩子懂事,知道爸爸远行,他的心似乎也重起来,反倒没提过要我带东西的事。但我却牢牢惦记着。我走入海关检查的通道时,回头见他摆着小手,我就下狠心,一定为他找到好礼物,让他一见到就高兴。我算准了回来的日子恰巧是个星期日。

到那个陌生的地方去,能为孩子带回什么合适的礼物呢?我在飞机上就盘算起来。虽然听说非洲盛产水果,但海关不让进;皮货,真正的动物皮件,比如上学背的书包,听说价值昂贵,而我手上的钱是有数的一点。不管怎样,我得设法替儿子带件好礼品。虽然不指望能引起他的强烈兴趣,以致转移他对洋画的迷恋,但至少可以使他粗略知道,世界这么大,孩子们感兴趣的,岂止是洋画。

我就带着这心愿,漫步在坦桑尼亚首都繁华的大街上。商店的橱窗里陈列着各色高级自动玩具和精细制作的工艺玩具,价码之高使我不敢问津。在达累斯萨拉姆市工艺美术工厂,我兴致勃勃地参观了乌木雕生产车间之后,来到一间小木板房,只见两个青年人正在用半自动的工具琢磨一块块花色石头,我还没来得及思索是在加工什么,桌面上木盆里一颗颗滚动的圆珠,突然使我惊奇,惊奇得使我激动、兴奋起来!

啊,这不是石头弹子!

我顾不得请翻译去问主人这小东西在坦桑叫什么,就自言自语地叫起来:石头弹子,石头弹子!

多么亲切熟悉的圆球,我童年时代的伴侣。

现在北京的孩子也玩弹子,我的孩子也玩过,但那是玻璃做的,不贵,好买。用彩石磨制的弹球别说他们,就连大人也多年不见了。想不到在这座印度洋之滨的东非名城见到石头弹子,那一颗颗色彩不一、光泽耀眼的小球,在滚动,在辉映,使我的记忆思绪也跟着滚动起来,辉映起来。

我的童年不是在异邦而是在异乡度过的。我落地的那年,抗日的烽火就燃烧到我的家乡。母亲带着哥哥和我,逆长江而上,来到南昌。母亲在江西抗战第一儿童保育院教书,我就成了院童了。这里有数百名大小不一的少年儿童,大多是孤儿,或因战争与父母一时失去联系。赣江,那文静、清澈的赣江,那一排排竹筏,缓慢地顺江而下或溯江而上,好像运走了我们稚嫩的年华。后来我们落户到了井冈山一带。生活是艰苦的、颠簸的,但那一带的崇山峻岭给我们带来过无穷的欢乐,这些美好的记忆至今仍珍藏在我的心底。挖竹笋,采野果,不光是玩,也是为改善油水缺少的伙食。谁要是能得到一小包,哪怕一二十粒花生,那就美极了。比我们大的孩子,小学毕业后,陆续进了当地的初中。他们是大哥大姐,比我们能干,挑粪、种菜、养猪,还不时从附近山岩捡回斑斓的彩石。先是展览这些彩石,相互比美,渐渐地他们学会了用手将各种彩石磨成圆球。我们年小,不会磨,只好蹲在一边看他们磨,有时一蹲几个小时,眼看一块石头变成一个圆球。手被磨破了,鲜血欲滴,圆球大凡都有鲜红的一块。我们那时愿意用天上的彩虹来比喻,希望圆球上能印下彩虹。将石头磨成弹丸,可讲究手艺,不高明的,往往磨成鸭蛋式的椭圆形;手巧的,首先会选石,会去留,不仅磨得圆溜溜的,而且斑彩鲜明突出。我们将这些石头弹子按其花纹起了许多名字,每年院里要作为工艺劳作展出,年假期间又是大人孩子们一项重要的玩耍活动。特别好的,浸入菜油里泡,拿出来就越发有光泽。我们一群小鬼,自己做不了,只好向大哥大姐们乞讨。一般得到的,均是他们不甚满意的,也有例外,新年、作为礼物得到的,都是上好的佳品。我们那时不会用它来赌输赢,只是积攒着:今天又多了一个什么名的,晚上睡觉前,连同原有的一起数一遍。自己慢慢大了,拾起哥哥们扔下的废料,也学着磨,小手往往被磨得鲜血直滴。哥哥们见我们磨得不圆不光滑,帮着加工,只几下,也就成了一颗不错的石丸子。这是自己劳动所得,格外心爱,给它起上名字,弄点菜油泡上,一天天多起来,用一个不算太小的铁盒装着。

1945年秋天,日本鬼子投降的消息传到永丰县城,我那时七岁了,晚上突然听到街上鞭炮声四起,接着我们院里敲打面盆声也响起来,我早已脱衣上床,急忙起身,跟着大哥哥大姐姐们拥向街头。只见那狭窄的街心挤满了人,平日早是打烊的时刻,店门仍开着,汽灯一盏一盏亮起来。激动的人群从四面八方流向街心,有的振臂高呼口号。我记得,卖芝麻杠子糖的商铺,拿出了一堆糖,免费招待。人们为抗战胜利狂欢,尤其对我们这些来自他乡的孩童,还意味着不久将会回到家乡,会见亲人,情绪更为激烈。不少大哥哥将自己收藏多年的精致的石头弹子拿出来送给不相识的行人,我高兴得不知怎么好,也情不自禁地将口袋里的七八颗石丸撒向街心……

不久,我们保育院沿赣江经吉安回到南昌。我也似乎长大了。一个多月的木筏生活,使我更清晰地观看了美丽的赣江和两岸哺育我童年的土地。10月,我跟华芳姐从南昌搭乘一只运载夏布去南京的木船回安徽当涂老家。行前,那些亲眼看我长大的哥哥姐姐和我的那群小伙伴,送了我不下100粒好弹子,他们还特地给我找到一个陈旧的铁皮糖桶,泡上菜油,叫我带回家,留作纪念。我虽然还是孩子,但经历多年磨难,也渐渐懂事了,我心疼这些弹子,珍惜这些弹子,这融注了多少儿时美妙梦想的弹子。我坐在船头,经常打开铁桶,饱看这些浸在菜油中的色彩鲜艳斑斓的石丸,天空四周的景色也没有那么赏心悦目。

半月后,我们进入安徽境内。大人说,远远见到的迎江塔就是安庆了。父亲前些年在家乡病逝,母亲留下了我匆匆赶回,哥哥也上学在外。眼下木船的移动,使我的心愈来愈贴近亲人,我兴奋。谁知,快到江边时,风浪大作,这只船本是破旧的,临行时稍加修缮,但由于船主贪财,装载过重,经不起风浪的拍击,船底漏水,眼见船在下沉,好不容易待江边小船来搭救,船身已大半淹没了,船上的人被一一救出,衣物全部抢救不及。船主坐在江边号啕大哭,为他即将到手的巨额金钱。我也坐在江边哭泣,为失落我那一铁桶心爱的石头弹子……

回到家乡,母亲在乡村小学教书,我随她上小学。解放后,进初中、高中、大学。我说不上是顽皮的学生,但我也有不少业余爱好,我曾是一个捉蟋蟀的好手。不过兴头再大,也赶不上童年时对石头弹子的迷恋了。

时代不同了,世界又东南西北这么大,地球两半的人都会制作这种玩具,真有意思。在达累斯萨拉姆市工艺美术工厂车间见到石头弹子后,我便决心买几颗给孩子带回去,他准喜欢。后天我们将离开这里,去埃塞俄比亚首都亚的斯亚贝巴。明天是星期天,从今天下午起商店停业,市面显得格外拥挤。我走进工艺美术工厂门市部,看见一个精致的乌木雕盒,内装 10 颗石丸,标价贵得出奇。我突然想起,这里是市场,不是童年浪迹的村落,这里的石丸是欧洲人喜爱收藏的坦桑高级工艺品,不是孩子可以随意玩耍的。看来,回去后我只好将我记忆中的有关石头弹子的故事告诉我的儿子,权当一份礼品,希望他高兴地听。

1983 年 2 月 15 日

愿这个片刻长久

这个题目埋在心底不止一年了。只要稍稍安静下来，打开台灯，我就萌动着将它写出来的欲望。

这些年，由于工作关系，有机会和一些素来尊敬的老作家接触。人是有感情的，交往多了，自然增进了友谊。和他们的交谈渐渐深入了，不仅能听到风趣、富有见解的谈话，而且能触摸到他们的性格，体验到他们情感的变化。一般人都以为老年人的心情是平静的，其实和青年人一样，有时也极不平静，只不过表现得更为深沉细腻罢了。

下面想告诉读者的，是曾牵动我感情的几个生活片断。

前年春末，一天下午，我在上海巴金同志寓所客厅里，听他谈阅读近年来一些中篇小说的意见。首届全国优秀中篇小说评奖会议正在进行，巴老是这个评委会的主任。虽然他太忙，精力有限，还是看了不少作品。我一边听，一边在记。突然电话铃响了，巴老的女儿小林去接电话，当她啊地失声叫出"茅公"时，巴老匆忙从沙发上站起，慌乱地披了件上衣，急促地走过去，只听他用浓重的四川口音吃力地说："我很吃惊，我很难受，他是我尊敬的老师，几十年如此……"他缓缓地放下了话机，站了一会儿，独自走出客厅，到庭园中去。那天本是个阴天，由于巴老情绪的突然低沉，客厅的气氛整个都变了。巴老接电话时,我忽然拿起了身边自带的"傻瓜"照相机,抢摄下了巴老接电话的镜头。可惜,只照到侧影。我不遗憾,就我的摄影技术,是决计不可能将巴老当时的真情保存下来的。一两天后,巴老为《文艺报》赶写了悼念茅公的文章,按早先计划好的日程去杭州了。在杭州约十天,因等候赴京参加茅公追悼会的通知,加上连绵的蒙蒙细雨,使此行蒙上了一层阴郁的气氛。那些天,巴老常常一人坐在旅馆里,有时站在阳台上,沉思,眺望。

去年6月10日上午,接到冰心电话,详细询问巴老的近况。我因去皖南屯溪参加《诗刊》举办的抒情诗座谈会,返回时在沪停留了两天。我有点纳闷,冰心的女儿吴青也刚从上海回来,巴老的近况她比我了解得多。听了冰心电话中一连串的询问,我才明白,大概情况她是知道,她想了解得更细致具体些。比如她问,巴金给人送书还是自己包扎写地址吗?他是不是常常一人坐着,是身体不好,还是在想什么?他们家的取暖设备是否得到改善?他从楼上书房下来有没有人扶着?……她说:巴金本人没有什么要求,所以别人总以为他很满意。一位多病的八旬老人对另一位八旬老友了解如此深切,关心如此入微,实在使人感动、惭愧。

前年冬天,叶老有次在室内站着,凝思窗外。不知是外面刮的风,还是漫天飞舞的雪花,扰动了老人的心绪,他忽然想到了春天。他对身边的长子至善说:开春去北大看看孟实(朱光潜),喝杯老酒!至善微笑着应和。他懂得老人的心思。他补充说:还有王先生。

朱先生得知这个消息,兴奋得有点激动。他们是有半个世纪交谊的老友了,新中国成立后,虽同在一个城市,有些场合也不时见面点头,但像五十年前在立达学园时围炉饮酒开怀畅谈的机会却没有过。都是近九十的人了,又忙,聚会一次也难得。朱先生打听叶老平日喝什么酒,牙齿怎样;叶老也打听朱先生是不是还只喝白酒、白兰地,他们家阿姨会不会做菜,他说自家的阿姨做的酱鸭既香甜又烂糊,朱先生准爱吃。

冬天到春天,有多少个白天和黑夜。老年人心里有事总放不下,他们相互在急切地期待着。

老人的福气好,约定的日子,没有一点风,日头暖暖的。我下午一时半骑车到叶老家,叶老已衣履整齐端端正正地坐在客堂的沙发上。至善说,叶老从早上起就惦记这事。车开后,叶老招呼,先去王力先生家看看。由于同是语言学家,叶老与王力先生见面机会略多,但也多年没有这样走动了。王先生与朱先生同住在北大燕南园,相隔几座小楼。二时半左右,到王先生家。至善搀扶叶老悄悄推门进去,怕影响王先生午休,岂知王先生早已伏案工作,人走近了,听到了轻轻的脚步声,王先生才站起来,背转身猛见是叶老,高兴得差点拥抱起来。他们很快用苏州话攀谈。王先生扶着叶老到客厅坐下。叶老是苏州人,王先生是广西人,但王师母是苏州人。王先生深知语言在交流情感上的作用,挑选了叶老的家乡话,气氛顿时使人感觉格外亲切。王先生见叶老身体这般硬棒,说话气足,高兴地说,我比你小,该我去看你。叶老说,你比我小多少?我们都是上了年纪的人,住得又远,难得有机会走动。他们在叙家常,相互叮嘱。叶老问,王先生记性好吗?王先生说记得清楚。叶老说:那就好。王先生上午刚在北京市语言学会年会上讲话。他叫苦,社会上来找他当顾问的事多。叶老说,他也是这样,但年岁不饶人,当了顾问不能只挂名,真干,哪有那么多精力?他们说今后尽量少参加这类活动。王先生客厅里挂了几位名人的字幅。叶老边看,边问,谈起熟悉的友人:梁启超,郭沫若,容庚。王先生说有人编了一本语言学论文集,想请叶老题签。叶老与他商量:现在手抖,字写不好,算了,不写了吧!王先生说:也好。王师母从外面回来,为叶老准备了点心。叶老在这里坐了约一小时,他站起来说去看看孟实,王先生说我送你去,叶老说,不用了,车子能找到。王先生就在门口台阶上止步了。当车子转出,上了路,从树隙里见王先生还站在那里,我刚一转头,又见朱师母在马路上招手。车子停下,叶老未及下车,朱师母就对我说:朱先生等急了,怕路上出事。约好两点出城,这会儿快四点了,朱先生叫我打电话给你,你不在,又打给《光明日报》才问到叶老家电话,满子接的,说你们两点就出来了。后来见王先生家门口有车子,估计你们先去王先生家了。说着说着,朱先生从王先生家那边连走带跑地过来了。他穿一身旧蓝布制服,一双旧布鞋很显眼。一见叶老,老远伸出手,与叶老紧握。分不清他俩谁扶谁,一起到客厅。他们很快谈起立达学园时的生活。恰巧今天《人民日报》发表了叶老纪念夏丏尊先生的一篇短文,他们顺此谈起了一些故友。叶老得知朱先生正在校阅新译的《新科学》一书,劝他多休息,少做事。朱先生兴致勃勃地向叶老介绍自己每天的活动表:晨七时前到未名湖一带散步,约一小时,早饭后工作;下午看书报或接待来访,五时散步,三刻钟,回来晚饭。晚上看看电视,不工作。至善说,朱先生的生活、工作一向有规律,老习惯,抗战在重庆时条件那么乱也生活有序,像钟摆一样。朱先生发现我随身带了相机,叫我替他们拍照。叶老说,我和孟实这么老的朋友了,合影的机会真不多,过去总以为来日方长,有的是机会,很多事就这么错过去了。朱先生特意领叶老去门口小花圃里走走,旁边有座地震棚,朱先生告诉叶老,1976 年地震时,他在里面住了半个月。晚饭朱先生准备了不少菜,请叶老喝一种上好的桂花酒,朱先生、他的女婿、至善和我喝英国白兰地。叶老带了一只自制的酱鸭,他将大腿撕给朱先生,问他味道好不好。朱先生只是点头。朱先生谈性浓,今晚比平日多喝了两杯,他端起空杯看看,还想喝,朱师母说不能喝了,将酒杯拿走。朱先生只好向叶老苦笑。叶老说:"没关系,明年春天再聚。"

一觉醒来才半夜两点,虽然感冒未愈,头还隐隐作痛,但我决心起来,将这篇短文写就。放下笔,心头略感轻松。不过,我清楚,写这个题目的冲动,会像埋在土地里的树根,顽强地要探头。新的感人的事时时在发生,在触动我,过去不曾留意的事一旦被认识被咀嚼出其意味来,同样也触动人。另一方面,我亦感觉,现在一些中青年朋友间的交往,真诚的友情固然不乏,但一时的实用也颇触目。这又反转过来促使我钦羡向往正直的师长们之间深厚诚笃的友谊。是我老了吗?感情老化了吗?不是。我虽说不上小,但也称不上老,正当中年,我珍惜师长间可贵的友谊,也许正是我渴求同辈间也多几分令人值得记忆的友情。记得在一次同窗好友的聚会上,我多喝了两杯啤酒,在举杯相互祝福时,望着伙伴们泛着童心的笑容,说出了一句发自内心的话:愿这个片刻长久。

1983 年 2 月 25 日

乌木雕的情思

离开米库米野生动物园,已是上午十时了。临近中午,经过坦桑名城莫罗戈罗市,我们顺道浏览市容。车子从一条土道绕进去,远近山坡一片剑麻。市面不及首都达累斯萨拉姆市繁华热闹,沿街水果摊栉比,金黄金黄的香蕉,怪馋人的。街心有一个小花圃,中央耸立着一座高大的石雕物。车子停下,我突然发现,石雕下有一尊乌木雕人像。我急忙指给同行们看。不知谁扑哧一声大笑起来,说我眼花,该闭目养神。我正莫名其妙时,只见蹲着的那尊木雕像站立起来,向我们走来,原来是一个正在歇凉的坦桑尼亚妇女。我只好跟着也大笑起来。

我到坦桑还不到一周,乌木雕在我陌生的生活中竟成了十分亲近的朋友,所到之处,几乎都会遇见姿态变化的各种乌木雕:人类、动物……我的脑海里浮动着它的各种形象。

我们住进新非洲饭店,迎面大厅里就有一尊二三米高的乌木雕人像。每天从饭店进出数次,都要走近它,端详一会,虽然至今对这件艺术珍品体现的思想还把握不准,我还是喜爱地将它拍摄下来。达市最大的乞力马扎罗饭店进门处,也屹立着一尊乌木雕人像。能清晰认出,是尊老奶奶的形象。商店橱窗里,常见两样展品:皮制用具和乌木雕艺术品。

来坦桑之前,从书本上得知,东非沿海一带,艺术传统有壁画,主题大多为野兽、爬虫类、鱼类的形态。最闻名的是布西人的壁画,从公元前四千年一直绵延至今,可惜,我们此行没有这份眼福,壁画没见到,因此,另一种传统艺术乌木雕,给人留下的印象就更深了。

首都国家博物馆,保存了大量的乌木雕精品。有的是纯艺术品,更多的是实用物上的装饰品。比如,手杖首端饰有人头或鹿头雕像,桌腿上饰有人头像。坦桑境内有多种部族,各个部族乌木雕又有自己的特点,我们跑马灯似的参观,自然分辨不出它们的细微差别。但乌木雕的特点却是异常鲜明突出。非洲人宗教观念的核心是崇拜一种神秘的生命力,据说生命力支配自然及人类的一切行动,并使之永存。乌木雕艺术内容的最大特点是将神秘的灵魂与生命力用变形的具体形式(如假面具、人像、动物)表现出来。我们看一尊人像木雕,你可以通过一些典型细节,认出男女或年龄大小,但对这个人的具体性却难以把握,因为艺术家着重表现的是这个人的灵魂在天堂或地狱的感情变化。乌木雕艺术具有明显的宗教功能,各种面具或人物像,对他们来说,既不是单纯的木偶,也不是单纯的肖像,而是大地日月、星辰等自然力量的精灵,或部族祖先、宗教、亲人的精灵。因此,乌木雕在人生的各个有意义的关口(如出生、结婚、生育、死亡)有极重要的意义,尤其在加入成年人行列的入社仪式以及表示进入精灵世界的殡葬仪式中具有主要意义。

乌木雕艺术给人的强烈印象是它的变形形态,是它的充满活力的粗犷性。这种粗犷性给人以生命力颤动之感。从形式及物质材料上说,这种粗犷美,要靠触觉来获取。

我们对乌木雕艺术感到陌生、神秘,有浓厚的兴趣。主人特意安排我们一天上午去参观达市工艺美术工厂,去见见乌木雕的制作过程。这是一所规模设备相当简陋的工厂。全厂七十人,合作社性质,工人没有工资,靠卖掉产品分红。全厂有几个作业小组,乌木雕是其一。每个作业组有一间木板房。厂总设计师引导我们一一观看。有妇女在编织剑麻工艺品,有石雕,手工印染品。在乌木雕组我们停留时间较长。有一位工人正在完成一件作品。主人说,坦桑最著名的乌木雕艺术家萨利姆·阿里·朱玛,就在这间房子里工作。不巧,他还未来。达市许多公共场所陈列的乌木雕都是出自他的手。原以为他是一位老艺人,见到才知道是位中年人,个头不高,体格壮实。朱玛是坦桑尼亚木雕艺术委员会主席,1941年出生,1956年开始从事木雕创作。传说他的手艺是祖传的,他摇头说不是。他的祖父喜欢弄点木头改做炊具,他从小记在心里,渐渐对木雕产生了兴趣。乌木雕有一整套传统技法,他是一点一滴学起来的。经过二十多年的勤学苦练,艺术上他才达到如此成就。他培养过十个徒弟,手把手教,口传心授,一般半年到一年可以出师,独立工作。他教过两个德国人,只学了三个月,就掌握了雕刻技法。

当我听说,乞力马扎罗饭店大厅里那尊木雕是他的作品时,便以此为引头,询问他有关乌木雕的一些事。他说,那尊木雕人像中的主妇,是他通过想象去回忆他的祖母,想象他祖母进入精灵世界后的表情。这件艺术珍品也只用了两个月完成。我们进而问他,用想象雕刻,如何去表现他不熟悉的古代非洲人的特点?他说,这要抓住带有特征性的细节。非洲人原始时期穿的是树皮,使用的工具是带钩的小镰刀,手上拿工具,脖子上吊个鼻烟壶,背上背个大瓢(盛牛奶、饭使用),就能体现出古代非洲人的特点。由于木雕刻画的不是人类,是灵魂,所以头用圆球,不必具体雕出眼。他强调说,木雕艺术自古以来使用的是抽象的变形的表现方法。他说,木雕要会选材,要充分利用木头的自然形态、曲线,使产品显得自然质朴。那天,朱玛还当场为我们表演了操作。从工厂出来,我们又去该厂门市部参观。看了一些精美的乌木雕,更激起我了解这门艺术的兴趣。

然而,我们从另一侧面,从搞文学创作的朋友那里听到了一些有关木雕艺术富有启发的见解。12月7号晚上,坦桑国家出版社经理布科亚在一家豪华的饭店为我们饯行。他约了小说家穆加亚布索·姆·穆罗科真和诗人、评论家亚当·沙菲作陪。所谈主要是文学、出版问题。同行林斤澜挑起了木雕艺术的话题,引起了一番有趣的论争。经理说,木雕家本人虽会雕刻,但往往谈不出多少理论。因为木雕是一种传统艺术,有一套技法可因袭。乌木雕起源于坦桑南部一个部族,最初与宗教有关,蒙昧时期人类对邪恶鬼神有畏惧感,因此用乌木雕些面具,用来祭祀,借以驱逐邪恶鬼神。他认为,雕刻家在开始雕刻时,脑子里没有一个成形的东西,整个作品的构思是在雕刻过程中形成的。诗人、评论家不同意经理的这个意见。他放下满杯啤酒,争辩说,雕刻前是没有太具体的构思,但动手前会有个总的设想。经理说他同意这样说,但他又指出,有这样的木雕家,使自己的想法服从于原材料。从这个意义上说,原材料的形态决定了木雕家的构思。小说家接着说,乌木雕有两种,一是许多人仰卧的姿势,叫乌加玛(结合式);还有一种是单个人的变形,叫"云",据自己的想象和云彩的变化来雕刻。

回国前,买了一件乌木雕少女像,沉甸甸地带着她,飞行万里,带回祖国,将她送给一位酷爱这类艺术品的好友。他将她安放在钢琴盖上,走近,退后,仔细欣赏。他向我提出了一连串有关乌木雕创作的问题,我回答不清,只能将我零零星星听来的介绍给他,他好奇地听着。当我说出眼花误将活人当作雕像的笑话时,他哈哈大笑起来,硬说我爱上了这个东非女人,并威胁说,当晚要将这件新闻写信告诉我们时刻挂念的正在病中的一位令人崇敬的老作家。

1983 年 2 月

有星和无星的夜

今天晚上有点怪,在远离祖国一两万公里的天涯海角,我突然想起了过去的夜,逝去了的永远逝去了的夜,如夏空群星眨眼的夜……

暴风雨刚刚过去。真正意义上的非洲暴风雨,来得迅猛,去得神奇。还没正式进入雨季,几乎就一天一暴。我来坦桑尼亚首都达累斯萨拉姆才三天,欣赏到了三回这大动作的洗刷壮景。傍晚,半小时左右的暴风雨静息下来,宁静奇妙的夜就开始了。浓黑的夜幕上,在一阵阵闪电之后会突然出现一点一点光亮,是星星睡醒眨眼了,还是印度洋上停泊的船只在远处闪烁着灯光?

据说人到中年,喜爱回忆往事,并且善于在回忆中寻求幸福慰藉,哪怕只是朦朦胧胧的感觉。今夜,这陌生神秘的太空,过于静谧的氛围,最易挑逗人的情思,从异邦到祖国,从友人到亲人,从大人到孩子,无数个有星和无星的夜组成的光圈在我眼前晃动。

小时候,我徙居在江西井冈山一带的山城里。闷热的夏日,金黄的香瓜。诱人的夏日傍晚,习习凉风,在池塘边,我坐在小竹凳上,听大人讲《聊斋》故事,有点害怕,我挪动凳子,向大人靠近,再近些。仰望天空,耀眼的星海,数不尽的星星,给我幼小的心灵投下了点点明亮,那异乡神奇的夜空啊!

我的童年既漫长而又短促,整整赶上了全面抗日战争的全程。我随母亲从皖南逃到江西,忽东忽西,忽西忽东。烧木炭的老式卡车震耳的隆隆声,深山老林里的火把,偶尔飞来的子弹的尖啸声……

悬挂在高空的星星,荡在耳边的嘈杂声,夜并不总是那么宁静。

抗战胜利的当年,七岁的我,回到了故乡的怀抱。我那阴雨连绵的家乡,夜多是漆黑漆黑的一片,月亮被厚厚的云层遮没了,洒着蒙蒙的细雨。解放初期,我读初中,晚上有时去街道辅导扫盲课,常常踽踽独行在伸手不见手掌的小巷深处。馄饨担的叫卖声由远而近,由近渐远,忽明忽暗的灶火,像落地的星星,大星星,只一个。

夜给我的印象从无到有,由单一而变幻,夜既神秘莫测而又平平常常的,它藏着多少诱人、朴实的故事。

十三岁,20世纪50年代头一年。从芜湖水码头来了一个马戏班子,在县城东门外一片荒地上搭台演出。天一黑,几个、十几个大汽灯便高高挂起,乍眼望去,多像从天上摘下了几个、十几个星星,罩在水晶似的玻璃缸里,闪着刺眼的光芒。放学,饭也顾不上吃,和几位同学,绕过石桥,爬上田埂,飞也似的跑去。自小大人带我在乡间看过马戏杂耍,有凶残的表演和变幻的魔术。我既怕看又想看。人山人海,挤到前面,怕看清捅进人体的带血的刀,真怕;站在中间,大个子挡着,什么也别想看;退到后面,站在土堆上,也怕,人群的围墙没有了,身后黑乎乎的一片是什么?是泥塘,还是坟滩?那天星星稀疏,汽灯显得愈加明亮,汽灯变成了星星,还是星星变成了汽灯?

我渐渐长大了。燥热的夏夜,蚊子不住咬人的夏夜,我就着菜油灯,后来是煤油灯,在写作业。冬夜,没有星辰的夜晚,静得很,过八点,巷子里就阒无人声了。馄饨担、汤团挑也不知哪个年月消失了,夜更显得冷清。我沉浸在难解的方程式里,沉浸在《安徒生童话》美妙的世界里。我不多想天上的星星了,有时,突然记忆里会闪出一颗明亮的星来。我还未成人,就过早地回忆起童年往事了,是现实不苦,还是童年太苦?

我怀揣着大学录取通知单,从南京下关坐轮渡。华灯初上,灯海一片。

我从来没有到过大城市,见过夜的这般奇景。昨天晚上,就着月光、星光,我们几位行将分手各奔前程的少年好友,跑到离县城五里地的小黄山去登临玩耍。新的生活开始了,未来像星星那么美好明亮?我们躺在山头草地上,山下农舍微弱的灯光熄灭了,我们仿佛置身在星海之中。今夜没有星星。船缓缓地、笨重地在江面上移动,水中漂着点点灯影,交错着我记忆中的点点星光,引我走向遥远的北方。

大学的生活是重复单调的。我记不起五年这一千多个夜中有多少是有星的夜和无星的夜。宣布分配方案的头一天肯定是个满天星斗的夏夜,我记得清楚。听说新疆大学新建缺人,向北大求援,大家争相报名。我单身,年轻,身体好,十拿九稳会去。我们一群同学,男男女女,彻夜躺在未名湖畔的石舫上。仰望群星,辽远的天空一颗流星划过,我忽然想到自己,像流星一样流向新疆,那异乡情调的域外!

我没有远去,在母校留下。我常常读书到下半夜,有时会突然冲动,去找导师请教。来到湖边,望望水塔,向东走去。一条水泥小路,伸向浓荫密布的院落。我来到杨晦教授门口,他没睡,二楼书房里有灯光。我没戴手表,也没有手表,周围星散的楼房大多灯光熄灭,时候不早了,星星也渐渐隐没了,我转身回去。竹丛在微风中婆娑摇曳,我在月光投影的小道上碎步,想象如何向导师请教,同他争辩。我的导师是五四运动中的一员闯将,善良、正直、严肃、饱学的好老人。要不是太晚了,晚到担心入校门时警卫会不客气地盘问我这么晚干什么去了,我真想敲开导师杨晦家的门。

校园生活很少给人留下鲜明突出的记忆。我的研究生学习结业,正式接受国家考试和论文答辩。两个整天,从上午到晚上,考试委员会7位教授和专家就这么陪着,为了培养人才。晚九时三十分,宣布我论文和考试均顺利通过。平日严格、考场上爱挑剔的老师向我握手祝贺,我激动、兴奋,猛然感到疲乏。我需要轻松,需要玩个痛快。跑出五院,星星也显得愈加明亮,我发疯似的吻了又吻道旁沾满灰尘的树叶。留学生食堂舞会正兴,我狂喜地闯进人群,向平素不熟悉的同学发出邀请,大胆地旋转起来,跟前晃动着火花,结彩的电灯,比夜空的星星好看。

我去机关报到的前夕,代系主任游国恩教授约我谈话。晚饭后我去燕东园,走近他的寓所,游老已站在台阶上,在暮霭中悠然地观赏周遭的景色,他缓步走下台阶迎我,同我握手。他是六十开外的老人了,但精神好,说话略带江西口音:"祝贺你学习期满,成绩优异,明天你要离开北大,走上工作岗位。要认真勤奋地工作,这是我们对你的期望……"忘了进客厅,就站在台阶上。我没有说话,嗯了一声,记住了这些话。记不起我们这样站了多会儿,只记得那天星星稀疏,我是噙着泪珠向他告别的。我走了约百米,回头隐约见他还站在那里。前两年,游老仙逝,我去八宝山参加他的追悼会,我又噙着泪珠。十几年来,世道多变,工作几易,我认真勤奋地工作了吗?我想起了他说的这句话,在心中描摹起了几位令人怀念的师长。

……"文化大革命"后期,我待在湖北咸宁文化部干校。每天近黑,挑着担子从十几里外的向阳湖回到连队。吃完饭,扑到潮湿的床上,已八九点了。灯光昏暗,尽是文人,没有谁在看书。一位老编辑,盘腿坐在床上,习惯性地拿出一个铁罐子,将一堆硬币倒出,五分的,二分的,一分的,排队数数。我躺在床上,惦记天上有无星星。推开窗扇,探头张望……有,我怕,第二天准是烈焰炙人,一连几小时挖渠叠埂,常口渴没水喝;没有星星,我也怕,明天准是阴雨天,十几里的大堤小埂像浇了油似的难行,雨水还要浇在饭碗里。我不知对床的老诗人克家在想什么,也许床头的鸡笼,公鸡的打鸣,在逗引他的诗兴?他常躺在床上闭目养神,六十几岁的人和青年人一样风里雨里,下湖上山,受气挨训,夜晚他还有兴致再作诗?

谁都怕相互串门,弄不好第二天就成了"新动向"。我当采购员,少不了替人在城里买点东西,晚上送去。连里有个头头早怀疑我这鬼鬼祟祟的行踪,我忘不了他那双深凹的眼睛和从那深凹里射出来的凶狠的目光。有个小头目专事收集这种"动向",深更半夜拿着小本本得意地去向政委汇报。人们怕事,吃完饭就龟缩到自己屋子里去了。

夏天,室内像火炉,人们在屋前屋后的空地上纳凉。我从咸宁城挑着货担回连队,沿途会遇到一张张疲惫、友好的脸庞。"这么晚才回来?"漫不经心的一句问候,足以温暖我的心房。记得那天夜晚,我卸下担子,将豆制品放到伙房,简单地擦了擦身子,喝了一碗凉粥,拖着沉重的步子来到屋前纳凉胜处。见到金镜同志,我神速地塞给他一条烟、一包点心,他昨晚托我买的。金镜同志是我们《文艺报》的领导,说了一句对林彪不恭的话,被打成"现行反革命",已经两三年了。他本来血压就高,近日加剧,但连里不让他多休息,今天只好又去菜地干活。他戴一副深度近视眼镜,个儿又矮,挑着粪桶,高一脚低一脚地乱踩。"累吗?"我在心里问候他。他微笑着问我,他听说前些天我检查出了十二指肠球部溃疡,问我是否在治。我不愿如实告诉他,干校医院大夫嘱咐我注射盐水针一个疗程,从连队去四五二校部一趟往返十来里地,连看病需两个小时,有位排长说这样耽误劳动,叫好心而又胆小怕事的班长通知我以后有机会再说。从发现病到治疗到停止治疗,总共三四天,连里很少有人知道我因病歇过两天,不知金镜从哪里听到的。他劝我自己注意,别大意,我向他点头笑笑。不到十点,他说身上有点冷,先回屋去了。那晚是个大晴天,满天星斗。约十一时,我刚躺下,脑子里的星星还未退去,他嘱我多加注意的话语还在耳边,前排宿舍突然传出了惊叫声,接着是一片骚乱,人们纷纷从床上爬起,当我见到金镜时,他嘴角正流淌着鲜血,已昏迷不省人事了。在这个夜里,一位正直的老干部就这样猝然停止了呼吸。他光着脚,被抬上一辆敞篷的"解放牌"卡车,颠簸地沿山道走了。天刚亮,稀疏的晨星高悬在天角。

……今天晚上不知怎的,思绪竟飞得这样远。上午在埃塞俄比亚首都亚的斯亚贝巴下飞机,前来迎接我们的使馆同志就开玩笑地说,这座高原名城,平均海拔两千七八百米,乍来的人会有不适应的感觉,明显的症状之一是白天睡觉容易做梦。白日做梦,真有意思。我午饭后躺下小憩,心里想白日怎么会做梦？不知不觉,恍恍惚惚地坠入了梦乡,真的做起白日梦来了。饭前大使同我们谈的有关这座非洲名城的趣事化作人物、情书走进梦里来了。

晚上,我躺在床上,本想追觅白日的梦境,谁知观看了长春市杂技团的表演,我兴奋得失眠。我索性睁着眼回想今夜,回想半个月来的夜生活和早已逝去的一个连一个的夜。我活了四十五岁,度过了一万多个夜,雷同的夜难以数计,奇特的夜给人留下的记忆怎么也抹不去,尽管是一万分之几。

我这几年的夜晚,大多是面对稿纸悄然而过的。关上台灯,准是下半夜了。仿佛听到孩子的梦呓,这孩子,玩心重,在梦里还惦记追逐戏耍。我轻轻推开阳台的纱门,想看看星星,数数星星。

年岁渐大,由好动转而好静,我开始懂得夜的宁静的可贵了。来坦桑尼亚十来天的夜晚,给我留下了清晰的记忆,清晰得可以记起一分钟一秒钟的感觉是如何度过的。静谧的、神奇的夜！今晚,飘忽不定的思绪,是窗外远处辽阔的印度洋激起的？是非洲无处不荡漾着的粗犷的原始性生命力催动的？还是楼下酒吧间富有旋律的伴奏所引发的呢？

我们抵达达累斯萨拉姆市的当天,就强烈地感受到夜的静寂了。我们中国作家代表团一行三人,下榻在新非洲饭店,每人一间住房,晚上没有安排活动,门一关,与外界就隔绝了。电话好端端地放在一角,成了道具,没有人来电话,我也不会打电话。十七小时的航行,使人疲惫不堪,晚饭后洗澡休息,海风从平台门隙吹进。我翻看自带的几本文艺杂志,看得从来没有这样仔细。

这里时差比北京晚五小时,刚来几天,不管睡得早晚,下半夜二时左右准醒。夜半醒来,孤零零一人,没有人可说话,也没有满书橱的书可随意翻阅。原先说我们可能顺访毛里求斯,我特意带了一本描写发生在这个海岛上的一对青年男女爱情悲剧的小说。作者是 18 世纪法国作家贝纳丹·德·圣比埃,书名叫《保尔和薇吉妮》,薄薄的一册。书是译者送给我的。记得去年在北大未名湖畔陪朱光潜老师散步时,他曾向我推荐过这本中篇小说,说这本小说动情,他读过原文。这个译本去年首次在我国出版。这本小说当年问世时曾轰动法国文坛,人们千方百计想把这本书弄到手,尤其是妇女读者们,她们一边读,一边哭,一边哭,一边如痴似醉一遍又一遍地读,简直像着了魔似的。我在这本小说问世百年之后,在一个寂静的夜里读它,少有地那样动情地一口气读完了它。浓郁的富有地方色彩的风景描写与悲剧性的抒情交融在一起,动人心魄。也许故事发生的地方,离我由远而近,愈增强了阅读时的亲切感。放下小说,已是清晨,晨星隐退了,在我的心里,却闪耀着保尔和薇吉妮两颗星星。

在国外难得地度过了一个温暖的充满情趣的夜。我们从坦桑尼亚回国时,途经亚的斯亚贝巴,在这里等候中国民航飞往北京的航班。我们住在我国驻埃塞俄比亚使馆。使馆面积很大,古木参天,像一座公园。黑夜,视房屋、树木、花丛,黑影憧憧,我在自由地散步,一切都令人有亲切感,连大猎狗也摇尾追随,表示友好。长春市杂技团一个五人演出小组访问吉布提后也在这里候机。今晚大使举行演出招待会,请外交使团观看,我们也被邀请。我小时候爱看杂技,自干文艺这一行后,晚上虽有时看演出,但杂技魔术却很少去看。这里有个隐秘处,我宁肯终生怀着幼年时对这门艺术的神秘感。前两年,我从合肥到芜湖,在裕溪口轮渡上,与一位大爷伴坐一起,老人身旁立着一个十四五岁的男孩。他是一位玩杂耍魔术的老艺人,多年来往来于江淮之间,"大跃进"年代回家种地,现在又重操旧业,这次就是带着孙子去皖南各县走串。他见我是家乡人,对他这行当关心,同我谈起他拿手的节目,有些是我小时在野地里,站在土堆上踮着脚观看过的。我希望他说出有些魔术的奥秘,他仰首哈哈大笑,他说,点破就没意思了。这是实话,世界上有许多事就是不能说穿的,一经点破,那美好奇妙的印象和记忆往往会遭到破坏。

今晚的杂技表演,受到各国外交官员的欢迎,他们对中国这门传统艺术的精湛技艺赞不绝口。我最有兴趣的是魔术表演,我如幼小时那样带着神秘好奇的心情专注地欣赏。我们宿舍的隔壁,就住着年轻的魔术师。当我提到那长期悬在心头的不解之谜时,她缄口诡秘地一笑,就使我难以启齿了。

这一夜过得迷人、充实。夜是神奇多情的,我没有再去留意太空有无忽闪忽灭的星星。

1983 年 4 月

红红的小辣椒

1946年春天,我从江西回到故乡当涂,开始上小学。两年后,母亲到县东北角一个偏僻的镇上教书,我也随着去,那年我十岁。记得是一个冬日的清晨,我们吃完早饭就动身。过了北门石拱桥,尽是山路。从小在江西逃难,白天黑夜翻山越岭,我走惯了山道,稚嫩的小脚过早地生起了一块块硬茧。可那山,是真正的山,绿荫覆盖的山,一片葱茏,逗人乐趣。春天,挖竹笋,采野果,摘几朵不知名的小花,黄的、紫的、红的、蓝的、白的,送给伴侣。秋天,满山的毛栗子,个头虽小,味道香甜。起初我不会采摘,小手被刺得鲜血直滴,后来学会了先用鞋底拍打。我的童年是在崇山峻岭的摇篮里度过的。我爱山,爱山中的树、山中的溪涧,至今我仍怀念那绵亘百里的深山——谁会相信,我亲眼见过活生生的大老虎,会吃人的大老虎!眼下,我跟着母亲走过的这一个又一个濯濯童山,丝毫没有那美妙的一切,稀疏的小树,黄土一片,几只山羊在觅食,枯草在风中抖……30里地,越走越长,冬天日短,太阳早落山了。在夕阳微光的拂照下,远处,黑幢幢的一片泛起灰白色,这就是我要去的霍里镇。母亲催我快走,我拔了拔不合脚的球鞋,加快了步伐。

小学校在镇边,门前有一个大塘,水位一年到头低落,淘米、洗衣要蹲在石头上深深弯腰。校舍是一座祠堂改建的,空旷、寥落。夏天凉快,山风呼呼吹来,蚊子多,但风大停不住脚。冬天冷得很,手冻得像胡萝卜,红肿着。晚上进被窝,腿蜷缩着,一夜也难于舒展开。我熟悉的几位小同学,都比我穿得单薄,既没有我戴的破手套,也没有补过的线围巾,但他们对严冷惯了,并不怎么在乎。看着他们在风雪中那副自在的样子,有时为了逞能,我也故意拣冷地方待着锻炼自己,渐渐地,我也不那么怕冷了。

我的一位好同学,家在与学校贴邻的一个山坡上,孤零零的一座茅草屋。我下午课后常去找他玩。为了挡风,他家的门常关闭着。他的父亲是一位严师,更是一位严父。下午他放学回来,必须背会几个英文单词,才能被准许外出玩耍。我每次去,常常在门外等着,脸贴着大门,眯着眼向缝隙里张望。山头上的风越来越大,吹个不停。我踩在积雪堆上,雪花飘洒满身,我也快成了雪人。当屋内"a book"的诵读声止息,大门启开,他便会敏捷地蹿出来。他获得了自由。我们紧紧抱着,在雪地里打滚,在山冈上慢跑。夏日天黑得晚,我们喜欢去小街转转。店铺陆续上门板了,张家布摊父子装好担子,正踏着暮色回家。卖吃食的小摊这时则活跃起来。这座小镇产山羊和湖鸭。羊糕是这里冬天的一道名菜,从清早卖到燃起煤油灯。当年吃羊糕时那种鲜美的味道,今天已经回想不起来了。盐水鸭四时皆有,南京、芜湖的盐水鸭闻名全国,这里离这两个大码头都不远,做好盐水鸭不难。至于它们之间有何区别,我未做过比较,不得而知,只记得家乡的盐水鸭嫩,不肥。这条几十米长的小街有三四个摊子卖盐水鸭,长桌上放着几个大盘,盘子里整齐地码着七八只鸭子,无一例外,每只鸭尾部都插一个红红的小辣椒,尖头朝上。从上午卖到晚上,常常还有剩货,绝少有人买得起一只整鸭。如果哪天有人真买了整只鸭,肯定会引起沿街百姓的注目。通常,一只鸭总是被几人或十几人零打碎敲地肢解掉,尾部那红红的小辣椒也无一例外地被主人留下,用来插在另一只鸭子上,好似要使这狭窄灰暗的街面上保留一点红色。那时候,我常爱在鸭摊前看看,慢慢地,那红红的小辣椒像是插到了我的心田里。这座小镇,黑瓦灰墙,不像徽州一带皖南山区黑瓦白墙,蒙蒙细雨,早晚炊烟浓厚,渐渐扩散开来,将方圆几里的天空染成灰色一团。我不是考古学家,也不熟谙风土习俗知识,不知在留下我童年足迹的这个地方,何年何月始,做鸭子的师傅天才地创造出这富有诗意情趣的一招,至少给我生活在这阴冷灰暗日子里的幼小心灵留下了一点暖色。

记得有一次,远房的一位亲戚特意从外地来这小镇看妈妈。晚饭的菜端上桌了,妈妈叫我跑上街去买点熟菜。我将一只蓝花大瓷碗放在王家鸭摊上。王老头是镇上祖传的做盐水鸭名手,他望望我这小不点个儿,又再次翻了翻从我手中接过来的钱,然后斩了大半只鸭子,替我在碗里排得整整齐齐的,上面一层全是好肉,浇了三匙卤汁。我眼巴巴地盯着剩余半只尾上插着的那个红红的小辣椒不肯走。他笑着说:"好,给你这个。"他将辣椒拔出来,插在我的碗里。我高兴地用双手捧着大碗,慢慢地走,一步一步地走,下坡上坡,怕将这竖立着的红红的小辣椒碰倒。舅舅见我端碗的那个认真劲儿,看看碗里一点红的鸭子,也新奇地笑了。

我至今想不通,在那个小镇里,这么点鲜活的红色怎么会给我留下长久记忆? 小时候,我在山里见到的、玩过的、吃过的五颜六色的野花果太多了。4月的江南,一望无垠的金黄金黄的菜花够耀眼刺目,它的折光多少给附近的房舍涂上了点金色。我乍回当涂老家,一眼见到天井一角有棵天竺,上面缀满了点点红珠子。这是我在江西山里不曾见过的。除夕夜,准备年夜饭,姐姐摘了两粒天竺珠子,嵌在一条大鳜鱼的眼里。这条眨着红眼睛的鳜鱼,先被端正地放在祖先牌位前,祭祀后又被转移到大圆饭桌的中央。我回家乡不久,不懂得乡规、家规。奶妈不断帮我搛菜,叫我少吃饭,多吃菜,说我从来没有吃过这么多的家乡菜,今晚要吃足。哥哥给我搛了一碟蚕菜,俗语八宝菜;姐姐给我挑了个大肉圆子和精巧的蛋饺子。我注视着那条大鳜鱼,那对红眼珠子仿佛在向我挤弄。我将筷子伸去戳鱼肚皮,被妈妈用手将我的筷子打掉。我吓呆了,见妈妈生气,急得哭了。事后姐姐告诉我,这是条吉利鱼,象征年年有余,从年三十到正月十五,顿顿饭要端上来端下去,过了十五才能由大人先动筷子。妈妈不是舍不得让我吃,是怕破了吉利。马上家里几个孩子开学,要交一笔学费,妈妈正为筹措这钱犯愁呢。听了姐姐的一席话,我哭得更伤心了。那对红珠子,就这样带着哭声被筷子戳在我的心里了。

联想有时是有轨迹可寻的,有时真有点莫名其妙。我想,插在鸭尾上普普通通的一个红辣椒引起了我如此兴趣,是否与鳜鱼眼里那颗天竺红珠子的转动有关系呢?母亲在学校门口开了一小块菜地,种了冬瓜、小青菜、豇豆,也有几棵辣椒。我每天浇水,突然发现有几棵辣椒上挂着小小的红辣椒,清晨或黄昏,远远望去,恰似野地里燃烧着的一根根红蜡烛。

一年后,母亲离开这个小镇,我也跟着她。从此,三十多年,再也没有回过这里。近两年,有时出差,偶尔能路过当涂。南京开往芜湖的火车站多,本来就慢,当它徐徐地驶入慈湖时,我望着十几里地远处,童年我待过的那个地方,想象着王家小摊鸭尾上的红辣椒,我渴望知道它今天的变化,而滚滚的车轮又将我与它拉远了。

1983 年 11 月

在香山没有红叶的日子里

人们对北京香山的记忆,总离不开红叶,深秋那满山遍野的一溜火红。但香山不等于红叶,一年三百六十五天,红叶尽染的时节能有几天？许多人初次上香山,就是为了观赏红叶的,红霞似彩云的印记,犹如幻觉时时闪现、浮动在眼前。

我在北京待了快三十年,记不清爬过多少回香山,春夏秋冬都去过。最初采摘的香山红叶至今还夹在一本心爱的书里。香山就是这样活在我的心里。但我记得清晰,有一次去香山,只到了香山脚下,既没爬山,也没顾得抬头瞭望山色是红是绿。

二十年前,是初夏,下午,我跟阿英同志去香山。同车的还有阿英的幼女和刚从芜湖来的一位客人。阿英前两年在香山饭店养病时住过。他每天清晨爬山,可以说是一位老游客。这天随他去香山,真想玩好玩痛快。岂知在半道上才晓得,此行是专程去看望一位旧友。我问是谁,他笑着说:等会儿就知道了,三十年前影坛的一位名人,现在你们这样年纪的大学生知道其名的也许不多了。

车在快到香山的道口停下,司机谙熟的动作,说明车的主人作如斯游已非初次了。我们踏着撒满碎石的小路,忽上忽下,百米外一排农舍视近却远。苍耳在我的裤腿上留下了点点绒球。

山沟幽静。我们一行四五人带着欢声笑语走进一家农舍,屋内的主人才发觉有客人来了。"呀!钱老师!……"习惯了同志相称,乍然听到呼唤"老师"的亲切声,心头一怔,只见迎面跑来搀扶"老师"的竟是一位五十多岁的妇女。

当大家在小屋里坐定时,阿英同志向着我说:这就是王莹同志,30 年代闻名的电影演员。王莹风趣地说:我现在是乡村老太婆了。

王莹问小云:妈妈怎么没来?小云说:妈妈这两天血压高,问您好。王莹说:你妈妈,林莉,30 年代也演过老师编的本子,和赵丹、胡蝶一道拍过电影。

王莹的爱人老谢(谢和赓)给我们冲了咖啡,还端出一碟精致的点心。我喝着吃着,猛然感到,主人的气质和生活方式,与这农家小院多么不协调。

王莹虽有余韵,毕竟已走向衰老。因高血压久治不愈,60 年代初,她从城里搬来山村,从此,深居简出,稀于进城,来客也少,过着清静的日子。

屋里,放有水桶,桶里养着几块白嫩的豆腐,水清见底。

她问我在北大学什么,哪里人。当得知我和钟文秀同志都是安徽人时,她高兴地指着老谢说:除了你,我们都是家乡人!

钟文秀的母亲与王莹是在芜湖上中学时的同学。她这次来北京的一个目的,就是受老人之托来看看王莹。王莹听着听着,情绪有点激动,话也多起来了,不住地问长道短。她一再说,离开家乡久了,不知何年何月何日有幸故地重游,见一见老朋友。钟文秀又提起她的一位亲戚,叫汪仲华,现在芜湖中学教体育。王莹接着说,她记得,是她当年的一位熟朋友,于是又热切地打听汪仲华的近况。1982 年,有次我路过芜湖,在汪家,见到王莹 30 年代签名相赠的一张全身照片。这张珍藏王莹自己未必存有,我想,那次钟文秀如果将这张照片捎来给她看看,肯定会使她高兴,说不定,能启开她回忆的闸门,给我们说更多有趣的往事。

谈话慢慢集中到王莹和阿英之间。王莹抱怨自己心力不济,小说进度慢,阿英了解她这部小说的创作计划(事后我才知道就是前几年出版的《两种美国人》),劝她注意身体,别心急,准能写完,写好。阿英说,几位老朋友,周扬、田汉、夏衍,都关心她,生活上创作上有什么困难,尽可以找他。若进城,欢迎随时到家里来聊聊。王莹静静地听着。

要不是我们急于赶在日落西山前回城,主人一定会留我们吃晚饭,吃新鲜豆腐和菜蔬。王莹依恋不舍地送我们,叫小云搀好爸爸,她指着屋旁的一块菜地笑着说,乡下比城里好,能吃上新鲜的蔬菜。

我们抄了一条近道,还是撒满了碎石的小路,还是忽上忽下,弯腰伸腰,我的裤腿上又多了点点苍耳的绒球,我回头望去,她还站在一百米处。

归途中,我问阿英同志:您教过她的书?阿英笑而不答,却说:三十年前,王莹到上海,参加党领导的电影工作,与李克农和我有关系。又说:王莹夫妇在美国曾遭受迫害,1955年被驱逐回国。中央很重视他们的归来。董老当时在家里请过他俩,我和克农、田汉作陪。王莹被安排在北影工作,后来他们夫妇的境遇一直不好。阿英很赞赏王莹不仅表演有才华,写作上亦有才华,说她在美国用英文发表过一部长篇小说(现在才知道就是已出版的《宝姑》)。我听着阿英同志对昔日的王莹的介绍,又想着刚刚见着的今日此刻的她,脱口而出:"宝姑?"还不如叫"村姑"!阿英同志若有所思地说:一个人的面目内心并不是容易被一眼认清的。王莹的一生富有传奇性,她的坎坷的遭际本身就是一部楚楚动人的小说。他说得那么漫不经心而又那么确信。可惜那天未及细谈,就已经到家了。

王莹和阿英已先后作古了。现在回想起这幕情景时,叫人后悔,为什么当天夜里,不趁着谈兴,追着阿英同志多讲讲王莹一生"传奇"之处呢?

据知,这是阿英最后与王莹的一面。

这是我第一次也是最后一次见到我们家乡的这位名人,在香山没有红叶的日子里。

1984 年 1 月

三 个 和 尚

游艇说快就快,说慢就慢。现在几乎使人感觉不到它在行驶。我仍嫌它快了。满眼的湖光山色勾人魂魄,若能驻足悠然观赏,岂不更美?这不是昆明湖,也不是西子湖,而是比它们更有气势、更为自然的千岛湖。千岛湖坐落在浙江省淳安县境内,是50年代新安江水电站大坝建成蓄水后形成的人工湖,面积八十六万亩,蓄水量相当于三千多个西湖。郭沫若诗句"西子三千个,群山已失高。峰峦成岛屿,平地卷波涛",即指此。湖中大小岛屿千余个,星罗棋布,千姿百态,夕照余晖将远近峰峦点拨得分外明亮。湖面蠕动着团团雾气,乳白色的水线,如落地长虹,躺仰在微波起伏的湖上,连接着群山叠翠,将人们的视线和想象引向那绿荫覆盖的葱茏世界。

我闯入这绿色仙境,确有点突然。头天到杭州,主人说明天去新安江走走。清晨,车子冒雨沿富春江蜿蜒了几小时,我才清晰地知道,这"走走"实是一次远足。去年,我去屯溪,友人多次说起乘船顺新安江而下,数日可达一个美妙神奇的去处,观鱼跃,尝河鲜,多么诱人。可惜,那次未能如愿。我站在屯溪市江边码头上,目光追逐着湍急的江流……

此次我去新安江,又多了一点想法。刚到杭州,在车站的站台上,那耀人眼目的几盆像仪仗队般站立着的杜鹃花,白的、红的,怒放着,很使我惊奇。光年同志高兴得失声叫了"哦"。已经是5月了,这个季节还有开得这般旺盛的杜鹃？黄源同志笑眯眯地说：这不算什么！这是花房里人工养殖的，新安江的杜鹃才好呢，天然的，漫山遍野都有。"你们晚来了一个月，杜鹃花已败了！"快到目的地时，黄源老不经意的这么一句，很使我失望。"4月里来，杜鹃开得真好！""又来晚了！"我运气真不好，去黄山没看到杜鹃；上井冈山，那里有杜鹃林十里，二十多种杜鹃珍品，我却连一朵开放的杜鹃也没见到；就连到了歙县，一位老同学原想请我吃点家乡名产枇杷，算了算日子，也只得抱歉地说，你没口福，要是晚来十天半月就好了！不是晚了，就是早了，大自然的季节也真捉弄人。黄源老摸着了我的心思，他打趣地说：此行不会使你失望，看不到新安江的杜鹃，看别的，有的是你看的。

此话不假。到了千岛湖才发现处处皆是赏心悦目的景物。亭亭玉立的马尾松和其他杂木，像绿毯严严地包裹着峰峦。绿色，生命的象征，使人生出许多奇妙的联想。听说有位渔民见到过白天六七十只大小野猪形成阵势在泅渡，从一个岛转移到另一个岛上去。我盼望有眼福欣赏这场集体游泳比赛。

去年秋天，在北京我曾与一位澳大利亚著名作家交谈。他带着几分羡慕的口吻说，中国作家太幸福了，中国历史悠久，现实生活中每件事，缀着像露珠似的一连串神奇动人的故事，增添了生动丰富的文学素材。望着眼前正在"移动"着的一座座峰峦，我忽然想起了这位国际友人的话，我似乎也意识到了某种幸福。可不是吗？别说野猪集体游泳已是奇闻，就说这被绿荫覆盖着的无数山洞里，谁知又蕴藏了多少新奇的趣闻？北宋末年农民起义著名首领方腊聚义和被俘的两个洞就在西北湖区群山绿丛之中。为了开山建筑偌大的水电站工程，当地人民所谱写的英雄乐曲至今还在回响。

游艇靠近一个小岛，这就是蜜山，闻名的蜜岛。相传"一个和尚挑水吃，两个和尚抬水吃，三个和尚没水吃"的故事就发生在这里，主人怕我们不信，强调清史上有记载。史书上有记载，不可不信。但津津有味地向我们介绍的二位同志，又各说不一，可见这类传说即使史书（不知是正史还是野史）上有记载,也少不了蓄有民间的创造和诫喻。一说,仙人看到三个和尚干得可怜,点化得蜜山泉,从而感动了这三个和尚,变懒为勤,劈山开路,方便行人。据说,现在攀登山顶的石级大路,就是他们挑土抬石砌成的。另一说,山上原住了一个老和尚,自己下山挑水吃,来了一个和尚,变成两人下山抬水,后来又来了一个和尚,这个人懒,既不挑又不抬,影响到原来的两个也不干,结果三人反而没有水吃,老和尚急得只好约定三人共同觅泉打井。主人兴致勃勃地说着,仿佛传说经他这么煞有介事地一说就成了事实。我们从船舱里走向船舷,想把蜜山看得更真切一些,突然从绿丛中钻出一个挑着水桶的汉子,由山路而下,大家为画面出奇地由静而动感到意外。主人忙说:现在山上正在营造修建,住了几个工人。光年同志开玩笑地说:"一个和尚挑水吃了!"他的话音未落,又见两个挑着水桶的汉子从绿丛中闪出,不知谁嘴快:"三个和尚……"

1984 年 2 月

咸鸭蛋和松花蛋

江西夏日的晚饭,少有不伴乘凉进行的。烈日落山了,习习凉风从四面八方吹来,驱散了炙人的暑气。有些晚饭吃得早的人家,这时已悠然地坐在天井里、场地上,摇扇闲谈了。我家吃得算迟的。茶泡饭、辣椒炒豆腐干或毛草鱼,既可口又下饭。如果小矮桌上摆上一碟被切成几瓣的咸鸭蛋,红油欲滴,那就更美了。江西水多,有湖,有江,农村池塘遍布,鸭子比鸡多。我小时候在池塘里洗澡,常常能摸到鸭蛋。据说,鸭蛋是凉性的,去火。夏天大人总设法弄一碗鸭蛋汤喝喝。可在 1940 年前后,抗战最艰苦的年代,位处大后方内地的江西山区,炒辣椒能配上豆腐干就很不错了,哪里还敢奢想什么肉丝、咸鸭蛋?

我在家里最小,别说妈妈疼我,哥哥姐姐的筷子也让我三分。一家人吃饭,只拿出一个咸鸭蛋,有时切成八瓣,我得多吃两瓣,而常常是一个整的放在桌边,谁都不说话,自然全归我了。我有自己的吃法,在尖头敲开一个小口,慢慢扩大,往里掏,由白而红,浸满油的蛋黄最馋人,我舍不得一口吃下,留着,最后将它放到泡饭里,油星飘散,碗里浮动着点点红圈。这时,夜幕降临了,抬头远望,天空正闪烁着麻麻的星星呢!

去年春节,在一位朋友家做客,当吃着女主人的拿手好菜葱烧鸭时,紧靠我坐着的一位长辈赞不绝口地说,这是他一生中吃过的无数次宴会中最有味的一道菜。我当时听了他的话，忙将嘴里快要下咽的一块又拉回来重新咀嚼，我似乎又品出了些滋味。"鸭子就是比鸡好吃。"不知谁说的这么一句漫不经心的话，将我记忆中储存的鸭子都拨动起来，有池塘里浮水的鸭，有塘边摇尾觅食的鸭，有饭桌上的鸭，还有鸭蛋，生的，白色沾泥的；熟的，淌着红油的……我的思绪竟飞得那么遥远，飞到了那遥远的孩童时代……

孩子毕竟是孩子，有他自己的兴致和爱好。他们结交小朋友那股死心眼劲儿，在大人看来简直不可理解。我的妻对孩子好得没的说了，孩子当着我的面可以毫不顾忌地说，妈妈第一好……前些天妻要去金陵出差，七八年来头一次外出，对孩子不放心，难割难舍，差点使她不想成行。走的那天，我从机关到车站送行，问她孩子怎么样。她颇有点沮丧地说："正要走时，来了几个小朋友，他就忙着看电视，顾不得和我话别了。"是的，我体会孩子的这颗心，我也是这样过来的。

三四十年前，我爱吃咸鸭蛋，在保育院的一群小伙伴中算是出了名的。有一天，那个刘小胖子揣给我一个白净的鸭蛋，说是房东大妈给他的。他微笑着说："昌哥，你爱吃，给你。"我们保育院的孩子住在永新县城东门台上村，有些集中住祠堂，有些散住老乡家。院里有规矩，不准拿老乡的东西，连老乡送的吃食也不能接受。我母亲是院里的老师，我更不敢违反院规了。刘胖说："没事，咱们上河滩去吃。"村后有一条清澈见底的小河，当地人叫它禾川。现在大了，我反而不会游泳，四五岁时，我敢在水里扑腾扑腾，虽然讲不上什么姿势，但能漂在水面上不沉。没有救生圈，喝几口水，横了心就会游了。夏日几乎每天下午要去河里泡泡，在河滩沙地里躺下晒太阳，会突然感到饥饿，嫌日落太慢，盼快吃晚饭。刘胖说，你一人不愿吃，咱们大伙吃。那时男孩女孩在一起玩，上山采花摘野果，捉蟋蟀，在小溪里摸鱼，游泳洗澡。五个人吃一个咸鸭蛋，没有刀切。刘胖建议，剥开一人一口。他先在卵石上将鸭蛋敲了一个口，壳还没剥尽，液体就滴了出来。大家笑了，骂他骗人，他发誓说是大妈给的，他吮了一口，大声说是咸的，但是生的。一个蛋不值得，否则我们会在河滩上将它烤熟。当年洋火(火柴)奇缺,大人用火镰取火,我们也学会了。有次用两块石头相击也生火花烧着了草媒儿。我们在河滩上烧过鱼虾蚌蛤河鲜吃。这个生咸鸭蛋是大妈送的,还是刘胖偷来的呢?当时没人问起,后来也不可能问了。刘胖在次年保育院一次转移中,因打摆子(疟疾)病死在崇山峻岭之中。我不曾见到他被折磨得干瘦而死的情景,我记忆中永葆的是他那张圆胖的脸和"昌哥"亲切的呼唤。

去年夏天,我重返阔别了四十年的赣江。从老师那里,才知道刘胖的爸爸当年是赫赫有名的抗日飞行英雄,母亲是战地救护员,为了一心抗战,将才一周岁的刘胖送到江西战时第一儿童保育院。抗战胜利后,他们没有来接刘胖。也许,他们早已为国捐躯。好些年,好些年,我没有像此刻这样想过刘胖了。有很长一段时间,每当吃起咸鸭蛋,眼前总浮现着他那张圆胖的脸。有一个时期,咸鸭蛋来源更少,我也不再那么爱吃了。我们伙伴中一个小女孩,姓朱,有天她揣给我一个洁净的鸭蛋,她说:"昌哥,这是熟的,咸的。"我望着她,不接也不吭气。她急得说:"真的。"我连蛋带手一把抓了过来。我也顾不上问这蛋从哪里弄来的。刚打了一场摆子,体力虚弱,眼看一条痴呆鱼贴在水石边也无力去捉,我需要恢复体力。我一人,在河滩的芦苇丛里,将这个黄大、油多的咸鸭蛋几口吃下,咸得喝了好几口河水。奇怪,我没有拉稀,这是我第一次惊奇我的生命力的顽强。人活下来,活几十年,在过去那个年月真不容易。一场今天看来根本不算大病的病就可能夺去人的生命。小琴,我幼年时的好伙伴,若她今天活着,也有四十五六了,她在刚刚懂事的时候,不知瞎吃了什么,腹泻不止,转成痢疾,我见到她时,她躺在竹床上,病弱到连苍蝇停在脚面上也无力驱赶。我望着她消瘦得可怕的面庞,轻轻地问:"想吃咸鸭蛋吗?"当时我以为世上最好吃最补人的东西莫过于咸鸭蛋了,而这个最好的东西我可以连偷带拿地弄到。她摇摇头,没力气说话。该死的苍蝇可恶地不断叮她,头发上也敢停。我还是从家里偷偷地拿了一个大咸鸭蛋,悄悄地送给她。她看着我放在床边凉席枕头旁。我要替她剥,她摇摇头。没有几天,我也打摆子,转到另一个村子。半个多月后,当我病愈返回台上村时,一位大姐见面几句话就告诉我小琴死了,吃药没止住。临死前,她还想偷着吃咸鸭蛋。咸鸭蛋有油性,一吃会拉得更厉害,"幸亏没吃",我只记住了这一句话。她的小坟,就在村后我们每天去河边的小道旁。我去看她,不是在落日欲下的黄昏,是在一个天刚泛白的凌晨,宁静而又忧郁的凌晨,只见到一个小小的土堆,上面什么也没有,周围有叫不出名字的野花杂草,草上花上沾着晶莹的晨露。东方亮了,我怕太阳出来,让明净的露珠在花上草上多待会吧。她的几个哥哥姐姐不在身边,不知是谁将她安葬的,不会有棺材,准是用她睡的那张破席包裹了她。她身材短小。说也奇怪,坟堆如鸭蛋状,越看越像。四周静得可怕,熟悉的地方,也忽然感到陌生,那边坟丛,一堆一堆,平日印象是一堆堆绿丛。我眼前的这个新坟堆,上面光秃一片,没有绿荫覆盖,这也好,它不能遮拦我的目光……去年,我顶着烈焰,来到台上村,后边的小河近得只有百来米。我想顺着留下我童年足迹的那条熟悉的小路走走。"河滩大变样了!"难得见到的一位当年房东大伯要陪我去河滩看看。我迟疑了一下,还是决定不去。让那颗鲜红的幼小心灵在河滩荒野里,在我日渐衰老的心房里永远埋藏吧!

我长大了。抗战胜利前夕,快八岁。大人说我懂事多了。晚饭端出一碟咸鸭蛋,我再不会独霸了。咸鸭蛋给我留下的印记太多太深了……

去年夏天,从南昌上井冈山,清早出去,中午车过吉安就渐渐爬山了。无意间见到道旁一个木牌上标明"泰和县",使我激动起来。这些年井冈山在我的心目中是一个神圣而陌生的所在。原来我是在走一条并不陌生的山道。南昌,泰和;泰和,南昌。南昌是江西省会,沦陷后,泰和一度成为临时省会。1943年,保育院从永新转移到永丰县,步行了一段,翻越了几座大山,才搭上木炭车去泰和。夏天,汽车陈旧不堪,老抛锚,走走停停,一停就大半天。谁也不敢下车,怕车突然开跑了。兵荒马乱,坏人和流亡者沿途截车爬车。车里闷热。一走就是几天。路上的干粮是大人为我们准备的熟咸鸭蛋,装在用旧布缝的口袋里,咸鸭蛋既能充饥又不怕坏。我倒不怎么想吃。希望靠站能吃碗凉粉。可姐姐说身上钱不多,留着有用。我真是又饿又渴,两天后,恶心想吐。姐姐劝我别把身体弄垮,要吃。在快到泰和时车停了,下半夜大黑天,我下车透透气,几天饿得慌,我不顾一切,连吃了五个咸鸭蛋。本来就渴,吃了这么多咸的更渴,没有开水,只好到路旁池塘里喝生水。衣服穿得少,在车厢里闷了两三天,乍一吹风,经不起凉风的侵袭,没等早上开车,我就上吐下泻了。当时没有药,只好忍着。吐完了拉尽了肚里的食物,又感到饿,皱着眉头再吃咸鸭蛋。这趟车跑了五六天,四十来个钟头,咸鸭蛋一个一个吃光了,这下彻底败坏了我的胃口,毁坏了我对咸鸭蛋的美好记忆。从此,我怕吃咸鸭蛋了。幸亏世上好吃的食物很多。一种食物也有多种做法,比如鸭蛋,除了煮鸭蛋,还有多种吃法,生炒整煮,或制成松花蛋,我爱吃松花蛋,比咸鸭蛋还爱吃。

江西内地兴许也做松花蛋,但我吃上咸鸭蛋的时候,却没有注意到还有别具风味的松花蛋,可能它成本高,一般人不大买得起。我记得初次给我美食印象是1945年秋,在吉安。抗战胜利了,我盼着即刻回安徽老家。妈妈已走了四年。大人说赣江通长江接安徽。吉安临赣江,望着赣江上的每片船帆都以为是去老家的。我不清楚与江西、安徽相距几千里,但风帆的移动,使我觉得离家乡很近。母亲的一位同事,从小待我很好,她后来与一位老教育家结婚,在吉安定居。我从永丰到吉安在她家里住了几天。她夹着一块松花蛋对我说:"小昌子,到了家别忘了江西,别忘了我们。你看,这松花蛋,玻璃片上还印着松枝花纹呢!"松花蛋皮真有点像带色的玻璃片,我看得出神,舍不得吃。那时我玩了几年石头弹子,在吉安街头乍看到有孩子在玩玻璃弹子,心里痒痒的,恨不得也有,即便有一块玻璃碎片也好,松花蛋皮,透明,布满花纹,比真玻璃还好看。"你怎么不吃?"唐阿姨盯着我说,"明天你上船,带几个路上吃!"她从小看我长大的,连我喜欢将好菜留到最后吃的习惯也了解。蛋皮好吃,稀溏的蛋黄也好吃。当年吃法简单,不像现在讲究,撒姜末,浇香油、浇醋、酱油,有的人家还放味精。我初次吃的是本色的不带任何作料的松花蛋,裹着一颗长者关切的心,对于一个远离父母只身在外的孩子来说,它的色香味够浓的了。从吉安到南昌,船行走了几天,沿途码头生意热闹,可以买到各种吃食。我在樟树镇长街的药店里还看到过囚在铁笼子里的花斑老虎。正是秋天,橘子大量上市。赣江上满载橘子的船只一趟接一趟。不花钱就能吃够,码头上堆放的一筐烂橘子中有好的或大部分完好的,我埋头选过,提了一竹篮子上船。我爱吃橘子,橘子代替了干粮,唐阿姨给我的几个松花蛋竟忘了吃。到南昌后,我们在阳明路一所教会女子中学落脚。校舍漂亮,树多,有体育馆、地下室。我们住在地下室,搭地铺。这里会集了不少旅人,等船回江南。我熟识了一个也姓刘的伙伴,比我大两三岁,小脸,瘦高个儿,我们在一起玩了几天,很快熟了起来。有天中午我们瞒着大人一同上街玩,忽然救火车一辆一辆疾驶而过,连续响着尖怪的声音,我们误以为又打仗了,吓得气喘吁吁跑回了住处。进了地下室,才安下心来。黄昏,我们散步到了赣江大桥,他说,明天他就要随父母从这里上船去九江,他指着江的尽头,水天相连茫茫一片,说那里就是,我说我也要到那头去。我们年纪不大,却也学会了用眼泪送别。第二天清晨,我们靠着校园里一座绿树环绕的住宅栅栏,相约以后写信。当时我还没写过信,想不起问他的通信地址,他也没问我。分手时,我从裤兜里掏出一个松花蛋,揣到他手里,他很诧异,我说:"这是熟的,真的。"他望着我,摇摇头说:"你吃吧,我家里有,常吃。"去年在南昌,近黄昏时,两位朋友陪我去这所中学,我一眼看到了那所住宅,树还绿,栅栏也在。我靠着栅栏,请友人代拍张照片,他说光线太暗了,怕效果不好。果然相片灰暗,还不及我记忆的清晰。

我 1955 年来北京上大学前,有七八年是在江南故乡度过的。这里是鱼米之乡,按时令能吃到各种鱼。不会吃鱼的人,喜欢吃名贵品种的鱼,其实有些杂鱼更鲜美。小城习俗,有钱的人家午饭吃鱼,上午鱼好,新鲜,但价码大;没钱的人家,晚饭吃鱼,渔民下午卖不掉急着回家就贱卖了,鱼自然没有上午的新鲜。我在中学住校六年,上午最后一节课老师常拖堂,肚子唱空城计,想吃饭,还想吃鱼。可是中午绝少吃鱼,有次我问伙房的老张,他讲明白了这个道理。反正不管中饭吃鱼、晚饭吃鱼,我都高兴。早饭吃泡饭还嚼点咸鱼干呢!据说我祖母传下来的陋习,臭肉不吃,臭鱼可吃,有时还故意将鱼放臭了再吃。是遗传,还是熏染,反正我也能吃臭鱼。那时吃鱼比吃蛋容易。松花蛋更少见,是逢年过节的佳肴。桌上放着一碟切成几分之一小块的松花蛋,自己不能动筷子,由大人夹,至多两块。我们家巷口马家鸭铺的松花蛋是全城有名的。不仅个头整齐,而且蛋皮上印着松枝花纹。家里有次来客,叫我去买,当场剥壳。长着满脸络腮胡子的老马师傅得意地将蛋放到我自带的盘子里说:"这就是我们马家的松花,谁家做得出这样的?"他说得神奇,我频频点头,实际上并不明白他说的花纹真的构成了什么吉祥的图案。我冒着料峭的春寒,踩着冰雪正在融化的肮脏的巷道,辛苦了一趟,也只吃到一块,八分之一的松花。我刚到北京上学,有时星期天串胡同访友,能见到白墙上用工整的毛笔字写的代做、定做松花蛋的广告。50年代像我这样来自小县城的大学生,生活是清苦的。我虽然生活、学习在所谓全国最高学府的湖光塔影里,日子过得充实愉快,但要吃上松花蛋却是少到没有的。我记不得大学生活八九年,我被人正式在饭馆里请过有松花蛋的酒菜。也记不得,在馆子里正式请过别人有松花蛋的酒菜。我记得,我下过酒馆,海淀镇有家夜宵店,一碗馄饨,两个火烧,至多再加一小碟白肉。我请过别人,别人也请过我。松花蛋,作料齐全的松花蛋,在我的眼里有,在我的味觉里是没有的。松花蛋就这样长久地吊我的胃口,煽动我的食欲。

这几年周围的生活有了显著的变化,松花蛋常出现在宴席上。我带孩子参加过几次友人的宴请,孩子最关心冷盘有没有松花蛋,他仿佛知道松花蛋对他的爸爸过于吝啬,现在他要贪婪地吃,代为索取补偿。不管是对半的、八瓣的、十六分之一的,在他看来就是一个完整的松花蛋,都是归他的,也不管是否放了味精,有香油、酱油、米醋,他都觉得好吃。他爱吃不放作料的本色的,这点像我,可见遗传因子是存在的。

　　我坐在"解放牌"卡车上,任山路颠簸。我躺在车上,仰看天空。我的床板就是一篓篓的松花蛋。那是在十年"文革"中期。我从北京来到湖北咸宁文化部干校。我从伙房的挑水夫变成了连里的采购员。我干采购员的时候,正赶上干校关心起"五七"战士生活来了。所以不像开始时,每顿咸菜,一位老剧作家爱人从南京寄来几个酱菜罐头也被展览示众,大批一通。有次我去村里的合作社,远远看见一堆乱草中,有人在动作,我以为是坏人在干坏事,那时头脑里阶级斗争这根弦绷得紧,走近一看,先见到一个身背,后来站起来一位老人,是一位名作家,兄弟连队的,他认识我,笑着说,你也来吧,我看草丛中有一个已被撬开的羊肉罐头。我问他,有筷子吗?他笑笑,伸出了手。我心酸地走了。1971年"九一三"之后干校气氛有了些变化。明显的标志之一,就是连里常叫我去咸宁挑豆腐。早起动身,来回三十里地;去遥嘴挑鱼,半斤重一条的鳜鱼,一次一百多条;再过些时,用"解放牌"卡车去远道买菜,我到过通山,李自成遇害的九宫山。有次连长半夜叫我,我刚从城里回来洗了躺下,心里一怔,担心有祸临头。那年头人心不像现在踏实,没事的人都怕万一,何况我并不是没事的人,"万一"是系在我的裤带上的。我忘不了连里一位领导任命我做采购员时的谈话:"你身体不错,相信你能完成任务。不要以为自己没事,不需要监督改造了。我们的眼睛是雪亮的。挑扁担也要讲阶级路线,有事随时报告。你不报告被别人报告就被动了。"我放慢脚步在想象自己即将面临的被动局面。连部灯火明亮。一位说:"别连今天去嘉鱼拉了一卡车松花蛋,每人买了几十个。大家都高兴。这事对我们连有影响。有人吹风说我们连不关心群众生活。明天你跑一趟,多拉些来,随便买,不管是群众还是被审查的,都卖,群众的生活我们向来是关心的,在这个问题上绝不能让阶级敌人钻空子。"就这样天还未大亮我就同司机小张乘"解放牌"启程了。中午我们到了嘉鱼县一个小镇,我和小张在一家饭铺里吃了生炒黑鱼片,店主人替我们摆了碗筷,还询问我们对菜的口味的意见,菜是很鲜的,特别是主人平易的态度是许久不曾感受到的,所以记忆极深。下午我们到了一个盛产鸭子的公社,在食品门市部仓库里我吃惊地看到那一筐筐堆积如山的松花蛋。平日极难得的松花蛋,在这里价值大贬,随地都有破碎的正在流淌的松花蛋。我来到了松花蛋之乡。晚饭在供销社吃,除了鱼之外,有一小搪瓷盆带壳的松花蛋,有好的,也有破碎的,主人说你们愿吃多少吃多少。我一顿饭吃了不下十个。吃得在车上颠簸起来打嗝老冒松花蛋味。这是我生平第一次吃足了松花蛋。是在当时知识分子吃东西也要偷着躲着,精神屈辱时自由地、解放地吃足了的一顿。我带着这种自由感回到连队已是下半夜了。第二天连里开会宣布,每人可以登记买松花蛋,数量不限。头头那忽然关切的神情使群众,尤其是正在被审查的老干部反而疑惑起来,以为这背后会有什么动作。我上厕所时,就有人急忙问我拉回来多少,够敞开卖吗,问我是不是有意在这个问题上考验人的觉悟。中午各排报上来买松花蛋的数字不多,平日公认的几个馋鬼也只登记买五个,有人还注明如数量不够可以放弃。还是连里一位老干部摸着了人们的心思,他说:"别登记了,晚饭后就在一处卖,谁买多少给多少。"他先买了十几个,故意传开。那天忙到深夜,满卡车的货全脱手了。买得最多的一位是正在受审查的著名作家,他买了三次,两次有人在场,各买了二十个,后来快收摊时他单独来买了六十个。临走时,他向我点头微笑,我猛然想起我熟悉这笑容,前两年我在他送给我的一本选集的照片上看到过这微笑,他年轻时的微笑。我们连队多半是些文化人,有些是人类灵魂的工程师,很会琢磨任何一件敏感事情的含义。对于连部此举,当然有各种分析,不管怎样,这件小事使连里紧张的空气多少有点松弛。指导员吃饭时能公然剥两个松花蛋吃,这就是合法的象征。深夜本来爱喝几口酒的人也敢用酱油拌松花蛋下酒。一位未解除审查的老人也敢托人带十个八个松花蛋给在干校另一个连队自己的子女。当然,有经验的老同志还是谨慎的,一再提醒别过分张扬。果然不久,干校领导说有人在否定前一段运动成绩,恰巧这时连里一位尚未解除审查的年轻人,凑热闹与同室的人用松花蛋就酒多喝了几口,据说酒后讲了几句怪话,不知怎么汇报到连部去了。第二天全连点名会上,那位动员无限制买松花蛋的领导又绷着脸威严地说:"别以为大家都在吃喝,其实动机大不相同,有人借吃松花蛋、喝酒发泄……"自此,人们吃松花蛋就没有前几天那么大大咧咧了。松花蛋从许多人的碗尖埋到碗底。松花事件,如果称得上事件,对我本人也有值得记存的。松花蛋卖完后,才发现我和卖东西的两三人没有买着。第二天起,这个消息传开。先是一位老作家给我五个,后来又有一些同志给我两个三个,那两天,半夜从伙房回来,常发现自己的床上、枕边有用报纸紧包的松花蛋。一天中午我又去村合作社,在路上遇到前面提到的那位在草丛里偷着吃羊肉罐头的老作家,他的背包里鼓鼓的,准又是去买罐头。他站住叫我等等,从背包里摸出两个松花蛋给我,他说:"我买了许多,饿了可以当饭。"这是位我尊敬但不太熟悉的老人,现在已经过世了。我记住他给松花蛋时伸向我的那只颤抖的手。我的所得是珍贵的,难以描述的。至于所失,说得上的,是我为了打通关系,自己花钱买了两包武汉出的"大桥牌"高级香烟,还有一包稍次的"永光牌"。好在那时我刚结婚,没有孩子,这点钱还贴得起。我做采购员一年多,贴过不少这方面的钱,但从来没有人向我谈起这笔损失,也从来没有人批评我这种不正之风,也从来没有人表扬我这"为公"精神。我有时怀疑,连部叫我干采购员这件差事时,除了各方面考核之外,是否也考虑到我暂时还没有太重的经济负担呢!我的结婚日期连指导员是记得清楚的,我下干校的头一个春节准假十二天回北京,回来超一天,被点名批判。至于算是收获还算是损失我就弄不清了。

  这是十年前的事。过去的都过去了。人的胃口有时赶不上生活变化那么快,它的适应性似乎差些。我的孩子老说我傻,咸鸭蛋、松花蛋多好吃,永远吃不够,但愿他如此。上周周末,我们大学同班七八位同学,在母校附近一家饭店,欢迎我们的一位来自异邦的同学,我们都是多年不见了。客人是重感情的,她很关心我们同学这些年的命运。她说见到报纸上有我的文章,她才放下了心。我们频频举杯,她风趣地说爱吃今天桌上的每一样菜,特别是松花蛋。她笑着说:"松花蛋很好吃,这是中国的特产。"当她发现我的盛菜碟里两块松花蛋未动时,奇怪地追问我:"你不喜欢吃,为什么?"

1984 年 6 月

冰心："巴金这个人……"

确切地描述一个人，谈何容易？尤其是巴老……我说难，不仅他在我的印象中如同一个世界，他的读者洒在世界各地。他写了那么多动人的书，自己也是无数令人沉思和落泪的故事的主人公。

这么一位思想和情感都十分深沉的大师，经常给我的感觉却是一块纯净的水晶……我从哪里下笔？

犹豫……思索……是不是给我自己设置的这个描写课题，过于艰难了？

同样是这事，对于冰心老太太来说就容易得多了。我素来钦佩冰心描写人物的机智，不经心的几笔，人物就活起来了。我读过她那本冒充男人名义发表的《关于女人》的散文集，真写绝了。可是，关键还不是冰心写人物的本领，她和巴金是友情笃厚的朋友，平时以姊弟相称。她对巴金的人品了解透彻。去年冰心听人从上海回来说，巴老常一人坐着看电视，便说巴老心境压抑，不痛快。冰心老太太正在写一组《关于男人》的系列散文，首篇已给《中国作家》创刊号。她常笑着说：老巴就是我这组散文里的"候选人物"，我肯定要把他写进去。

我想，她能写好，没错，因为我常常从冰心关于巴金的片言只语的闲谈里，觉醒或加深了自己对巴老的了解和认识。冰心说，她第一次见巴金，是巴金和靳以一道来看她的，靳以又说又笑，巴金一言不语。冰心说，巴金的这种性格几十年还是这样,内向、忧郁,但心里有团火,有时爆发出极大的热情,敢讲真话。是啊!巴老使我们激动的,不是常常把留在我们心里的某一句话,痛痛快快讲出来吗?

今年10月,巴老赴港接受香港中文大学文学博士荣誉前夕,我和几个中青年作家约好给巴老去贺电,11月25日又是他八十寿辰,我们怕他应酬多一时滞留回不来,打算提前给他老人家祝寿。

恰巧这是个星期天,一个相当暖和的初冬天。我们家附近新开了一家邮局,我信步走去。这些年进邮局寄邮件、替儿子买纪念邮票,都是在挤中进行的。而这三源里邮局还真有点现代化的派头,宽敞、明亮。我花一分钱买了张电报稿纸,正要填写,突然发现一个电话间是空着的,不是长途,是市内公用电话,真难得。何不利用这珍贵的机会,问候一下多日没见的冰心老太太呢?我高兴地走进去,将门关严。我要痛痛快快地给她打个电话,长长的电话。"吴青在吗?"我叫通电话,立即报出冰心老太太女儿的名字。"不,我是吴青的娘!你在哪儿打电话?"近两年,我在想念她时,就给她打电话致候,但又怕这样反而打扰了她。有时在她家看见她手持拐杖不大轻松地走路时,我下决心以后万不得已不给她打电话。有事就写信。一次冰心听说我从上海回来,来信问我去看了巴金没有,近况如何。我当即回信禀告。不几天,收到老太太回信,开头就批评我字写得潦草,辨认不出。叫我以后有事还是打电话。从此,我就心安理得地与她通话了,而常常谈到的是关于巴金的事。这次她问我,老巴胃口怎样,我说见他与家人一道吃,吃得蛮好。冰心说:老巴对别人无所要求,安排他吃什么,他都满意,他吃食简单,总怕费事麻烦人。有一次冰心在电话里小声地问我,最近她才听来人说,老巴几十年从不拿工资,是不是有这事。我说我听说是这样。我还告诉她一件小事。有一回巴金来京参加中国作家协会主席团会议,中国作协秘书长张僖同志说巴老的飞机票别忘了替他报销,叫我代办一下。后来听巴老的女儿李小林说,巴老意下还是不报为好。冰心听了这些情况,笑着说:"巴金这个人……"

"巴金这个人……"这句话里包含了多少东西,随你想去吧!

前年11月,张洁、冯骥才和我三人,正在新侨饭店参加一个文艺座谈会,突然听说巴老摔跤骨折住院了,我们急忙下楼拍了一封慰问电。我们虽是一片真情,但电文却是几句公文式的套话。谁知那封电报竟给巴老带来了一些慰藉。后来听小林说,巴老当天住在医院,挤在一个三人一间的病房里,疼痛,心情不好。这是他接到的第一份慰问电,巴老就把电报放在枕边,一会儿拿起来看一看。

这次不一样了,我们决心联名给巴老拍一个有趣的、能逗他发笑哪怕让他只笑一秒钟的电报。请冰心老太太出个词儿。她称赞我们的这番心意,说"巴金准高兴","让他高高兴兴地上飞机"。她说,电文越随便就越亲切。巴金这人辛苦一辈子,勤奋一辈子,认真一辈子,这次去香港,叫他好好休息,尽情享受,别累了,别苦了,住得习惯就多住几天。我提醒说,万一巴老11月赶不回来,这份电报是否可以预先祝寿,冰心笑我太心急,"到时如回不来,我再领衔专发贺电!"她要我加上她的女儿吴青,说这回你们小字辈出面。

我得意地将电报递给译电员,他看了电文,又望了望我,笑着说:"'好好休息,尽情享受',真有意思!"

"好好休息,尽情享受",这是我们真心的祝愿。

我朝译电员笑着点了点头。这点头又是很认真的。他似乎明白了什么,他为了叫我放心,连声说:"上海,巴金,三小时准收到。"

今年2月,我到上海华东医院七楼看望巴老,他正在来回练习走步。时序推移,想不到他身体恢复得这般快。5月去了日本,这次又去香港。我有大半年没有见到他老人家了,我仿佛又见到他在自家住所院中独蹰的身影,在日落黄昏、光影迷离的时刻。前几年,在他这场疾病之前,偶有机会在绿草地上陪他散步,我便趁机向他求教一些问题。记得有次谈起评论,他说:文艺评论主要是为了扶植繁荣创作,而不是堵塞,批评也是一种疏导。他说:作家与评论家是平等的关系,是相互促进的关系。他强调评论文章要讲道理,重分析,态度平等。千万别再板起面孔教训人……他一口气讲出这些话,虽然他是不太喜欢多说话的。去年初夏,巴老长期住院后回到家里,还是那条小路,那块草地,巴老恢复了散步的习惯,不过要人搀扶着、陪伴着。他缓慢地、无声地走着,走着。我再也不敢打破这宁静。我盼望巴老尽早恢复健康,有机会多听到他率直亲切的教诲。

我特别爱听巴老谈论中青年作家的作品。巴老在现代文坛活跃了六十年,他家里经常聚集几代作家。历史在这里交汇。上海许多老作家就近,走动勤。曹禺长住上海,更是巴老病房或客厅里的常客。去年除夕,曹禺夫妇、罗荪夫妇都提出要陪巴老在医院里守岁。巴老年轻时就有一颗火热的心,他爱护青年,帮助青年,青年也尊敬他、信任他。他在长期出版编辑工作中培养了众多的文学青年。他虽然八十高龄了,但心不老,比年轻人还年轻。近几年,新文学浪潮中涌现出了和正在涌现出一批有才华的中青年作家,其中有些成了巴老小字辈的朋友,巴老关心他们的创作,阅读他们的作品。中国作家协会主办过两届全国优秀中篇小说评奖,巴老是这两届中篇评奖委员会的主任。第一次获奖的作品,他基本都读了。我曾在一个下午,听了他关于这些作品意见的谈话,谈话进行了两个小时,谈兴正浓时,传来了茅盾辞世的不幸消息,他默默地站起来,接过电话,走向花园了。这次谈话就这样意外地中断了。他站在花园的草地上,默默望着远处。那么静,我却仿佛听得他内心深处的惊涛与雷鸣。

巴老读作品之仔细,见解之深刻、精辟,使我大获教益。去年第二届中篇小说评奖时,巴老的精力明显不如以前了。在病房里,他也谈了对他零星阅读过作品的意见。他很希望通过评奖多出点新人,希望作品内容、艺术更丰富多样些。不主张搞题材决定论。从这个意义上,他说有些作品评奖时应当考虑。巴老一再说,近年他看的作品不如以前多,希望评委会广泛听取意见,充分讨论,尽可能评出优秀佳作。遗珠是难免的,没有评上的作品中,显然还会有不少佳作,他对当时有争议的几部作品,都有自己的看法,但他说这是个人的意见,不要影响评奖。有次我问巴老,冯骥才的短篇《高女人与她的矮丈夫》写得怎样。他反问我的意见,我说看了很喜欢,他说这篇小说写得不错,受俄罗斯文学的影响,有契诃夫小说的味道。听常年陪伴巴老的亲人说,巴老视力还好,晚上能躺在床上看书,现在多看些友人赠送的散文杂著,但影响大的小说,他也还是要找来看。

巴老的生活有规律,早起从楼上卧室下来,早餐后散步,约八时半上楼工作。这些年巴老除翻译、准备写长篇外,一年写一本《随想录》,就是充分利用上午这两个小时的结果。现在他只能半天干事,写几百字。在他住院期间,除治疗手脚行动不便时,一般他都坚持每天写。他的近著《随想录》之四《在病中》就真实地记录了他一年多来艰难时日中的点滴感受。茅公逝世消息传来的当天,《文艺报》编辑部来长途嘱我约请巴老撰写纪念文章。当我向他提出这个请求时,他说想一想再说。第二天上午小林来电话说,爸爸给你们的文章已写好了。今年2月,巴老在医院赶写纪念老舍那篇动人肺腑感人至深的文章。他起早,用复写纸写,突破了一天几百字的控制,一两个早晨就完成了两千字左右的文章。当他将文稿交给我时,望着一行行清秀的字体,我感动得落下了泪。

巴老办事严谨、认真。曹禺同志当时也在上海,也在带病赶写纪念老舍的文章。曹禺同志的文章感情饱满,潇洒自如。他脱稿后,来到巴老病房,大声朗诵给在场的人听,巴老点头称赞。为了一个细节的描述准确,他与曹禺认真回忆核对。巴老非常重视回忆录的真实性。他不止一次说起,要尊重历史,不要用今天的眼光去改变历史。

巴老很念旧,对亡友的子女关心惦记,有的待如亲人。对叶圣老一直怀着深厚的敬意,一有机会就表示潜流在内心的感激之情。叶老说巴金每次来北京再忙都要来看他,实在没有时间也要来个电话问候。有一次,叶老在自家庭院里散步,欣赏缀满枝头的海棠花,突然问起巴金从国外回来了没有。

今年春天,叶老因病住院,大夫决定做胆囊手术,巴老在病中听到了这个消息。有天小林为公务从上海打来电话,提到叶老快做手术了,托我快去医院代他爸爸送束鲜花给叶老。那天下午正好可以探视。我在崇文门花店买了一束水灵灵的鲜花(可惜我叫不上花的名字),叶老很高兴,忙叫护理人员找花瓶插上。叶老说自己感觉还好,院长、大夫治疗精心,叫小林转告巴老,释念。当他知道巴老准备5月赴日本参加世界国际笔会时说:"巴金还是年轻,恢复得快,叫他走路千万小心,再不要摔跤了!"那天叶老情绪好,戴上助听器,坐在沙发上。叶老家人给我泡了一杯绿茶,叶老自己也要了一杯,说这是家乡茶。我看着这娇艳的鲜花,喝着这清香的碧绿春茶,心里的北京、苏州、上海,千里之遥突然缩短了。很久很久之后,才听说叶老没过几天便向巴老赠诗酬谢。现经叶老同意并标点,将全诗抄录于后,足见九十与八十两位文坛泰斗间的情谊。

巴金闻我居病房,选赠鲜花烦泰昌。
苍冬马蹄莲兴囊,插瓶红装兼素装。
对花感深何日忘,道谢莫表中心藏。
知君五月下扶桑,敬颂此行乐且康。
笔会群彦聚一堂,寿君八十尚南强。
归来将降京机场,迎候高轩蓬门旁。

巴金兄托泰昌携花问疾作此奉酬
1984年4月12日于北京医院

可惜巴老从日本回国时没有绕道北京,这次他去香港也是从上海直接往返的。两位老人有近两年没有见面了。又是冬天了。暖房的鲜花依旧娇艳,碧绿的春茶也在悄悄地生长。今年这两位老人都适逢大寿,全国的文艺界和广大读者用各种方式,在纸上、在心里表达自己的良好祝愿。我还得写几句冰心老人。她比叶老小六岁,比巴老大四岁,她对巴老视如小弟,对叶老视如兄长。她自己也是行动不便的病人。她关照病人时的那副劲头,哪像是足不出户的八旬老人、病号? 她在惦念巴老的同时,对叶老也频频问候。在巴老送鲜花给叶老致候之际,她除多次电话托人关照叶老的治疗,还破例去医院看望了叶老。冰心老人几年前骨折后就杜绝了所有社交活动,用她自己的话说,"偷偷地去看了一下"。除此之外,我真不知冰心老太太还去过哪儿……

巴老时时关切文艺界的大小新老朋友,文艺界大小新老朋友也在时时惦念他。一年多,病中的巴金牵动了多少人的心。去年5月,法国总统密特朗访华,亲自到上海向巴金授予荣誉勋章。张光年同志代表中国作家协会前往祝贺。光年同志夜航抵沪,次日上午就急忙去医院看望巴老。巴老正卧床,光年同志带来了周扬、夏衍等同志的问候,巴老一一问询他心中惦念着的许多朋友的近况。光年同志怕多谈巴金激动,影响他明天出席授勋仪式,有意将心里的话留下,约定巴老出院后在家里畅谈。这天上午八时多,光年同志去巴老家,房子是新粉刷的,花木也修剪整齐,巴老因刚理发,神采奕奕。他和光年同志在二楼书房里愉快地开怀畅谈了两三个小时。光年同志次日将去南京,他向巴老辞行,巴老激动地说:请代向大家问好! 问候周扬同志,望他善自保重,问夏公好。光年说:大家都希望您保重,下届作家代表大会上见。巴老说:我现在走路也方便多了。会更好。他突然朝光年同志说:你也是病人,你忙,更要多加保重。在返回住处的途中,光年同志感慨地说:巴金在许多问题上比我们这些在作协工作多年的人想得还细,考虑得还周到。他远在上海,在病中,还时刻惦记在北京的一位老友的住房问题。他的这位老朋友,也是我们的老朋友。看来作家写小说,要熟悉生活,了解人心,关心人,做人的工作。

巴老本来有一个心爱的外孙女端端,现在又有了一个心爱的孙女,他对天公赏赐给他的这份乐趣看来很满意。每天睡前爱和小端端摆摆龙门阵。

不足半岁的孙女爱听电话,那专注新奇的神情,常会引出巴老的微笑。巴老生活节奏紧张,一切都在悄悄地有成效地进行。巴老是个不知疲倦、不习惯静养的人,他闲不住。新近从香港回来,疲劳还没有完全消除,又开始忙起来了。他抽空又在清理书刊手稿,清理好一批,就捐赠给中国现代文学馆。每年一本的《随想录》,他决心继续写下去。新的更加活跃的社会主义文艺大繁荣的局面定会来到。在新的一年里,海内外广大读者,将会愈加关心巴老的身心健康愉快,同时也盼望早日读到他的长篇巨著,我们的巴老决不会使人们的这一愿望落空的!

我打心眼里希望巴老写作之余,注意休息,更多饱尝一点生活乐趣。我不知道他平日的专心写作、读书、散步,乃至沉思,是在工作还是在休息。前年,不,大前年,我曾与小林夫妇随巴老去杭州。春天,真正的江南春天,车窗外一片菜花金黄。我离开江南水乡快三十年了,童年、少年时期记忆中储存的青山绿水菜花……已成了一幅幅剥落的油画。猛然见到野外这春的喧闹,我惊喜得噤声了。我拿起随身携带的傻瓜照相机,连向玻璃窗外拍去,不知拍下的是那几厘米厚的车窗玻璃,还是那玻璃之外的鲜活的世界。巴老看我这股傻劲笑了,他又凝思看着窗外。我抢着为他拍摄了一张最最自然的旅行生活照。我看着这张缺乏层次感的照片,望着巴老那凝眸沉思状,我猜想,当时他正在想些什么呢?啊,我想起来了,当我替他拍完照片后,他转过脸来,同我谈起我国现代文学史上的一些趣事,有些是我知道的,有些是第一次听说的。他说现代文坛很复杂,需要很好地清理和研究。首先要摸清、摸准史实情况,再加以细致的分析,否则得不出合理的符合事实的评价,他还具体说到一位老作家创作前后的情况。巴老知道我平日喜欢现代文学,也知道我喜欢购买收藏这类图书,也写点这方面的文章。他的这番话,对我太有针对性了……每当我回想起巴老的这番话,我就想起我抢拍的那张巴老凝思的照片。他思索着什么?谁又能说出他那广阔恢宏的思想,那博大深沉的爱啊!

我异常喜爱、珍惜巴老用他那颤抖的手写下的两段话:

火不灭,心不死,永不搁笔!

巴金
1981 年 3 月 27 日

我活了八十年,也许还要活下去,但估计不会太久了。我空着两手来到人间,不能白白地撒手而去。我的心燃烧了几十年,即使有一天它同骨头一道化为灰烬,灰堆中的火星也不会给倾盆大雨烧灭。这热灰将同泥土掺和在一起,让前进者的脚带到我不曾到过的地方。我说:"温暖的脚印",因为烧成灰的心还在喷火,化成泥土它也可能为前进者"暖脚"。奋勇前进吧,我把心献给你们。

巴金
1984 年 3 月 16 日

亲爱的朋友,也许你读到这些真实的、片断的、没有任何加工的记载,会感到巴老与你更加亲近。这亲近,不正因为他与时代一起前进,与人民共苦乐,与生活共呼吸,与你一同思考吗?80 年,他依旧是一团火,永远是一团不熄的火!

我不是小说家,我只能纪实,加点自己的感受,也许将来有人能够描述出这位文学大师独特的火一样的心灵来,也许永远不会有人做到。我现在仅仅能够借用冰心老太太这句意味深长的话来说:

"巴金这个人……"

1984 年 12 月

她钟爱带刺的玫瑰花

早听说冰心老太太喜爱玫瑰花。

前几年读了她的散文《我和玫瑰花》,我才知道她爱玫瑰爱得这般深。

前年,她搬进了新居,还是楼房。楼下没有花圃,没有满园的各色的玫瑰。虽说是教授楼,却不可能再有多年的邻居每天清晨给她送上一束浓艳的带着露珠的玫瑰花。

老太太精神好时,我怀疑她的卧室里放有浓艳的玫瑰花。她疲乏困倦时,我似乎看见那一束鲜艳的玫瑰花萎缩凋谢了。

我常想轻轻地叩门,给她送上一把永不凋谢的浓艳的玫瑰花。

"别忘了给姑姑送玫瑰花!"远在上海的友人李小林提醒我,这半年冰心的老伴吴文藻先生逝世后她提醒得更勤。作家出版社约我编选近十年散文,冰心的散文可选的实在多,小林脱口而出:"就选那篇写玫瑰花的吧!"

能理解一个人为什么偏爱这一种花,并为它付出了浓重的感情,这本身就是一种幸福。

可惜,我没有享受到这种福气。但我真心地想为冰心老太太献上一束浓艳的带露珠的玫瑰花。

我跑过几家花店。崇文门花店、新开的劲松花店我都去过。连我记忆中的护国寺那爿早不卖鲜花的花店也去过,结果很使我失望。

仍是轻轻地叩门,轻轻地走进冰心的书房兼卧室,她正襟危坐地在书桌前看杂志,背后整齐的书橱里放着一张巴金送给她这位大姐的照片……

我想告诉她,我虽然又空着手,但心里却插着浓艳的玫瑰花,红的、紫的……

冰心给人的永远是一副精神的面容。她生活在玫瑰花丛中。

有次我真的看见花瓶里插了一大把鲜艳的玫瑰花,老太太说是长大了的五个孤儿送来的。

我相信这些朋友比我更深地了解她为什么喜爱玫瑰花,因而尽力去采撷它。

我尽力也不行,也弄不到玫瑰花。

我对老太太这一雅兴理解太浅。我不敢询问老太太,你为什么这样喜爱玫瑰花?我怕她反问我,我答不上来。有次我同老太太谈起《繁星》,我说从小就爱读,她问我爱读哪几首,幸好我能背出几首,才引出了她慈祥的一笑。

我有几次话到嘴边又溜走了,只好在心里揣度,她,为什么特别钟爱玫瑰花?

前些天,她兴致勃勃地去月季花房,和邓颖超同志一起观赏盛开的月季花。她也喜爱月季花,还为肖淑芳画的月季花册写过序文呢!但她爱玫瑰花却是更出名。无怪一位狡猾的记者在她观看月季花时问出了她为何几十年地喜欢玫瑰花。

秘密一旦不成为秘密,要么消失,要么蔓延。

看来冰心老太太是想向人们说明玫瑰花为何值得她心爱一辈子。

还是编辑记者会钻空子。周明闻讯来到老太太的身边,请她为6月号《人民文学》杂志卷首写几句话,只写几句话,这不分明是在引导老太太说清她和玫瑰花的关系吗?冰心毫不犹豫地写道:

  昨天游园,有记者问我:

"你为什么喜欢玫瑰花?"

我说:"因为她有坚硬的刺,浓艳淡香都掩不住她独特的风骨!"

平日我只注意了玫瑰花的浓艳淡香,却忽略了她那坚硬的刺和独特的风骨!

老太太将会源源不断地更多地收到浓艳带刺的玫瑰花,不仅仅是在清晨,还有黄昏和晚上。

1986 年 5 月 27 日

冰心与邓颖超相会在月季花丛中

冰心爱花,爱多种鲜花,她说,月季一年四季展示浓艳,吐播芬芳,可以美化人的生活环境,增添人的生活情趣。她爱读宋代诗人杨万里咏月季的诗句:"谁道花开十日红,此花无日不春风。"

冰心的几位小朋友创办了"北方月季花公司",地址就在冰心家附近。他们知道邓颖超和冰心都喜欢月季花,每逢花季,他们都要请两位老人来赏花。

1986年5月,月季花公司的花园里盛开着数万朵月季花。特地邀请冰心到花园里赏花。18日上午,冰心来到绚丽的花园,全国政协主席邓颖超听说冰心去赏月季,也赶来了。

冰心当天下午急约我去她家。她讲,我记,当场写了一则短消息,冰心看了,说可以。她说,邓大姐是全国政协主席,但她和我来观看月季花,是作为两位老人、两位老朋友的约会,标题就称"邓大姐"吧。《文艺报》在头版发表这则新闻,标题是"邓大姐、谢冰心两位老人相会在月季花丛中":"5月18日上午十时二十五分,冰心应北方月季花公司邀请去花房赏花,邓颖超同志得知这个情况,十时四十分也赶去。她紧握着冰心的手说:早就想去看你,送你一束芍药,是我家院子里的,祝贺你八十六岁生日。冰心连声说:谢谢,谢谢,我生日还早呢。邓大姐说:那就预祝吧!冰心立即回赠了邓大姐一个大花篮。两位老人相互问候,亲切交谈。邓大姐说,她今天才知道吴文藻先生已过世,否则她要表示悼念。冰心说:我和文藻早商量好,不举办遗体告别,不开追悼会,不留遗产给孩子,所以没有把这个消息告诉你。邓大姐说:我和恩来的意思也是这样。她俩一直情意很浓地说到十一时半才依依不舍地分手。邓大姐对冰心说:以后再来看您。冰心这两天常默默地坐在客厅沙发上,望着墙上悬挂的一幅周总理的画像。25日晚她对记者说:'我把邓大姐送给我的一束芍药,插在总理的像前,我默默在祷祝说,这是您家自己院里的花,您觉得亲切吧。'本报记者　吴泰昌　摄影　陈钢。"18日晚上,老人在一页稿纸上写了"我把邓大姐送给我的一束芍药,插在总理的像前,我默默地祷祝说,这是您家自己院里的花,您觉得亲切吧"。

文章见报后,老人又叫我去,"今天我要同你谈谈那天与邓大姐相会的详细情况",好转告巴金,也让他高兴高兴。文藻去世后,他一直担心我的情绪不好。她明知巴金会从《文艺报》上看到新闻,她说,你们发表的内容是听我讲的,是为了公开发表的,有些细节当时我没对你讲。她又缓慢地讲起一些她和邓大姐交谈的细枝末节。

冰心见到邓大姐就说:"我真想你!"

邓颖超拉着冰心的手:"我也想你,又惦记你。"说着转身从秘书赵炜手中拿过一束鲜花,"这是我家院子里种的花,特意给你带来一束,祝贺你八十六岁生日,愿你像鲜花那样永远年轻。"

冰心激动地接过花束,连声说:"谢谢！谢谢！我生日还早呢!"

"那就预祝吧。"邓大姐说。

"你那么忙,还想着我。"

"我很敬佩你,你为儿童、为人民写了那么多好作品。"

接着话题转到了花,邓大姐对冰心说:"我的院子里种的花,开得像盘子那么大,你种了什么花?"

"我住楼房,不能种花,北方月季花公司每星期都给我送鲜花。"冰心回答说。

"你那里成了鲜花的宫殿了！"邓大姐笑说。

邓颖超走进鲜花丛中。冰心由女儿吴青推着轮椅来到花前，冰心迫不及待地让吴青扶她下来："我要自己走，我要走到花中间去！"

她扶着助步器，大步向前走去，急得吴青在一旁直叫："慢点儿走，您一看见花就什么也不顾了！"

"真好，真好！看见花，心情舒畅。可惜我的腿不好，如果腿好，我都想飞起来了！"冰心边走边说。

过了一会儿，冰心又非常郑重地对邓大姐说："政协开会，我都不能参加，我想辞去政协常委……"

"你不能辞，你是民进出的……"邓大姐说。

赏花，使邓颖超、冰心在月季园里重逢，备感愉悦。北方月季花公司把用鲜花插成的两个花篮赠送给她们，两人欣喜地接过，手拉手合影留念。冰心因事先不知道邓大姐来，分别时，她把花篮转送给邓大姐。

次年5月23日上午，邓颖超再次到北方月季花公司赏花，邓大姐到了月季园，发现冰心没有来，便询问冰心的近况。公司负责人说："可以马上派车接冰心来。"邓颖超说："冰心的腿不好，下楼不方便，还是我去看她。"

邓颖超让秘书赵炜给冰心家挂电话，问问此时是否可以前去探望。冰心接到电话，感到意外的惊喜。邓颖超很快就驱车到了冰心寓所，冰心扶着助行器在房门口迎候，一见面，冰心就问："我最近写给你的信收到了吗？"

"收到了，大前天我让赵炜给你送花来，我忙得连个条子也没来得及写，很抱歉。我还看过你写的谈如何赏花的文章，最近又看了《人民日报》发表的文章《冰心不老》，还看到你的照片。我说，冰心的确不老，一片冰心在玉壶，冰心是乐观者。"

"我也太乐观了，总理在世时……"

"总理年轻时就喜欢读你的《寄小读者》。我是20年代在北京当小学教师时读的。"

冰心把女婿陈恕、外孙陈钢介绍给邓颖超。邓颖超关切地问："吴青还在外语学院吗？"

"我们俩都还在外语学院。"陈恕回答说。

邓颖超转对冰心说："你对他们来说是一个很好的、经常的鼓舞他们的力量。"

"那我可不敢当。"

"我不是抬高你，也用不着抬高你，你已经很高了。有多少年的成就。"

冰心和邓颖超热烈地交谈着，秘书赵炜提醒邓大姐该回去了。冰心挽留邓大姐吃饭，邓颖超说："我们今天是突然来，下次来吃饭，早一天告诉你。"

临分别时，邓颖超和冰心紧紧地握手，互嘱保重。邓颖超说："千言万语说不完，咱们下回再叙。"

邓大姐去冰心家中看望的消息，《文艺报》也在头版发表了一条短新闻。新闻内容是冰心在电话中告诉我的，老人讲得多，很细致，她说新闻要简约，把事说清楚就行了。新闻见报前我在电话中连标题一字一句念给老人听，她说同意。我以"山风"的化名写了这条新闻：

邓颖超看望冰心

本报讯 5月23日，邓颖超同志去北方月季花公司赏花，发现冰心没来，随后去中央民族学院冰心寓所，上二楼看望冰心。邓颖超紧紧握住冰心的手，详细询问她的健康和写作。邓颖超还和冰心家人合影留念。

没想到，这次会见竟成了她和邓颖超大姐的永别。

1992年7月11日，冰心在《新闻联播》中惊悉邓大姐去世的消息。冰心大声痛哭，广播员沉重而缓慢的声音，她一句也没听到，这一夜，冰心"像沉浸在波涛怒潮的酸水海里，不知如何度过的"。

第二天一早,冰心就让她的外孙陈钢去取来一篮白玫瑰花,系上一条白绸带,写上自己的悼词。陈钢立刻把这只小小的花篮,送到中南海西花厅邓大姐遗像前的桌子上,并拍了一张照片回来。

7月31日,在大风雨的黄昏,冰心写了《痛悼邓颖超大姐》一文,文中引用了刚收到的巴金给她的一封信中的一段话,巴金在信中说:"邓大姐走了,你难过,我也很难过,她是一个好人,一个高尚的人。没有遗产,没有亲人,她不拿走什么,真正是个大公无私的人。她是我最后追求的一个榜样。一个多么不容易做到的榜样。"文章见报时编者删去了原文中的这段引文,冰心老人见报后勃然大怒,我少见的大怒,说我怎么向老巴交代,责问报社的领导直至中央负责宣传的主管,定要讨个公道的说法。1993年作家出版社出版冰心《关于女人和男人》一书,冰心在收入这篇文章时,恢复了被删去的这段引语。

冰心对邓大姐的深厚感情寄托了她对周恩来总理的深切怀念与尊敬。

1979年2月12日出版的《文艺报》第2期,头条发表了周恩来总理1961年6月19日《在文艺工作座谈会和故事片创作会议上的讲话》全文。《文艺报》编辑部和《电影艺术》编辑部联合邀请在京的部分文艺工作者举行座谈,学习和讨论周总理这个重要讲话。先后在会上发言的有张骏祥、陈荒煤、阳翰笙、周而复、赵朴初、艾青、李陀、于兰、曹禺、江丰、谢冰心等。冯牧、袁文殊主持了座谈会。

《文艺报》编辑部会前安排我写这次座谈会的报道,我去向冰心要她发言时准备好的几页稿纸,她说,今天我来是学习和缅怀周总理的,临时讲了周总理关心我的几段印象特别深的事,这回你们不要发表了。老人说,周总理刚去世时,我写过一篇悼念短文,没有写充分,有些内容,当时还不好说。有机会再补充,写好。此后,我断断续续听她谈起周总理……

冰心常说,周总理是人民的好总理,是她十分尊敬的一位伟人。冰心忘不了1951年她和文藻全家从日本回到中国,周总理的亲自过问和妥善安排。

冰心和吴文藻回到北京时,根据周恩来总理的交代,有关部门在崇文门内洋溢胡同购买了一所房子,交由他们一家居住。这是一座典型的北京四合院,但已安装上了卫生设备和热水管道,院内铺上了砖,砌了两个花坛,还专门配备了沙发、书橱、写字台等家具,冰心和吴文藻住进来时,生活极为方便。

　　冰心和吴文藻住进洋溢胡同的四合院不久,周恩来总理派车,接他们进中南海叙谈,并且留他们共进晚餐,那是一顿普通的晚餐,四菜一汤,仅一道荤菜——炒鸡蛋。据后来冰心回忆,总理见到他们的第一句话就是,你们回来了,你们好呵!这"回来"二字,着实令他们感到温暖,顿生一种回家的感觉。吴文藻坐在周恩来的旁边,第一次会见,却没有陌生感,吴文藻向总理谈到自己的经历,原本就是教书的,后来,抗日到了重庆,误入仕途,又去了日本,本想很快就回来,但没有想到国内的局势变化这么快。总理接过他的话题,连声说,没有关系,革命不分先后,吴先生在日本也为我们党做了许多有益的工作,并且称赞他对革命是有贡献的。周恩来又问到冰心的身体,并且以他惊人的记忆,说大概有十几年没有见面了吧。显然,周恩来记住了那次在重庆"文协"会上的见面,仅是一面,作为一个日理万机的总理,竟然会清楚地记起。周恩来还问到孩子上学的情况,冰心一一作答,并且告诉总理,他们回到北京后,都改了名字,儿子叫吴平,大女儿叫吴冰,小女儿叫吴青,吴平在清华大学建筑系学习,两个女儿都在读中学。总理就问,中学之后两个女儿有什么打算。冰心告诉总理,大女儿想学历史,小女儿想学医。总理略作深思,建议两个女儿去学习外语,总理说,你们家的条件好,学习外语有好基础,新中国成立后,与许多国家建立了外交关系,外事活动很多,而外语人才奇缺,希望冰心不仅为国家培养建设大厦的人才,还要为国家培养与外国人打交道的人才。总理说,请他们回去后与孩子们商量一下。此后,吴冰和吴青都按总理的希望,报考大学时选择了学英语。吴冰进了北大西语系,吴青进了外国语学院英语系。

　　总理在这次会见时,还征求了冰心和吴文藻对工作安排的意见,吴文藻在回国之前,也曾考虑过这个问题,能为新中国做哪些工作?那时,中国与印度的关系很友好,吴文藻对印度的情况熟悉,因而,他曾希望,如果能将自己派到印度,可以发挥他的作用;如果国家不需要他去印度,则可回到学校做教师,这也是他的愿望。冰心则没有具体的想法,只是希望多为孩子写一些作品。

冰心说她忘不了她的老伴吴文藻和她的两个子女1957年被错打成右派后,周总理对她一家的关心。她说我们家当时是右派家庭,我也成了半个右派,那个时候,周总理和邓大姐能想到我们,关心我们,能做到这点,太不容易了。

有一天,周恩来总理让邓颖超大姐派车来接冰心。在中南海的西花厅,邓大姐细细地问到冰心一家的近况,特别询问吴文藻的具体情况。她怀着感激的心情,向邓大姐如实地倾诉了一切。邓大姐关心吴文藻的近况,关切地说:"作为亲人,应该多关心他,多安慰他。"

冰心告辞时,邓颖超紧紧地握着她的手,冰心诚挚地向邓大姐致谢。

冰心清晰地记得,1972年,在一次接待外宾的宴会上,她和重病在身的周总理最后的一次见面。周总理说:"冰心同志,你我年纪都不小了,对党和人民就只能是'鞠躬尽瘁'这四个字啊。"总理这语重心长的嘱咐,一直激励着她。

周总理逝世后,冰心"笔与泪俱",及时写了《永远活在我们心中的周总理》,她在"排山倒海而来的关于周总理的回忆"中,"只写出我感受最深的几段",敬爱的周总理"您将永远,永远地活在我们的心里"。

1980年4月,中国作家代表团由巴金和冰心率团赴日本访问。

冰心与巴金一起,到京都岚山的龟山公园,参谒"周恩来总理诗碑"。诗碑建在一座林木葱茏的山冈上,褐色的石头砌成圆形基座,上面是青色的石碑,用的是京都东郊的坚硬的鞍马山石,上面刻着周恩来青年时代写的《雨中岚山》一诗。冰心和巴金来到诗碑前,以崇敬的心情献花、敬礼。冰心仰望着这座巨大的石碑,默默地咏着《雨中岚山》:

雨中二次游岚山,两岸苍松,夹着几株樱。到尽处,突见一山高,流出泉水绿如许,绕石照人。潇潇雨,雾蒙浓;一线阳光穿云出,愈见姣妍。人间的万象真理,愈求愈模糊;——模糊中偶然见着一点光明,真愈觉姣妍。

这首诗是周恩来 1917 年至 1919 年 4 月在日本求学期间写的。此时的岚山,已不是周恩来青年时期冒雨远眺时那样萧瑟、凄凉;站在诗碑前,可以眺望远处的群峰、山冈前的河川和两岸的田园。冰心由衷地感谢日本朋友,在这值得纪念的山头,建立起这座丰碑,使得中日两国的朋友们,都能把崇敬周恩来总理的心情,呈现在这座能够代表乱流中的一根砥柱、模糊中的一点光明的诗碑上。冰心拾了一块鞍马小石,留作纪念。

参谒诗碑后,冰心步周恩来青年时代的诗作《大江歌罢掉头东》的原韵,当场对众挥毫,写下了参谒周恩来总理诗碑时的心情:

高歌直下大江东,力挽狂澜济世穷。仰首默吟低首拜,岚山一石一英雄。

邓颖超去世后,冰心写了《痛悼邓颖超大姐》一文。在邓颖超逝世后的日子里,冰心常常想起邓大姐,冰心说:"和我谈过话的外国朋友,都认为邓大姐是个心胸最广阔、思想最缜密、感情最细腻的女性,而且她的思想和感情都完全用在她的工作和事业以及她周围人们的身上。她最理解、最关怀、最同情一切人,是把爱和同情洒遍了人间的一位伟大女性!"

1986 年 5 月 29 日

月光会照亮路的

中午就要离开这个海岛启程返回了。大清早又被拉去下了趟海。从海滩回到住所,清凉的早晨留也留不住,烈焰一步步逼来。得赶快冲个澡上街去,还有几样东西没买。阿姨要的花色折叠伞偷也得偷到手。否则她会给脸色看,来了客人她会把香酥鸡炸煳。

我刚换上干净的花格衬衫准备出门,服务员从门外走进堵住了我:

"张先生,有电话找您,来了两次,嘱咐您回来千万别再出去,一会儿还会打来的。"

找我的电话?我好生纳闷。在家时,我的书房里每天少不了的是电话铃声。我十岁的孩子从爱接电话到烦电话,听到铃响,低头复习功课的他会突然蹦出一句:"爸别接了!"但这次来海岛纯属休养,没和外界发生任何联系,在这水环波拥的岛上,谁会给我来电话呢?

"是位女士。"服务员瞧着我困惑的神情,补充道,"说一口纯正清脆的北京话。"

"她姓什么?"

"好像……姓梅。"

反正出去不成,我索性躺在床上,舒展胳膊大腿,借以恢复游泳的疲劳。我的记忆却在默默地迅疾地搜索着。这个开放城市里,有我大学时的同学,有几位打过交道的朋友,连他们的太太算在内,无一姓梅的。

我的心绪难以平静。想想真佩服弘一法师。前天去泉州参观,听人介绍说,弘一法师出家后,他留在日本的妻室千里迢迢来看他,跪在他面前,数小时泣不成声,他居然不动声色,毫无反应。世人有多少如他一样的遭遇,甚或有更多缭乱如麻的烦忧苦痛,但又有谁能如是地脱俗出世呢?

一个突然冒出的电话,便让人到中年的我像初恋的少年般心神不定,是有其缘由的。这些年,每到春节,我总能收到一张精致讲究的贺年片。贺年片上没有署名,我仔细揣摩过邮戳,发信的地点好像……就是我眼下所在的这座海滨城市……

我猛地从床上跃起,床架咯吱吱地响个不停。神秘的明信片……神秘的电话……一口纯正清脆的北京话……莫非是她?

我想起了一个人。

三十年前,我第一次见到她,是在一个家乡同学的聚会上。

那会儿,乍到北京,处处感到不习惯。睡上下铺不习惯,早起口干鼻塞不习惯,吃馒头炸酱不习惯。在学校紧张地度过一周,思乡的情绪格外地浓烈。恰好此时,我收到了家乡同学聚会的信柬。

同乡大学生的聚会,实际上很简单,无非是约好到一个学校聚聚。那时北京的大学里学生食堂兴自由端菜,来几个人,多端几碗菜就行了。清华食堂的炸黄鱼可口,我们常去那儿解解馋。同乡中,有几位大同学已毕业,分在北京工作,熟知我们这些小弟弟的窘况,不时约我们去他们家聊聊玩玩,帮着改善一顿。那次聚会便是清河镇徐哥哥发出邀请的。

星期六下午,胃痛得厉害,我提前从图书馆回到宿舍。进屋后,我趴在桌上,拽过一枕头垫在肚下。从北大到清河镇没有公共汽车,十几里地得走一两个小时。想到今晚也许会有新生刚从家乡来,也许会带些家乡的土特产及一堆有关母校的新闻,内心抑制不住一种冲动。待胃痛稍稍减轻些,我便翻下桌来,走出了宿舍。未名湖在夕阳下静静地淌着,水波粼粼,闪着温柔而耀眼的光。夕阳的余晖流淌过湖面，跃上临湖轩，将花圃映照得梦幻般绚丽迷人。紫红色的玫瑰在轻风的徐拂下，微微摆动，如含羞怀春的少女。却步观赏这如画的景致，忘记了腹中的不适。鬼使神差似的，我竟无视花圃竹栏杆上挂着的"不准攀摘"的木牌，忍不住把腿伸进圃内，敏捷地偷摘下一朵最为耀眼的紫红玫瑰，见四下无人，赶紧用一张旧报纸裹好，揣进书包里。然后，大步从成府校门走向清华西门。

当时，我为何要摘下那朵玫瑰？我是想把它献给什么人，还是那会儿已预感到那次聚会将在我今后的人生中插入一段难以忘怀的走调的曲子呢？我不知道。明明白白的是：当我站在那朵玫瑰前激动不已时，冥冥之中似乎有股神奇的魔力驱使着我这个老实巴交的学生越过栏杆，跨入禁地。

我摸到徐哥哥家时，已临近九点。我轻轻敲门。窗帘上透出的光不太亮，屋内也无人声笑语，我以为弄错了约会的日子。正踌躇着，门开了，随之泻出的一线光下，探出一张明亮的小脸。那是张女孩的脸。她一见我，轻风似的旋回去，屋里顿时响起清脆悦耳的叫声："他来了，他来了！"

徐哥哥和他爱人闻声出来迎我进屋。屋子中央的桌上已经杯盘狼藉。

"人都散了，你才来。"徐哥哥嗔怪道，"好吃的东西都没有了，只有凉菜了。"

我傻乎乎地站着，不知说什么好。我的模样一定很古怪。忽然，屋内的人一齐朝我大笑。刚才给我开门的那小姑娘也站在屋角，笑得前俯后仰。徐哥哥一边笑，一边给我介绍说，那是他爱人的妹妹，叫小玫。

"别急，别急。每个人都给你留着一样东西哩。"徐哥哥的爱人说着，端出一盘盘食品。什么腌鸭肫、王瞎子家小花生米，还有麻油烘糕，等等。

我大口吃着这些平常晚上在被窝里靠想象咀嚼的东西、这些在梦里咀嚼的东西，仿佛胃从来没痛过似的。我吃了一阵子，指指胃说："要不是胃痛，我早来了。"

徐哥哥被逗乐了，说："你要说头痛我信，胃痛鬼才信。瞧你的胃口，像口大铁缸。"

大家又一阵哄笑。我蓦地抬头,看见小玫那妩媚的笑脸,目光电流般收回,浑身感到不自在起来。

说说笑笑,很快已是深夜。徐哥哥见我起身欲走,叫小玫送送我。我们穿过林荫小道,来到了公路。月色真好。不知为什么,我俩都没说话,只是默默地走着。我第一次和一个异性在这么好的月光下散步,心由此咚咚地猛跳。

临分手时,她将提着的书包还我。我想起书包里的那枝玫瑰,情不自禁地拿出,递给她:"这枝玫瑰好看吗?送给你。"她一顿,迟疑片刻,方才接过去。她收敛了笑容,目光直直地看着远处。

"天黑了,我再送你回去吧。"我说。

"不黑,月光会照亮路的。"她用纯正而清亮的北京话说了这么一句,扭身走了。娇小的身影一颠一颠的,渐渐远去。

我的心一热。

我是带着这句话上路的。我从未发现,月光竟如此明媚,如此柔曼。尽管夜幕遮掩人世间的一切,月光,真的把眼前的路映照出去,把路面的每一粒小石子,把路旁的每一株小草,都照得清清楚楚。景物的原色皆被月光拂去,闪着银一样的光。路过圆明园,我乘兴走进去,全无了来时的荒凉感,简直像走进一座奇异的水晶宫殿……

从此,我有了一个爱好:在似水的月光下散步。

五六年后的一个春天,我在宿舍里赶写研究生毕业论文。燕园的春意正闹,与我是无缘的。身子好长一阵子的浮肿虽然消退了,体力尚未恢复,我顾不得了,日夜准备着论文。

星期天的上午,老古一闯进门便嚷嚷开了:"你还在用功!啧啧,这房间也真乱得可以呵!"

老古和我大学同宿舍五年,以前其实也和我一样懒散,毕业后分至一家党报工作,当了小头目,衣饰好像也考究起来。

"看,我给你带来了一位客人!"

我这才注意到,他的身后跟进了一位二十多岁的姑娘。

我忙着让座,只有一个板凳;忙着倒水,没有茶叶,水还是一两天前打的,冒着些微热气。

"瞧,这就是大学生的生活。"老古开玩笑地说。

待我安定后,老古指着那姑娘说:"你们是老朋友了,怎么,不认识了?"

我大着胆打量起那姑娘。是个漂亮的姑娘,剪着短发,皮肤略黑,白衬衣,黑裤子,光脚穿了双镂空白塑料鞋。她抿着嘴窃笑,神情间流露出一丝傲气……我猛然一惊:她……不是小玫吗?

老古告诉我:她现在一家工厂团委工作,是他们报社的通讯员。有次闲谈,她才知道老古和我是同学。她说看到我写的文章在报上发表后,想请我去她们厂团委做报告。

我不知她是真的要请我去做什么报告,还是想来看看我,总之,我又莫名其妙地兴奋不已。自她来到后,滞板紊乱的小屋里,空气好像一下活跃起来,窗外枝头的绿叶仿佛也鲜亮了许多。

可是,毕竟她不再是五六年前见到的那个小姑娘了。是因为长大了,成熟的姑娘本能地要和人保持一种距离,还是她那身朴素的打扮平添了令人难以接近的严肃感?我说不出。

这次见面后,我心里怅怅然有种失落感。

毕业论文把我搞得胃痛发作。她来过一次电话请我去讲课,我无奈地说过一阵吧。她再也没来电话,再也没有亲临我凌乱的小屋。常常,生活中的一小阵不经意就变成了一大阵。很久没再见到她,万万想不到,后来竟是在那种情况下再遇上她的。

新婚之夜,几乎对每个人来说,是幸福、陶醉、诱人的时刻。然而,这幸福,少不了安全、静谧的氛围。我真不愿回想,因为我的新婚之夜没有饱享幸福。我和我的妻,在那一夜,内心始终悸动着深深的不安。

小玫,本来可以安抚那个夜,但是她没有。她的失约使我潜伏于心底的不安潮水般涌动起来。

1970年春分,我已三十二岁,我的未婚妻也二十六了。那会儿,我正在湖北干校从早到黑地劳动着。连里准不准我回家结婚,我心里没底,整日价提心吊胆。我未来的岳父正在受审查,但他和他女儿毕竟不是一回事;日渐浩大的深挖"五一六"运动的声势,使我对自己的前景莫名黯淡。下干校前,我曾被戴过两个月的反××的帽子,后来工宣队、军宣队说这是群众搞的,不算数,我又成了群众。原先几个平日一直与我颇为接近的人,却一个个成了"五一六",被揪了出来。报告会上,头头们一再说还有坏人,必须挖净挖彻底,想起来便让人心惊肉跳。

那天,在稻田里,我正好与倪政委一起干活,我揪着心向他说起我想请假回去结婚。不料他爽快地说:"好!恭喜你,回来别忘了请吃糖。"他的这句"别忘了"很叫人安心,心境顿时开朗,我觉得"五一六"似乎与自己脱了干系。

晚上,管我的后勤排长通知我,明天即可动身,加路程,来回不能超过十二天。后勤排长与我是熟友,他严肃的口吻,又使我疑惑起来。那个倪政委说话虚虚实实,难以认准。前些天,有个人刚外调回来,下午还在汇报专案情况,倪政委表扬他工作细致,很有成绩;到了晚上,我在伙房拉风箱偷听到后勤排长布置人准备屋子,明天要把那个人揪出隔离审查。

翌日清晨,下了一夜的雨,十几里地的新堤滑腻腻的,像浇了一层油。我孑身一人挑了点简单的行装进城赶车去了。四野寂寥,冷清得无声无息。"问小吴好!回来时别忘了带几盒'香山牌'香烟回来。"这是一位受审查的老作家往厕所去的路上偷偷撂给我的唯一一句送别的话。

抵达北京的当天,妻也从河北农村坐夜车赶到。我们向机关留守处借到一间十平方米大小的房间,住了下来。整幢楼空荡荡,一间间屋全锁着,加了封条,偏偏只借给我这么小一间屋,还不如干校住的那间大。留守处那熟人阴沉着脸,毫无通融余地。我真疑心别是倪政委给他来过电话,这样安置我是故意弄个圈套,新婚之夜把我揪出来!

也没准备什么,第二天我们就筹划婚礼。我在北京学习、生活了十五年,同学、朋友有一大串,光我参加过的婚礼也不下百次,然而,轮到我结婚,谁能来为我祝福呢?除了大多数下干校的之外,地位上升的不便来,想来的来不了……我岳母下午偷偷从自家抱了两个枕头来,放下不一会又偷偷走了。

楼是空的,人情也是薄的。倒是楼下一朋友家的孩子,天不怕地不怕,帮我们收拾屋子,替我们借床、借桌椅,还用灵巧的手剪了几个图案贴在墙上……

千谢万谢后,我送孩子下楼。在院里,遇见一位著名老作家。他是我们机关的,因病重留京接受审查,当他知道我此行目的后,连声说:恭喜,恭喜!他还说五层楼爬不上去,晚上就不来了。我永远记着他的祝贺。可惜我回干校不久,他就病逝了。

下午我上街去洗澡。我已记不清有多久没洗澡了。我躺在澡堂的热水池里,舒舒服服地泡了泡。我走出迷蒙的澡堂,浑身说不出的舒坦轻松。天,阴沉沉,丝丝的细雨飘下来,滴在我热乎乎的肌肤上,格外地凉爽。我随着人流朝前拥去,就在那一刹那间,我看见了一个熟悉的身影。我的心一热,紧追慢赶,终于拽住了那人的衣袖。

就这样,我又一次遇见了她,小玫。

她仍剪着短发,二十六七岁的样子,一身很流行的军装,裹着她已成熟的躯体,颇为精神。在这个时候遇见她,我显得有些激动。我想问她在哪儿工作,一想我眼下的处境,又难以启口。时至今日,我已忘记了当时我究竟与她说了些什么。我只记得,我话说得极快,且有些语无伦次。我说我要结婚了,同谁结婚你知道,就今天晚上,你要来,一定要来,我和我的爱人等着你,你可千万要来,要来啊!她当时说了些什么?她好像抿嘴一笑,说:祝贺你。然后她用不冷不热、简短的话语告诉我：她就在我们系统搞专案，常去我们干校。我像被兜头泼了一盆冰水。我这才明白她为何要用那种语调和神情与我说话，我真是个笨蛋。我沉默了。她也沉默了。但我深深懂得：月夜下的沉默已一去不复返。眼下的沉默留给人的只是心酸和苦涩。

似乎为了安慰我，她又说了些什么。看着她那熟悉的目光，听着她清脆悦耳的语音，凭借对往事的搜索与明晰的记忆，我鼓足勇气，再次邀请她晚上来做客，并告诉了她我的临时住所。

她点点头，说：现在要去办点事，晚上见。说完，匆匆地消失在人流中。

我从她肯定的回答中，获得了某种信赖感和安全感。回到家，我把这个消息告诉了妻。我希望妻的紧张心理得到缓解。我试图用兴奋的情绪传达给妻这样的信息：我们会有一个无忧无虑的新婚之夜。我们并不孤单，我们的家会像这座京城里每一个温暖的家庭一样，因为我们生活在他们中间。

我们把桌子擦干净，放了一碟奶糖，还有几块锡纸包装的果仁巧克力，茶杯一个个整整齐齐搁那儿，放了些珠兰花茶，客人一到即可沏上。我还兴冲冲跑去买了几瓶葡萄酒，妻精心做了几个菜，只盼着客人早早来到，使这小屋洋溢热闹的气氛。

我和妻忙完了，面对面坐在桌旁，眼巴巴瞧着门外，楼道口些微的声响都会使我们迅疾起身，迎出门去……

万家灯火时分，小玫还没来。妻怪我没说清楚，我安慰她说，客人可能有事耽搁了，吃了晚饭准来。

八点了，我怕客人下了公共汽车找不到这幢楼，又一次次跑到车站；在车站上等着，久了，又恐客人已到，跑回来不见人影，又跑到车站……就这样，来回折腾到十点、十一点。我丧失了信心，和妻默然相坐，内心的不安又蠕动起来：莫非她知道我有问题不便来？或是分手后她听说到我的什么消息？或是干校方面与她打了电话？

我胡思乱想着，到此时，妻反而比我稳重多了。她看看我，走到窗前，推开窗子,说:多好多静的夜呵,妈妈爸爸他们都该睡了。

我苦笑了一下。我明白妻的话,这几年,她家里经历过数次抄家、绑架之类的事,对宁静的夜有种说不出的感情。我强打起精神,努力驱走不安,朝妻微笑着。

我俩就这样互相望着,其实内心都感到某种隐隐的危机潜进,只是谁都不说。毕竟,这是我们冷清而安谧的婚礼呀。

推测常常不可靠,预感却往往能够灵验。新婚不几天回到干校,我就被打成反革命,关押起来强制劳动。

火车连着汽车,我是傍晚时分回到连队的。比原先规定我返回的时候晚了半天。走进伙房时,连平日里与我很亲热的小狗,也站在塘边用陌生的眼光向我张望,仿佛不认识我似的。

连队晚点名时,我被说成是有意违反纪律,要我第二天交出书面检查,贴在食堂的墙上。

倪政委见到我冷冰冰的,不再提请吃喜糖的事。

要抽"香山牌"香烟的人也无声无息了。

我不敢拿出喜糖来分发,偷偷将一半送给房东的孩子;另一半原想有便时给几位好友,后来一直没机会,我也无心吃,天潮得淌水,我就在一个晚上偷偷挖个洞给埋了。香烟呢,我留着自己抽。想不到这玩意儿还挺能解闷。我就是从那时开始学会抽烟的。

第三天早上上工集合之后,一位当时是副连长的我的老同学高吼着朝我扑来,说我表演够了,该站到我应该站的地方去了。事情很清楚:我被揪出来了。在他眼里,我的结婚是场表演,那就是说,原本结婚前我就该被揪出来,因为要体现政策的温暖,才有意成全我。我真不知道应该感激他,还是应当憎恨他。

体罚了一天一夜后,我被关进一个空荡的堆稻谷的库房里。同住的还有两人,一位是被称作"老反革命"的,另一位是曾揭发我是"反革命"、自己最后被宣布与我是一丘之貉的"反革命"。专案组以为我们三人不会通气,将大门锁了,不派人看管。其实,事到如今,我们三人都知道这是场闹剧,反而走近来说些真话了。

大学时,我怕看星期天的落日黄昏;关押在库房里,我却变得喜欢黄昏时的景象。只有在这个时刻,死一般可怕的小山村才弥漫了生气。出工的人披着落日的余晖从山那边走回来,我趴在窗前看着,双手抚摸着粗粗的锈红的铁栏条,心里默数着,倘发现熟悉的朋友中少了谁,我会异常地难受。有一天,我数到收工队伍人员中的最后一名时,心里咯噔了一下,因为那身穿军装、剪着一头短发的女人分明是小玫。我揣度着干校专案组大概下到我们连里蹲点了。

同住的"老反革命"常被派去拉板车,上镇买东西。有次他问我需带点什么回来,我说我想吃炸小鱼。晚上他便替我捎回五角钱一包的炸小鱼。谁知我正连头带尾地大口嚼鱼之际,突然门外铁锁被打开,冲进七八个人来。负责看管的头儿问我鱼是从哪里弄来的,我不愿暴露"老反革命",只是支支吾吾不回答。情形正十分严重时,一个人走到我面前,用清脆的北京话说:以后不准吃这种不干净的食物,听到没有?我抬头一望,愣住了:是她。从她透出一丝温存的目光里,我似乎领悟到什么,感激地点点头。其余的人见此情形,也不好再说什么,纷纷退出。

打那以后,她的身影好几次掠过窗前。我们遥遥相望的眼神总有些异样。有次没人时,她突然靠近来,从窗外扔进一句我意想不到的话,她提醒我与大屋的人说话也要留神。

过了几天,我被叫出去提审。坐下后,方才发觉她也在场。另外一位专案组成员要我交出我读研究生期间的笔记本。原来,我的一位同学"文革"初期写了一份材料揭发导师有反毛泽东文艺思想的言论,其中提到我的笔记本记得最详尽。我曾核对过笔记本,发现那同学的揭发材料纯属断章取义,有意整人。一场历史风暴里发生的一切,未必件件都像历史学家、小说家描绘的那样具有深刻的社会政治原因。有时个人的一些卑微动机也能酿成恶果。那位同学之所以这样做,不过是因为导师曾拒绝借《金瓶梅》给他。我不愿交出这本笔记本,不仅是它记录了几位我所敬佩的导师有价值的研究成果,还因为这本子是我一位最值得怀念的中学老师所赠。这位连续几年被评为先进的中学老师和打成右派的丈夫离异后,带着唯一的女儿在僻远的一个小镇上艰难地活着。1960 年秋天我去看她,她是含着眼泪将这本笔记本赠送给我的。

屋子里的空气有些僵滞。那个专案组的成员为我的倔强态度隐隐恼火。过了许久之后,小玫开导我说:笔记本只是借用一下,这样对解决你老师的问题也有帮助。我们用完后会还你的。

倘若没有她,我也许永远不会交出笔记本。但她那悦耳的、曾打动过我心灵的语音无异于一支催化剂,我的坚固的精神防线崩溃了。我想,她是我的保护神嘛。

谁能想到,笔记本交出后如泥牛入海,再也难以寻回。时至今日,我还常常为此而扼腕击节。

日子滞重地流逝,快过中秋了,我望着远处田野里如霰如银的月光,思念起跟随二姐在辽北落户的妈妈。今年她要过六十岁生日了,我这个不肖儿子又能给她捎去些什么呢?人在自由的时候想不到这些,不自由的时候偏偏想干些自由的事。我口袋里仅存三十元钱,工资暂时被扣发,连妻给我的信件也由专案组代为保管,怎样才能凑齐更多的钱,向老母亲表一表一个做儿子的心意?

我又想到了她。

我天天趴在窗前,搜寻着她的身影。终于有一天,她走过时,我招手让她过来。我低声说:能不能借我三十元钱?她一声不吭,随后点点头,说明天收工后送来。

第二天,一直到深夜,仍不见她的影子。我以为她有事外出了。第三天收工时,我看见她与倪政委边谈边朝这儿走来,我死死盯住她。她看都不朝这儿看,绕过水塘边的小路走了。连着几日后,我才恍悟:她是在回避我。她为什么答应了我,又不践诺?难道我又有什么新的问题?

几天后,连里召开落实政策大会,我被带去旁听受教育。大会进行到最后,倪政委做总结发言。他谈到近来连里阶级斗争的新动向时,举了一条令我吃惊的例子。他说有人想借钱逃跑,幸亏我们的同志警惕性高,及时汇报了。

我镇定了一下自己的情绪,心想我借钱是为了寄给妈妈过生日的,既然没有指名道姓,我又何必将这罪状往自己身上粘呢?但从那以后,我再也不愿见到她了,我再也不趴着窗子,随流泻的月光,做无边无际的冥想。

数月后,我被下放到群众里接受改造,干活时从别人那儿听说,小玫回北京与一位军代表结了婚。

再后,我"解放"了,成了群众,又听说"九一三"事件后,她随丈夫去了外地。

到现在我也想不明白,她为什么向倪政委告发了我。借钱这件事只有我和她知道呀。也许她真的以为我想叛逃?人真是难以猜透。人可以搞透世界上的一切,唯独不能搞透人自己的心。

电话铃响了。我急切地奔去拿起话筒。是同伴们催我去餐厅用餐。我轻轻呼出郁积的一口气,为自己的失态而感到好笑。

用完餐回到房间,服务员说仍没我的电话。我怀疑起自己的判断。可预感却强烈地攫住我:不是她,又是谁呢?

人的踪迹竟这般飘忽无定。它悄悄地接近你,当你听到了脚步声时,它又悄悄地停住或折向他处。我没有时间再等了,得渡海去小商品市场买东西。我嘱咐同伴,半小时后在渡口等我一道去机场。

气喘吁吁地赶到轮渡码头,一班船即开出,对面又有一艘船朝这边驶来。岛和陆地的距离很近,仅几百米。我隔海观赏滨海城市的绮丽风光。

船靠岸了。我正欲抬腿踏上舷板,一个小孩拽住我,递给我一张纸条。我问他是谁,谁叫他送来纸条的。小孩什么也不回答,转身消逝了。我被人流簇拥上船,急切走到船头,打开纸条,上面是用圆珠笔潦草写下的几行字:

你的文章能找到的我都找来读了,为你的成就高兴。你的头发怎么白得这么快?多保重。下一次再见你吧。

小玫。

是她!我忙回头朝岸上望去:码头上人流涌动,哪个都像她,仔细一看,哪个都不是。但我相信,她就在那茫茫人海里注视着我……

船启动了,海风拂掠起我斑白的头发。船朝对岸驶去,船舱拥挤着的都是些陌生的面孔……

下一次,为什么要下一次?为什么不是这一次,还要等哪一次?

很快,船与码头的距离拉得愈来愈远。在这又大又阔的空间里,海水汹涌起伏,螺旋桨震耳欲聋地响着。

1986 年 9 月

险 闯 大 祸

天气阴沉得可怕。昨晚广播有雪,一觉醒来,窗外毫无亮色。是太阳高升的时刻了。昨天,二十四小时前,那和煦的冬日,给人的感觉犹如柳絮飞扬的春日。我送一位相识了二十年的朋友远行,她将去冰封的北国。当我们行驶到京郊一条小河时,她看着那缓缓流动的河水,突然脱下棉衣欢快地呼叫:春天!我望着她这反常的惊奇,连声说,是,春天,春天。秋天里有春天,冬天里难道就没有春天?但是,现在我经受的却是真正的冬日,阴冷的冬日。雪花还未飘出,宇宙万物都凝聚着,气氛愈加压抑。偏偏孩子从昨晚起就吵闹着要买自行车。一个十来岁的孩子骑着车满街跑,怎么也不能让大人安心。平日孩子的任何要求大人总是尽量满足的,唯独这次,妻迟迟不肯松口。她紧紧盯着一张晚报,我知道上面有一则冬天交通事故增多的消息。孩子有点近乎不讲理地耍脾气,实在使这鬼天气给人带来的烦躁心绪更加烦躁。我扭开了家里的所有灯,想让室内增加些光亮和暖意,这么大年岁了,才这么小一个孩子,孩子的不快活就是大人的烦恼。我说还是给他买吧!只能加强管理,不让他乱骑。妻抬头望着我,有气无力地说:万一出了事?……

"万一?"我心头一怔。是的,生活中充满了多少个万一,人们始料不及的万一。

谁会想到,今天,两年后的今天,我会这般宁静地坐在她的身旁。我悄悄地走进她的书房,她正在阅读杂志。书桌上的花瓶里插着一束含苞待放的紫红玫瑰。她向我慈祥地微笑着。我有一个多月没有来看望冰心老太太了。听说她感冒初愈,但今天气色很好。我请她为我的两个作家签名丛书首日封签字,她放下手中的圆珠笔,特意从笔筒里找出一支日本友人送的毛笔,签了一个,第二个名字比第一个大,她开玩笑地问我,还有吗?她急切地同我谈起,她最近读到一些年轻人的好小说,她正在写《关于男人》中吴文藻先生的一节,她说写作很顺利,一遍下来成稿……

我很爱听她的谈话。那细声亲切的话语常使我心绪自如、恬静。我记不清这些年饱享过多少次这种幸福。她虽然是中外闻名的大作家,但在我的心目中,在我的记忆里,她更是一位善良、容易亲近的智慧长者。接近这位长者后才知道她是个爱谈心的人。1969年秋天,她也被下放到湖北咸宁干校。我们在同一个连队里。也算是一种缘分吧!她和老作家张天翼被分配看管菜地,每天轮流坐在田埂上防范鸡去吃菜。那时我在伙房充当伙夫,每天往返二三十趟去五六百米以外的河里挑水。每次空着担子下河时我都能相隔不远地见到她,她手里拿着一把轰赶鸡用的棍棒。由于我日复一日地在她眼前来回晃动,也由于这山村旷野的过于寂静,她渐渐地注意到了我,有时见到我吃力地挑着水桶,也投予关切的目光。大约有两个月的时间里,只见她静静地坐着,默默地想着,迎面是一块块稻田,远处是芦苇丛生的湖泊。我在记忆里搜寻着她当时的话语。没有,当时大家的处境如此,能说些什么呢?

可今天下午她的谈兴浓得不能再浓了。她详细地询问我不久前参加的在上海召开的中国当代文学国际讨论会的情况,问国际友人中谁出席了,谈了哪些有趣的问题。

隔壁客厅里的电话铃响了,我愕然一怔。听电话在我本来是很习惯的事。但是,我心理上很惧怕在这里听到电话响声。我怕影响这静谧的气氛,更怕扰乱我平静的心境。说也奇怪,近一年数次来看望冰心老人,时长时短,好像都没有听到过电话铃声。今天电话铃响了,而且响声不绝。我的心顿时慌乱起来,我的脑海里响彻了电话铃声。一年前,冰心老太太为了接我的一个电话,心脏病突然发作险些酿成大祸,至今回想起来我都后怕。

我这一生中,闯过不少祸,做过不少后怕的事。许多都渐次淡忘了,有些还清晰地记忆着,心有余悸地回想着。这个电话带来的后怕至今还如浓重的阴影笼罩在我的心上。在我与老太太最愉快地交谈时,也只是暂时忘却了这片不散的阴影。

全国作协第四次代表大会召开时,老太太因前两年骨折,所有会议都不参加,她在离会场不远的地方住着,她的心不能不关注到这个会。她希望听到自己想听的一些情况。还是在会前,有一次我见她为了接一个电话步履艰难地从书房走到客厅,从此我就下决心不打电话给她了。有事写信给她。她回信说我字写得像天书,不如有事来电话。怕她亲自接电话,我每次电话都请她女儿吴青、女婿、外孙或姑姑转告。今天作协领导机构选举,我猜想她一定在惦记这次选举。晚饭后,我拿起话筒,是姑姑接的,我说巴老票最多,请姑姑转告老太太,岂知不一会儿姑姑说老太太自己要来接电话。当我刚说:巴老票第一……她听着,电话筒里没有声音了,我正在等着听她的亲切的话语,突然电话筒里传出嘈杂的声音,听到的是吴青的比她娘粗重的声音:不好了,娘心脏病犯了,快快,叫急救。他们在忙乱中忘了挂上电话,我通过电话筒大概知道了紧急发生的一切!大约半个小时以后,老太太的女婿发现电话未挂上,他在话筒里听到了我的声音,犹如他平日说话那样文静地对我说:老太太刚刚感到心脏不舒服,现在学院里的大夫来了,已经恢复正常了,叫我放心。我明白他为了使我宽心,尽量说得轻松些。我放下话筒,也感到轻松些,同时又感到很疲累。我又喝了一杯啤酒。想看白天从机关带回来的一扎书报。翻翻,心思又不定起来。又拿起电话,好不容易接通了。是姑姑接的,说老太太已安静地入睡了,我这才真的踏下心来。

第二天全天在家为一家刊物赶写了一篇散文。傍晚赶回会场,上海一家报纸在住处便宴。和我同桌的几位都是新入选的作协头头脑脑。我正要向他们敬酒时,一位老大哥从旁桌走过来,一脸正经地对我说,你昨晚差点闯了大祸!还没等我反应过来,一向风趣幽默的名小说家为我解释说我的电话动机是好的。从你一语他一句中,我才知道冰心老太太今天早晨心脏突然不好,急送北京医院,病情才稳定下来了。在座的好几位白天在医院操持。这些我都不知道。不知谁提议,为冰心老太太的健康干杯,周围的人都举起了酒杯,我也举起了满满的一杯啤酒,我一饮而尽,不知是为老太太的康复庆幸,还是为自己的激动而自责。

我非常惦念老太太的健康,又不敢去看望她,怕万一又引起她的情绪波动。过了好些天,开会的人陆续散去,文艺界情绪似乎也平静下来。一天,我接到远在上海的一位朋友的来信,知道老太太已能写信,一切正常了,我打心眼里高兴,眼前又浮现出那张慈祥微笑的脸。

我想象再次见到她时,我该说些什么?

那些天正赶上工作忙,否则我会鼓足勇气去看望她老人家。一天上午,我到楼下会议室开会,突然有人叫我接电话。当我听到话筒里的声音时,真叫我不知说什么好。老太太说上午打了几次电话给我,一会儿说我在510,一会儿说在541,现在又下楼来了,好不容易找到我。她在电话中问我最近怎不来坐坐,她安慰我说,我发病与你电话无关,我已打电话给作协几位说明了。我劝她注意身体,千万别自己打电话,过些天去看她。

第二天,也许是第三天,我又收到老太太的一封短信,再次告我她为这次发病事已向几位说明了。叫我有空去。

我挑选了一个非常晴朗的日子去看望她。平时下午三时半左右去,今天我四点半去,好让她多休息一会。才两三个月,进门后竟有点莫名其妙的陌生感。老太太抢先说:这次病后身体反而好了。本来不知道有这毛病,现在知道了,能预防就不怕了。我清楚她有意在减轻我的心理负担。她看我什么也没说,只呆呆地望着她,她很快地说起笑话,说她怎样装成男人写《关于女人》,气氛一下就活跃起来,亲切起来。

  此后又经历了夏天、秋天、冬天、春天、夏天、秋天——我不时去看望她,每次都能听到她亲切的话语,见到她慈祥的微笑。但我心头险闯大祸的内疚怎么也抹拂不掉。

1986 年 11 月

梦 的 记 忆

这些年,去上海的次数不算少。但每次都匆忙,好些该去看望的朋友只好临行时在电话中问候。但有一次我却在徐家汇藏书楼的阅览室里安安静静地度过了整整一个星期。我借居在一位父辈的朋友家里。早起散步五分钟,就到目的地,有时提前到了,还没开馆。中午在附近的小饭铺吃碗面充饥。傍晚回到九层楼上一间不足九平方米的屋子里,主人好客地招待一番,菜肴不算多,但新鲜可口,酒是顶好的洋货。每天最轻松的时候,就是饭后持续几小时的音乐。主人是位知名的制冷专家,由于种种原因,长期闲居在家。他虽然也是上了年纪的人,但喝酒、听音乐的兴致绝不亚于我。我给他讲些白天翻阅报纸所知的孤岛时期一些文化新闻,他听着,不时加以补充渲染,这样常常到下半夜。

我每天按时去藏书楼。能有这个机会并非容易。有位热心的朋友托出版局的人批条子才获准。当时翻报纸的目的很单纯,是为了搜集一位已故作家零散的文章。翻阅时又发现了许多我熟悉的老作家的文字。有次我读到李健吾先生用刘西渭笔名写的谈巴金小说《家》改编成剧本的短文,非常喜欢,估计作者未必保存有,特意复印了一份。回北京后,交给同在一个杂志社工作的李健吾先生的女儿,请她带给她父亲。想不到第二天,李维永笑嘻嘻地告诉我,她爸爸高兴得很。不久,她又交来李先生给我的一封短笺:

《小说与剧本》残稿,由小女儿送下,十分感谢。由于出版社的催悉,务请将该文发表的刊物,与年、月、日先示下,以便寻找。如能设法弄到该刊物或论稿,则更为感谢。请在日内交与小女儿为盼。

他在信的右上角又加了几句：

这篇文章,似乎是复制出来的。你从什么报纸复制出来,还有,在什么地方复制的？请赶紧告诉我。

看了他的信,我不禁自责起来。由于我当时的疏忽,没有复印全,又没有注明出处,使李先生如此着急。下班时我去东城干面胡同看他,才知道他正在为一家出版社编纂一部戏剧评论集,想把这篇文章补进去。从言谈中知道他颇得意此文,多年苦于没有保存而又忘了发表报刊,无法寻觅。他听了我的说明,又宽慰我：多亏你找到了线索,我会托人查出来的,太感谢你了！

不知道后来他查到了这篇文章全文没有。

我很尊敬李先生,但没有听过他的课,对于他所从事的法国文学的翻译和研究更是门外汉,所以平时和他接触不多。但由于我在大学时期就佩服他的文学评论,在西单旧书店里找过他的《咀华集》《咀华二集》而久久未得,也因为在北京和上海我较熟悉的几位文坛前辈常常关切地谈起他,所以,我头一次见到他时,就和他自然亲切地交谈起来。

或许这也算是一个使我感到他亲近的缘故：抗战时期,我在江西一个县城,曾走夜路七八里去看话剧《以身作则》,当时没有留心也记不住话剧的作者,很久很久之后才知道李先生写过话剧《以身作则》。我不知道我看的《以身作则》是否就是李先生的剧本(当年我才六七岁,对剧情几乎没有留下记忆)。我像做梦似的记住了《以身作则》这个名字,又像做梦似的觉得作者应该就是李先生。我和李先生有过好些次交谈,我从没有提起这个梦中的记忆。我怕他说我记错了。

1980年我正在为上海《解放日报》副刊撰写《艺文轶话》专栏,我写了一则短文,介绍孤岛时期一个综合性文艺刊物《离骚》,只出了一期就被租界禁止了。刊物编者是阿英,但公开声明的是刘西渭。李先生不知从哪里看到这篇拙文,当即给我写了一封信,证实情况是这样的,并说是地下党通过郑振铎来动员他出面的。

1982年夏天,湖南文艺出版社钟叔河先生来北京找我,希望我帮他们编一套《现代中国人看世界》丛书,选择一批作家、学者的游记、书简出版。钟先生由于编辑出版《走向世界》丛书的成功正信心十足。当时我推荐了十几本,有些书还替他们设法借到。如朱自清先生的《欧游杂记》和《伦敦杂记》合为一册,我还写了《朱自清的欧游二记》作为后记。我以前在旧书店里见到过李先生30年代出版的《意大利游简》,很薄,土纸本,解放后不见重版。我想将这本收入这套丛书。我去和李先生谈,他一口就答应了,并告我他手头还保存了一本,他要看一遍。不几天,他就请他的小女把经他过目的书给我了,还附了两张照片。他在给我的信中说:

奉上《意大利游简》。我改了有限几个字。一切繁体字,我没有改动。请印刷人按照国家规定的简体字改动。

我今天就走了。两幅照片,请选一幅,另一幅给小女带回即可。因为人民文学出版社的选集也要用一幅。我月底前就可以回来。

问候你和你的一家人。

过了一阵,他又捎来六幅插图,是他建议重印《意大利游简》时用的。他给我写来一张说明,标出哪张图用在哪一页。

由于套书的原责任编辑工作调动,加上我工作忙,没有继续干这件事了。

不知李先生的这本《游简》晚到何时才出来?

我最麻烦李先生的一件事就是请他为《文艺报》开评论专栏。1981年元旦前后,我去求了他两次。那时他身体不太好,手头正在翻译。终于将他说动了心,他说栏题就叫《咀华新篇》吧!我建议他写出一个集子来,他说努力试试看。当场我表示头篇最好写读钱锺书先生的《围城》,他说正好,有可写的,他说这部小说当年是郑振铎先生和他经手发表的。不几天他就写好了,这篇不足两千字的评论,是篇极洒脱的散文。第二篇是谈新凤霞的回忆录。第三篇是读本·琼森《悼念我心爱的威廉·莎士比亚大师及其作品》。接下去他准备谈朱光潜的近著《美学书简》。后来他没有写下去。他见了我就说欠下的账以后准还。

我记得,李先生突然离去,是在1982年11月。我晚上动身去东非访问。中午知道这个噩耗。黄昏我骑着自行车做梦似的去他家。我默默地向他的遗像鞠躬。我真弄不清这是不是在梦里发生的一切。前不久,他去国谊宾馆看望从上海来的老友柯灵,恰巧我在,他自身携带了照相机叫我替他俩拍了一张,他替我单独拍了一张,又找服务员替我们三人拍了一张合影。他说过些天将照片给我,留个纪念!

他为我拍了一张照,还没来得及给我,他就走了。

1987年3月

温暖的记忆

秋末,我回了趟母校。作家宗璞正在写一部反映知识分子命运的长篇小说。我想同她聊聊。北大燕南园一带本来是熟悉的。由于翻修路面,我竟走错了路,不知怎的走到了王力先生家门口。

我崇敬的教授中,王力先生自然是重要的一位。他是语言学大师,声誉不说,光他那一副敦厚的学者风度就使我敬重。我曾认认真真兴致极浓地听他讲过汉语诗律学。时隔二三十年,回想起来总觉得能听上他讲这门课是一种难得的幸福。

在学校生活了八九年,由于我学习的专业是文学,是文学批评,同王先生的单独接触几乎没有。我和他有机会交谈上几句,还是前些年的事,是沾了叶圣陶老先生的光。1981 年 4 月 23 日那天,叶老和长子叶至善,约我同去北大朱光潜先生家。朱先生和王先生的住处仅距百米。下午两三点钟我们先到了王先生家。王先生毫无思想准备,正伏案写作。叶老和王先生是几十年的老朋友,平日在一些应酬场合匆匆见面,近九十高龄的叶老登门拜访,王先生的兴奋是可以想见的。王师母急忙去准备点心,王先生拿出一碟糖果,一会儿又拿出另一碟,说这种比那种好。两位老人坐在客厅的沙发上,亲切对语。叶老耳朵不好,王先生对着他说,声音洪亮,叶老不住地点头,我则偷偷地为他们拍照。叶老发现了,像忘了什么似的,突然向王先生介绍我说:这是你的学生。王先生侧身向我说:"我们去年见过,你还在《文艺报》?……"我暗自钦佩他的惊人的记忆力。那是去年"五四",我们大学同班十几个同学回校小聚,下午在未名湖散步。王先生迎面走来了。我们之中多半早已离开了学校,王先生一一询问近况,最后还和我们一起留影。王先生记忆力极强,这是早就听说的,他讲课,一气能背出好些首古典诗词。但没想到,他在平日的人际交往中,记性也这般好,对他众多的学生偶尔的晤面,也能留下记忆。

既然老师已经知道我在做编辑工作,我就趁机请教他关于文学语言的问题。他强调文学创作必须重视语言问题。他阅读当前的作品不多,有时读点,觉得有些作家语言运用太不讲究。他说朱自清、叶老的文章为什么经看,很重要的一点就是语言讲究。他也谈到,文学语言本身也是不断在丰富、变化和发展的。他认为若结合文学作品来探讨文学语言问题,对提高创作水平,肯定是很有意义的。

很久之后,有次我去看望叶老,送去那次他与王先生的合影。他看了很高兴,说拍得不错。他回卧室,一会儿又来到客厅,说送我一件东西。我接过一张稿纸,原来是叶老手书的两首赠王力先生的诗。叶老说这两首诗是上次看王先生回来后写的,还特意提醒我王力原名叫王了一。

赠王了一

常惜相逢惟执手
更欣促膝得倾谈
赏心乐事当宵记
重访燕南四二三

尊嫂情殷宠锡加
星洲糖果日邦茶

> 同堂四代分尝刻
> 可想而知欢笑哗

叶老近几年身体一直欠佳,早不作诗写字了。王力老师也故去了一年多。看着两位老人的合影,读着叶老充满情谊的诗句,我分外珍惜留在心头的这温暖的记忆。

1987 年 12 月

忘了时日的五天

北京最酷热难耐的那几天,感谢热情的主人,将我带到开发不久的旅游风景区金州金石滩。

金石滩又名凉水湾,从热气里过来的人,多么渴望凉爽一下。

我们抵达的当天晚上,秋的凉意就猛然袭来。这里没有郁郁苍苍的林木,我却感到北京晚秋的枫林在眼前晃动。

大雨恣意地下着。我和作家宗璞、陈愉庆正在日本式的绿色别墅里,聚精会神地听着吴组缃老师漫谈《红楼梦》。三十年前,我在北大听过他讲《红楼梦》。那时他神情严肃地在台上讲,我专心致志地在台下边听边记,彼此都在紧张之中。今天却不同。他在悠然自乐地讲,我们则兴致勃勃地听,气氛自然活跃。八十岁的老人坐了一夜火车,又坐了八小时汽车,疲惫可想而知,奇怪的是他的精神竟这般好。

旅游区往往是个闹肆。我喜欢闹中取静。1982年在桑给巴尔岛,我难得地饱享了这静的乐趣,尽可以自如地静思。不过,那是在远离祖国、亲人万里的异地,炽热的思乡思亲之情,会使人在自然的恬静中心绪愈加不宁静。

金石滩给人的宁静却是亲切的。导游给这里星散似的奇石美礁起了许多极富想象力的名字。我的想象却不愿受此约束。浴着晨曦踏着黄昏,那一堆堆据说是数亿年前地壳裂变时遗留下的巨石、怪石,引活了我的许多记忆。

我承认海上矗立着的一块巨石活像贝多芬的头像,而我分明由它而想起了青年时代我在江西井冈山攀登过的那块石崖。石缝里长满了野果,我艰难地爬上去采撷,为了充饥,也为了耍乐。

我跟着大家在海滩沙砾中寻找好石头。我缺乏挑选的眼光,也缺乏审美的自信,挑一块被同伴否决一块。怪不得,我外出选购衣物,被亲友赞赏者少。一位同伴挑到一块颜色陈旧的石块,这说不好,那说平平,他自己却说这是块宝石,是块古化石,真的是具有高度科学价值的古化石?天晓得。但对他的自信,我投去了钦佩的眼光。

我见到同伴的小孩拾到几块五颜六色的海星,也想给快上六年级的孩子捎几个。我猜孩子会喜欢。但拾海星不如捡石块那么容易。老乡说三辆车岛上有。

去三辆车岛那天风平浪静,我们平平安安地到了这个很有名气的小岛。该岛盛产海鲜,同伴中有人一上岛就拾到一个大海星。我也想试试自己的运气。我在嶙峋锋利的礁石上小心翼翼地走,看到石沟中清澈见底的海水里一个一个红的、蓝的、黑的大小不一的海星,它们贴在石壁上,有的还在蠕动。我决心做个勇敢者,光着脚,裤腿也忘了卷,一个一个地去捉拿。清澈的海水突然出现了些红色,原来是我的腿被划破了。我拿着一个大的红颜色的海星,那红比不上我腿上的血。我终于捡到了二十多个海星。当把这些小动物送给孩子时,我要告诉他:这小玩意也来之不易。

我在金石滩只待了五天。日子过得闲散舒适。回北京后,眼前不时地浮现出在那里度过的情景。回忆多半是愉快的,如海面那样舒展、徐缓。

我因此忘了时辰。

1987 年 8 月

文 汇 情 谊

每当翻阅《文汇报》,我总觉得面对着一位历史老人。50年代初上中学时,我就在阅览室里几乎天天看它。上大学后,读得就更认真了。我端着饭碗,站在报栏前,不管是否在刮风沙。我渐渐感觉和它的亲近。1962年6月,我心血来潮,从自己的学习笔记中摘了一千多字,以《高尔基的文学是"人学"辨》为题,投寄给了《文汇报》。不到一个月,就在第三版右上角显著位置发表了。这篇纯属自然投稿,被编辑采用得如此迅速,使我意外。很快,《文艺报》也在显著的位置发表了老教授许之乔与拙作争鸣的文章。自己学习过程中的一点点思索,发表出来,竟然引起了文艺界、学术界的注视,我很高兴。当时编辑又约我写了一篇与许教授争辩,可惜由于其他原因,文章没有发出来。这篇五六千字的文章,我是很花了一番力气的。前些年,北京一家杂志发表的一篇文章,也谈到我这篇短文提出的问题。即"文学是'人学'"不是高尔基的原话,是从高尔基的《谈手艺》中一段文字转述出来的。《文汇报》文摘版将上述文章中的这一观点摘引出来当作研究的新成果。殊不知,在他们二十年前发表的拙文中早就提出来了。由此我想到,《文汇报》一年在版面上要发表多少值得留存的好文章,由于报纸不易保存,能否每年编一本《文汇文选》或《文汇文存》之类的书呢?

《文汇报》给我的鼓励还有一件事是难以忘却的。1963年,《文艺报》召开《创业史》讨论会。我应邀参加并大胆地在会上做了一个较长的发言,当时曾受到《文艺报》副主编侯金镜同志的鼓励。我记得当我发言刚坐下,正在喝水时,一位《文汇报》驻京记者过来,约我尽快将发言整理成文章给他们。我点头答应了。那几天我正忙于完成研究生毕业论文,将这事拖了下来。后来才知道,我被调到《文艺报》,与这次的发言大有关系。我一想起这件事,就自然地想起《文汇报》的敏感,给年轻人哪怕是微小的支持,也是教人终生感激的。

自我也挤进办报办刊行列之后,与《文汇报》就不单纯是读者与报纸一般的关系了。他们之中的许多编辑成了我的朋友。我也成为不时被电话、电报催稿的对象。《文汇报》出版的《文汇月刊》我爱读,也愿意给他们写稿。我在他们那里发表的五六篇文章,都是在编者的催促下完成的。去年5月,我在上海参加一个会议,整整两个晚上,赶写了《听朱光潜先生闲谈》一文,《文汇月刊》及时刊登了。我收到了不少海内外作家、学者的来信,希望我多写点这类文章。我这几年编辑工作较忙,写作的一些打算常常难以如愿。1983年,《文汇报》约我开辟《书山偶涉》专栏,一周一篇,我请黄苗子先生写了题头。第一篇《评论〈子夜〉最早的文字》发表后,这个专栏即告吹了。原因是我去上海,带了十多篇陆续写成的短文,不巧我所住的宾馆房间被盗,小偷连我的这些文稿也拿走了。我一直等破案找回这些原稿。很晚才知道这些文稿被小偷销毁了。编辑见我遭受如此不幸,不好意思再邀我,我也无心重写,这个专栏就这样不了了之。每当回想起《文汇报》编辑朋友的一片情谊,我有一种说不出来的负债感。如果我还能健康地活二三十年,我一定会为我的良师益友《文汇报》多尽点力,我有这份自信。

1987年8月

鲜 鱼 浓 汤

我不是渔民之子，但我生长在水乡，河鱼可没少吃，各种花色的鱼，名贵的，普通的。新鲜的，活蹦乱跳，两颗眼珠子直瞪着，还透着水气；不新鲜的，烂了肚皮，苍蝇爬在鱼身上赶了又飞回来。我吃过多种做法烹制出来的鱼，红烧的，清蒸的，白炖的。我们家乡腊月家家都腌咸鱼，年三十起饭桌上就少不了一盘咸鱼，肉红红的，我很爱吃，咸鱼烧鲜肉更可口。有一次一条十几斤重的大青鱼，腌制后，晾晒不够，发臭了。妈妈怕吃了生病，打算扔掉。同妈妈商量半天，才答应蒸一小块看看。鱼蒸熟后有点臭味，但肉还不粉。我吃了一块，很对胃口，一气全吃了。奶奶笑着用筷子戳着我的头说："怕是有遗传，你奶奶就是不吃鲜鱼，爱吃臭鱼，暑天将鲜鱼吊在屋檐下，非等苍蝇叮了才吃。"妈妈说，臭肉是绝对不能吃的，臭鱼吃了没大事，这是你奶奶的话。从此，我就心安理得地"遗传"上了吃臭鱼。

我们家小天井西头有棵天竺，每年飘起雪花的时候，一进院就看到树上缀满了一簇簇红红的果实。有一个时期，不知怎么想起的，吃了一次鱼，就去摘一颗小红珠子，积攒在一个脱了漆的小糖盒里。一天放学晚了，回家时已近黄昏，进院我习惯性地看了一眼天竺，红的一团团变得昏暗一片，我猛然想起，是我近来天天摘，把红珠子摘少了。我们家的平房本来就陈旧，缺乏色彩，我很害怕这红红的小珠子少了，黄昏会来得更早。

不久发大水了,据说是百年未遇的大水。那时我上高二,日夜在挑土筑堤。一阵暴雨,远处一片骚乱,一段河堤崩了。我随着人流往家跑,四五里地,待我上气不接下气跑回家,水也跟着到家了,只见我和母亲膝盖以下全浸在水里。我们爬上阁楼,水也跟着上来。傍晚水势开始平稳,县里组织木船运送居民转移到附近的小山上去。是夏天,满天星斗,坐在船上,心底反而宁静了,能清晰地听到鱼儿在远处的跳跃声,那年几个月鱼不是当菜的,几乎成了主食。我们在山上搭起一个简易棚,常常是用水煮鱼,没有什么调料,开头几天还吃得下,渐渐一端起鱼汤就感到恶心。大水退潮后,学校里也是天天顿顿水煮鱼,乱七八糟的鱼,不新鲜的甚至有臭味的鱼,每次能分到一大碗。好在我有吃臭鱼的遗传,许多同学吃了泻肚,有的干脆不吃,我还能吃得下。冬天校运动会,我长跑拿了名次,看来与这一碗一碗鱼汁的滋补有关。

到北方上学的八九年,我和家乡鱼的缘分大大减少了。食堂里能吃到的尽是黄花鱼和带鱼。不是红烧、清蒸、白炖,而是油炸,拖满面粉的油炸。慢慢习惯了,海鱼,油炸的也好吃。起初两年,食堂实行包伙,每顿三四样菜,自己挑选一种。你只管站在窗口,炊事员就会递给你一份。有回我吃着一条刚出锅的油炸黄鱼,香酥味美,似乎还夹着点臭味。我想再去端一盆,好解馋,但害怕被人发现丢脸。犹豫了一番,敌不住食欲的煽动,硬着头皮换了个窗口,拿到一条比刚得到的还大的油炸黄鱼。我躲在一个角落里大口吃,咬出一口鱼的肚肠,还有苦涩的胆汁,我差点呕吐出来。我想这该是报应,谁叫我贪吃一条不该吃的鱼。从此我不大愿吃炸黄鱼,而改吃炸带鱼了。炸带鱼好吃,可量少,常常不够吃。

寒假我回家过年,中学同学从全国各地回到江南小县城,少不了得到亲友的款待。我们从初三起轮流到各家做客。胡妈妈知道我爱吃鱼,这些年在北方吃不到家乡鱼,看我对着桌上一大盆肉圆子、蛋饺子不动筷子,她笑着说:"小昌子,今天特意做了一道你喜欢吃的菜。"她从厨房里端出一个热腾腾的砂锅,打开盖子,是浓厚的乳白色的汤。她用筷子翻出一大块鱼,说:"这是黑鱼汤,炖了一个下午了。"她催我快喝汤,说凉了不好喝。我喝了几口,确实鲜美。"味道全在汤里了,多喝点汤,肉不吃也可以。"我又喝了一小碗。晚上回家,我问妈妈:"我们家怎么不吃鱼汤?怎么不买黑鱼炖汤?"妈妈说:"你们家祖传就不吃鱼汤,你奶奶爱吃臭鱼,有些鲜鱼都做不成汤,臭鱼还能做汤?黑鱼你们家是放生的,从来不吃。"

想不到吃鱼还有那么多家规。在我的眼里,鱼都是可口的佳肴,鲜鱼,做法好的,我都爱吃。我无意遵循了家规,又无意违反了家规。其实,我吃黑鱼,喝黑鱼汤,这非初次,记忆深深,在很早很早之前我就喝过。

抗战胜利后第二年的春天,我从江西搭民船回安徽老家。船行至安庆,由于载夏布过重下沉了,姐姐和我幸运地被人救上岸。姐姐恳求一位南京的船主顺道将我们捎上。过了芜湖,姐姐着急,坐在船舷上四处找船。我们县城在一条内河里,大船不会因我们开进去,船主只答应将我们转送到一条小船上,这对我们就是很作福的事情了。还是姐姐眼力好,不远就有条小船,满船的人替我们喊叫,小船摇过来了。我们用目光哀求他,说好送我们到家时再酬谢他。毕竟是到了家乡,乡情能感动人。那位上了年纪的船主,点点头,叫我们上船。小船从长江向内河驶去,离妈妈渐渐近了。我四岁离开妈妈,家长的一切对我既亲切又陌生。颠簸了几天,这时才感到饥饿。我坐在船舱里,桨声在拨动我的心。姐姐见我在注意船舱里冒热气的一口锅,也盯着看起来。热气越冒越大,香味扑鼻而来。桨声突然停了,船主进舱来,看我们姐弟俩这一副疲惫的脸,和善地说:"没吃饭吧,我煮了鱼汤,一道吃吧。"老人找来一口碗、一把破匙子,打开荷叶包里的一点粗盐,叫我们先吃。他揭开锅盖,浑黄的江水里煮着一条大黑鱼。他用匙子将炖烂了的鱼划成几段,我和姐姐合用一个碗,共用一双筷子。姐姐舍不得吃,她的那份也叫我吃,她只喝了半碗鱼汤。老人对我姐姐说:"这孩子真饿了,叫他把锅里剩的也吃了吧!"我留下了那块鱼尾,又喝了大半碗鱼汤。回到家我扑在妈妈怀里哭了,妈妈问我吃饭了没有,我连声说:"不饿,不饿,鱼汤喝饱了。"

我很晚才知晓这个奥秘,为何同样是鲜鱼炖出来的汤,有的是白的,有的是清的。"文革"的头几年,当时我还是个单身汉。星期天发愁没处去觅食,我们楼下一对夫妇,是老同志了,经常给我这点方便。不管他们是"专政对象",我是"革命群众",或我是"专政对象",他们是"革命群众",我多次去他们家吃我爱吃的鲜鱼浓汤,不是鲫鱼、黑鱼,就是普通的水库起网的草鱼,关键是用油将鱼稍稍煎一下再煮。后来我下干校当了一段时间采购员,过些天跑趟鱼市,鳜鱼、鲫鱼……我真想自己买一条,炖出乳汁似的汤来,但当时既没有条件,也不敢,厨房的席棚上"千万不要忘记阶级斗争"的大标语时刻悬在我的心上。

这几年,到江浙一带出差,不时能吃到鲜鱼浓汤这道名菜,黄鱼,加上雪里蕻。想不到今年秋天,在南京一位阔别了三十五年的中学同学家里吃到了黑鱼汤。他打开冰箱说凑巧前几天买到一条黑鱼,炖汤吃吧,吃了暖暖和和地上车。因急于赶车,汤刚刚呈现白色就吃了。主人是搞建筑的,爱好文学。他准读过陆文夫的《美食家》,知道汤要少放盐,他也许看过我写的回忆儿时吃盐水鸭的散文,记住了那颗红红的小辣椒,特意切了红辣椒丝撒在汤上,汤是白的,鱼皮是黑的,辣椒是红的,我喝下了五颜六色,暖暖和和地登上了驶往北方原野的列车。过了济南,只见窗外一片皑皑白雪,我想起了高龄重病的母亲。这次见她时,她对我说:"这些年你头发虽然渐白了,但精神还好,小时候真怕你活不长,你一落地就赶上了抗战,带着你白天黑夜地逃跑,我没有奶,常用鱼汤喂你。"啊!鱼汤,我的乳汁……

1987 年冬日

燕园的黄昏

记不清从何年何月起,我养成了一个不好的习惯。即便是白天,阳光满照的白天,我一回家,一走进凌乱不堪的书房,一伏在杂乱的书桌前,就习惯性地扭开了台灯。25瓦的灯泡散发出昏黄的光圈,将我的身影笼罩在昏黄的一片里。我喜爱在昏暗的光线下,看书,看校样,听音乐,抽烟沉思。我总感觉,这昏暗能给我带来什么,心绪宁静时能使我渐渐变得不宁静乃至微微地骚动,心绪烦躁时能使我渐渐宁静下来乃至忘掉了这昏黄。我说不清也不想去剖析这种心态。反正它给我带来了难求的益处。当我在苦苦地思考问题,或专心写作时,被一个不愉快的电话破坏了情绪,在这昏黄的光照下,抽一支烟,听一支曲,即刻能将这突如其来的不快驱散。这些年,我的许多文章就是就着昏黄的灯光写下的。

绝不是我的视力太好而适应了这昏黄微弱的灯光的。我的视力并不好。大学毕业体检,就有200度的近视,大夫劝我配眼镜,叮嘱我夜读时务必戴上。当时没有钱,也顾不上爱惜自己的身体,至今也没有戴上眼镜。那是近三十年前的事,现在年岁大了,据说轻度的近视能自然变化成不近视。我在中学几年,晚上都是就着菜油灯复习功课的,光线昏暗微弱,看书很吃力,眼睛发胀。怪不得那时,我常喜欢面对冉冉升起的一轮红日,面对着中午的烈日骄阳,好补充、储存些阳光。

我第一次踏进燕园,被千百张老同学亲切微笑的面容激动得忘了时辰。当我被领到暂做宿舍的小饭厅中一张上铺时,将行李稍稍安顿后,就有人来招呼我去大饭厅吃晚饭了。我去窗口端了一碟炸带鱼。我的家乡是鱼米之乡,几乎天天吃鱼,可海鱼却是头一次吃。我先用筷子夹着吃,后来见到别的同学用手拿着吃,我也学着这种吃法。从乡下进京城,从一所县里的中学,来到这所被称为最高学府的名牌大学,一切都感到陌生新奇。记得临上火车时,班主任张老师一再关照我,到了那里,时时小心,多向老同学请教。我见到许多老同学将菜盖在饭上,一边吃,一边在饭厅周围橱窗看报,我也跟着走了过去。所不同的是,我一时还不善于边走边吃,边看报边吃。我只管看报,从这个橱窗到那个橱窗,从这张报到那张报,待想到碗里的饭和一块块焦黄的带鱼时,饭也凉了,鱼块也凉了。我感到有点冷。黄昏来临,秋意袭来。

我被一位高班同学带到未名湖畔。幽静的小道、秀丽的景色使我忘却了三天三夜旅途的辛劳。临湖轩一带一团团一簇簇的翠竹在微微地抖动,这一团团一簇簇模糊的黑影在神秘地引逗着我。有人去湖边散步,也有人急匆匆地行走。老同学告诉我,这些匆忙的人是去图书馆占位置的。我抬头望去,在树丛的近处远处,星散似的大屋顶的建筑里灯光亮了,昏黄的点点。一个黑影迎面迟缓地移动,接近时,我才辨出是一位老人,瘦小的老人,手里拎着一个书袋。待老人慢慢远去之后,老同学说他是哲学系的一位名教授。似乎看出我不解这老人为何这么晚才回家,同学忙解释说,教授也常跑图书馆,他准是下午去查资料,弄到现在才发现该回家吃晚饭了。我好奇地回头去看他,他已消失在黑暗之中,昏黄的路灯孤独地高悬着。

我熟悉了燕园的生活。八九年丰富而又单调的生活给我留下了无尽的记忆。记忆不都是愉快的,有些是不值得记忆的。但上千个黄昏急匆匆忙着去文史楼抢占座位的那股认真劲和荡在心头的那点充实感,却是我至今乐于重温的。

也许大自然黄昏的光线和阅览室昏黄的灯光浸漫了我最好的年华,在一个连接一个和谐的光圈里我品尝到了人生的酸甜苦辣。

1957年燕园的不平静是世人皆知的。我们20人的一个班,就有好几位遭难。一天我去阅览室前,到未名湖边走走,正巧遇上一位遭难的同学。我和他平日是要好的,他不久要去农场改造了。我们默默地走着,好在周遭昏暗一片,我看不清他的表情,他也看不清我的表情。我胆怯得没有对他多说几句宽慰的话,只劝他注意身体,提醒他多配一副眼镜带去。虽然我不知道他要去的农场在哪里,我猜想劳改农场一定是在风沙弥漫的处所,他高度近视,万一眼镜坏了,丢了,临时配不方便,摸着回住处都困难。他点点头,什么都没说就分手了。依然是昏暗的灯光,我伏案看书时,觉得灯光昏暗得实在看不下去。那天是个星期日。星期日有时和在京的家乡同学相约外出聚会,每次傍晚回到学校,总有点莫名其妙的惆怅。事后多年,每当回想起他戴着一副高度近视眼镜在确是风沙弥漫的荒野,惆怅感更重了。

在授业的老师中,我和吴组缃教授的接近是最自然的。他也是安徽人,就凭这点,我主动请求他做我学年论文的辅导老师,他建议我研究一下艾芜的小说。我多次踏着黄昏走进他家的四合院。学生吃晚饭早,我几次遇上他正在吃晚饭。起先他叫我在书房稍等,给我一小杯清茶。他很快吃完饭过来和我谈话。后来熟了,他就叫我坐在饭桌边,他一边吃,一边和我谈。师母是很热情好客的,每次都问我吃过饭没有。有回吴先生递给我一双筷子,叫我尝尝家乡名菜——梅干菜烧肉,我夹了满濡酱油的又肥又瘦的一大块,确实美味可口。我想起书房里那盏昏暗的台灯在亮着,老师的夜间工作要开始了,便起身就走。"文革"后期,听说吴先生仍在接受审查。有一天,也是该吃晚饭的时候,我去看他。书房的门被封了,我绕进他的卧室,冷冷清清。是该亮灯的时候了,主人还没有开灯。我站在门口,满屋全是书柜、书堆,突然有人从书柜后面发出声音:"谁?"我听出是他,忙叫:"吴先生,我是泰昌。"灯亮了,见他一脸倦容。他低声问我怎么来了,同军宣队打过招呼没有。我摇摇头。我坐了一会儿,他什么也没说,又告我师母病了。他催我快走,自己小心。他说连茶也没顾上倒。我走出大门,回头见他探着身子在送我。

我迷恋燕园的黄昏,有一次竟闹出个笑话。我跟研究生时期的导师杨晦教授几年,快毕业时,我忽然想起该和老师留张影做纪念。我好不容易借到一架苏联出产的老式相机,主人告我里面还有两张黑白胶卷。晚饭后,我拉着一位曾在校刊合作过的同学去燕东园,杨先生正在屋前花丛里散步,他听说我是来照相的,笑着说:光线暗了,又没有闪光灯,怕不行。我说:试试看吧!他坐在藤椅上,我站在旁边,周围全是鲜花。虽然用了最大的光圈,冲出来仍是黑乎乎一片。这张照片我1969年下干校时丢失了,模糊中显现出来的老师亲切的笑容我还记忆清晰。

离开母校二十多年了,其间少不了回去,办完事就走。大约五年前,朱光潜老师请我为他编一本集子。晚饭后他去未名湖一带散步,叫我同行。我们走到湖边,落日的余晖尚未退尽,他一路谈着正在翻译的维柯的《新科学》。他望着未名塔笑着说:这里景色很美,可以入画,不过有时你感觉到这种意境,有时你感觉不到这种意境。我知道朱先生近来的心情很好,他借景抒情,又在发挥他的美学理论了。

我盼望有机会常在燕园度过黄昏,看来很难如愿。前些天我在燕园围墙外的一家饭店开会住了半个月,也没有找到这个机会。然而我毕竟已习惯于在昏暗的灯光下遐想,在幽思中重温那燕园黄昏留给我的一切。

1988年2月

乐 在 浏 览

我爱读书。工作再忙,睡得再晚,也要钻进书房去翻看些什么。当天收到的出版社或友人寄赠的书刊至少会大致浏览。自然,由于静下来看书的时间不多,这种翻阅就谈不上读,认真地读。有时一本专著要看好些天。不过,这种翻阅,也会有乐趣,当你实现了什么,受益了什么,心头浮起一点充实感,有助于安安稳稳地进入梦乡。

我有过认真读书的记忆,非常认真读的记忆。认真得不感到乐趣,甚或是一种痛苦。第一个叫我认真读的是我研究生的导师杨晦教授。他不让我看中国文学名著的选本,非得看全集。我对《诗经》、楚辞、李白、杜甫、元曲、《聊斋志异》等有较全面的了解,就是60年代初那几年读出来的。大学时看余冠英先生编的《诗经选》,以为《诗经》305篇都是些充满了生活气息、清新活泼的诗歌。读全了,才知道多数是缺乏内容、讲究辞藻铺陈的文字。即便李白、杜甫的诗,看了全集,也感到大诗人也并非篇篇都是佳作,应酬之作、重复得让人不愿读的诗句也不少,这点认识是苦读的收获。老实说,若进行研究,我觉得应该读全集;作为欣赏,我认为不一定都有这个必要。为什么好的选本那么畅销?就是这个道理。叶圣陶老先生多次谦逊地表示,他个人的所有文字并不值得都重印保存。现在由他的子女编辑出版的他的著作总集,不叫"全集",而叫《叶圣陶集》,我想就考虑到了叶老这个意愿。多少年过去之后,回想起来,老师教我苦读了几年书,实际上是给了我很大的教益、很大的乐趣,这是一辈子也享受不尽的。

巧读书,同样也会受益,也有乐趣。朱光潜教授叫我读他翻译的黑格尔的《美学》几大本,他说:你将有关文学的部分仔细看两遍就够了,其余部分一般看看。我照他的话去做了。果然对黑格尔老人关于文学特性的精辟论述理解得似乎深一些。

乱翻书,也会带来意想不到的喜悦。这些年回忆、怀念之作盛行,其中有些使人感到活人是在借回忆死者提高自己。前些时,我读了上海文艺出版社出的《孔另境散文选》,内中有孔先生记叙茅盾和瞿秋白的两篇。孔先生是茅盾的内弟,又是瞿秋白的老朋友,作者本可以借这两位大家的回忆炫耀一下自己。可是孔先生实事求是的人品和朴实的文风却给人以深刻的印象。他对这两位现代伟人的描述极有分寸,看得出这是作者切身感受的真实记载,这本十几万字的书,我是一个星期天愉快地读完了的。

书有多种读法,只要读,自会有乐趣。找到一本自己爱读的书也非易事。冰心送我一本她译的印度大作家泰戈尔的《吉檀迦利·园丁集》,她在扉页上写道,"我爱的书",可以想见,冰心老人从青年时代爱慕泰戈尔的诗,到以优美的文笔将它译出,奉献给中国广大读者,泰戈尔的诗给予了她持久的喜悦和激动。我真羡慕好书给她带来的这份乐趣。

1988 年 4 月

致红场卖画女郎

亲爱的,请原谅至今我不知道你的姓名,按照我们过去曾经有过的习惯称呼,就称你亲爱的同志吧!

你做梦也不会想到,一位过路的中国朋友会给你写信,并且在你的身边伫立了几分钟,连一句话也没有交谈过。

我们交谈过,是用目光。

我们本来可以用你们民族的语言自由地对话,可是我连一句简单的"您好"都胆怯得没有说。我在大学学过八九年俄语,当年口语还算可以。但荒疏二十多年,连发音也感到陌生了。历史就是这样时而充裕地给予什么,时而又无情地夺走什么。你感到我不会发出一个你熟悉的声音,当我缓步走近你的画摊时,你停下了正在作画的笔,抬头向我微微笑了一下。一幅尚未完成的水彩画,在落日的余晖中分外鲜艳。

你用微笑迎接我,用目光打量我,用手势告诉我。我心中明明白白,你是一位作画卖画的姑娘,架子上挂满大小不一装饰精美的风景画和肖像画。你身边的那个小木凳,是为想让你给他(她)画肖像的人准备的吧!

1988年9月1日,是我抵达莫斯科的当天。我住的俄罗斯饭店离红场仅几百米,晚餐前我走向向往已久的红场。开始我有点紧张,当走到红场临街,见到身材苗条、衣着奇异的你,我的心不由得轻松起来。

来莫斯科前,就听说古老的阿尔巴特街上有无数卖画人当场画像,有惟妙惟肖极其逼真的肖像,也有极度夸张但极度传神的漫画像,10 个卢布或 15 个卢布一张。这项传统的活动,也是近几年才恢复和活跃起来的。我原想过几天去参观,如果手头允许,也想留下一幅速写肖像做纪念。可没想到,到达这个雄伟又多少令人怀有陌生感的城市,第一次逛街,就碰上了你这个卖画艺人,而且是在庄严的红场上。

我望着你,真想恢复记忆,用流利的俄语问你,是祖传的手艺吧?从高加索还是从吉尔吉斯来的?在阿尔巴特街待过多久,才又沿着莫斯科城运河悄悄地来到这里?你见我木呆的眼神,依然在向我微笑着。

你用手指指身边的小木凳,我理解你的心意是要为我画像。眼见红场上悠闲散步的人们和信然踱步的鸽群,我忘记了长途航行的疲劳,心情变得愈加宁静。我自信这时我的面容是放松的、自然的。当我摸摸口袋知道自己有足够的卢布,正想坐下来让你将我这最佳状态速写下来时,突然感到黄昏已降临,光线明显暗淡了。为了使自己的形象被清晰地描绘下来,我决定改日再来。你明白我的意思,招手送我走向红场。

次日上午,阳光明亮。主人安排我们正式参观红场,当我快步走向昨日遇见你的地方,画摊已经不见了。我很失望,心想,你准又沿着莫斯科城运河悄悄流向哪个街头了。

盼望有机会你为我画像,即便在昏暗的光线下,相信你也能将匆忙相遇默然相对的远方朋友清晰逼真地勾画出来。

1989 年 3 月

关于《梦的记忆》的记忆

我最初喜欢写些知识性、史料性强的随笔,兴致浓厚地为上海《解放日报》开了近两年的《艺文轶话》专栏。1982年左右,在继续写这类随笔的同时,我开始写一些被人们视为真正意义上的抒情散文的文章。千字文《海棠花开》原是为《新观察》写的一篇介绍叶圣陶先生的长文的引子,经人建议,作为一篇独立的文章在《人民日报》上发表了。意想不到,这篇短短的文字居然得到了好些师长和散文界朋友的鼓励。老散文家郭风著文公开评点这篇习作,称此文是"一篇写得不落窠臼的超脱的抒情散文,一篇写得精致的美文。这里表达作者本人对叶圣陶先生的真挚感情,以及作者对文学、友谊的某些见解,并充分发挥散文这一文体舒卷自如的表现力之所长。在省俭的笔墨中间,为我们刻画了叶老的晚年生活和可亲形象。这样的散文,'很多年来',出现得并不太多"。我明知拙作并没有被称赞的这般好,但这却给我增添了放手大胆写的信心。《巴金这个人……》是为《中国作家》创刊号赶写的,待在书房里整整一夜。初稿出来后,我又去天津请一位朋友先看,早车去,晚车回。1987年林斤澜同志约我为他主编的《北京文学》开散文专栏,我同斤澜大哥1982年同行访问东非,他的"命令"只能遵从,结果写了七篇关于人与书的散文。不久又为《瞭望》周刊逼着开了一个时期的专栏。写专栏,逼迫感太强,年岁渐渐大了,精力也不如当年,有些专栏之邀不敢贸然应允,有些写写就停了。

我的记忆不错。但每当我回忆往事时，在那一幅幅清晰的画面之上又让人感到总有一层晨雾似的氛围在弥漫。我不知他人是否也有同样的感觉。我也没有去探求造成这样感觉的根由。在清醒的现实生活中常有意想不到的令人捉摸不透的谜。虽然我至今仍然相信自己的记忆力，面对历史的时候，自己的记忆又难免不带上些什么。我喜欢"梦的记忆"这篇名，用这个篇名写过李健吾先生，花城出版社将出版我近期散文结集，我也取这个名来作为集子的书名。

1987年夏天，有次去看望钱锺书和杨绛。钱先生开玩笑问我最近又有什么新作问世。我说正在编一本小书，书名叫《梦的记忆》，他听了微笑不语。我请他为这个集子题签，他当即用毛笔写了。可惜，后来在邮寄往返中丢失了。酷暑过去，心境也凉下来，我想起这本书该交稿了。在一次电话问候钱先生安康时，顺便向杨绛先生提起了这个"不幸"。杨先生说钱先生正在病中，待精神稍好再替我重写。可没两天我收到杨先生的信，附来了钱先生重题的书名，信中说："锺书还没有全好，医院回来，上床之前，为你写了'梦的记忆'四字。"读着杨先生的信我能说些什么呢？

我在北大学习时期的老师吴组缃教授抱病为我这本小书写了长篇序文。他说他心目中我的散文是《论语》《孟子》路子的散文。它们的特色是随随便便、毫不作态地称心而谈，注重日常生活和人情事理的描述，读来非常真切、明白，又非常自然而有意味。我真想继续写这类散文，即便在梦中。

1990年7月

在意大利寻觅

应意大利知名人士朗迪尼先生邀请,中国作家代表团一行五人9月6日从北京乘中国国际航空公司班机飞往罗马,转道西西里岛首府巴拉穆市,参加第十七届蒙特罗国际文学奖授奖活动和第二届国际作家讨论会。9月15日,带着西西里奇特绚丽的风光和主人的倍加热情飞抵水城威尼斯。17日晨坐至都灵的火车,到意大利北部最大的城市米兰已近中午了。住所利马饭店在繁华的市中心,午餐后便开始了下午的观光。

遗憾,真遗憾!

米兰大教堂是欧洲之最,因在罗马、威尼斯已参观了圣彼得大教堂等,时间可数,匆匆浏览了一下。我们急切想去参观米兰歌剧院——世界上最著名的歌剧院。从教堂广场步行几分钟,并不如想象中那般宏伟的歌剧院建筑便呈现在我们眼前了。大门紧闭,据同行的意大利语专家王焕宝教授说明,歌剧院的演出是有季节性的,10月才开始。这使我们很失望。非但无缘欣赏一出演奏,连抚摸空席也无缘。歌剧院正面广场上,矗立着达·芬奇的巨大塑像。心想达·芬奇老人一年365日,风风雨雨,日日夜夜,也未能时时观看到歌剧院热闹非凡的景象,也未能时时听到从那里飘逸出来的歌声琴韵,心也就稍稍平衡了些。芬奇老人慈祥睿智的目光提醒我们该去参观他的代表作《最后的晚餐》了。这是凌力沿途比谁都惦念的事。我们坐地铁转公共汽车,来到圣玛利亚修道院,已近四时。

《最后的晚餐》是达·芬奇为米兰圣玛利亚修道院食堂作的一幅壁画。近五个世纪以前的这幅名画得以完整地保存下来,它本身就是一个悲惨曲折的故事。画刚完成,修士们从食堂敲厨房的门,门正是画的中央部分,墙受到损坏,画的下部也遭到了破坏,颜料层不断脱落。经年累月厨房里的蒸气落到画面上,更加速了它的损坏。1943年,德国法西斯轰炸米兰时,由于落到修道院子里的炸弹的震波,修道院的食堂被毁了。画有《最后的晚餐》的那面墙幸存。建筑物于1946年修复。1954年,专家们使用最新方法,成功地复原了这幅画。这幅举世之作,成为米兰的骄傲,是国际游人到这座城市少有不去观赏之处。

当我们横穿马路,来到这座二层楼的小屋时,黑色大门紧闭,看了门上贴的一张纸,才知道上午九时开馆,下午一时闭馆。失望接着失望,本来已滞重的步履变得更为滞重。我们伫立在紧闭的大门前。突然一位意大利男孩向我吼叫,转身我才发现一群孩子正在修道院前很小的空地上踢足球,他们正在午休时作最积极的休息。翻译告我,我站的地位,妨碍了他们踢球,我用英语向他表示歉意。修道院的大门倒是敞开的,我们进去,很冷清,当凌力、宗福先在悠然观看时,王教授示意邓友梅和我快步跟随他走,他穿过几个小厅,将我们带到西面一个小花园。只见修道院通往食堂的有扇黑门也紧闭着。王教授说我们没眼福!他在米兰大学执教过两年,常来此处,他说如果门开着,他准备进去向主人说明,让远道而来的中国客人有机会欣赏到这幅名作。他干过这种交涉,成功过,凭着意大利人对中国人的好客。我们不死心,只好耐心地期待着米兰黎明的早早光临。第二天,快快地吃完了早餐,九点前又来到这座修道院。修道院食堂的黑门又紧闭,依然贴着一张纸条。当我们走近,各人准备好了相机,王教授深为同情地笑着说:看来你们真没有眼福了。原来纸条上写着今天开馆改为十时。算算时间,还有几个小时,我们就要离开米兰去佛罗伦萨了,还有几项活动主人早已安排。一墙之隔,就是进不去。人生的憾事何其多?常常是不期而遇的。这时我才想起一位小说家说的这句话。好在我在两扇紧闭的大门口留了影,也算仰慕达·芬奇大师的一点心意吧!

漂亮,最漂亮!

意大利人颇为得意自己国家有那么多历史文化名城,喜欢追问客人最喜欢哪个城市。我们团的全程陪同罗贝尔塔,这来自西西里岛的姑娘,在告别佛罗伦萨的晚宴上,啃着面包棍,微笑着问我:是罗马漂亮,巴拉穆漂亮,威尼斯漂亮,米兰漂亮,还是佛罗伦萨漂亮?她刚学会汉语"漂亮"的发音,她在使劲地练着"漂亮"的发音。这些是我们刚投足的城市,我说:都漂亮!她再逼问,"最漂亮的是哪个","最"的汉语发音是她在饭桌上才学会的。我落入了她的圈套:"佛罗伦萨!"她哈哈大笑。在告别罗马回国的晚宴上,主人朗迪尼先生专程从巴拉穆飞来送行,他也问我,我也告他:"佛罗伦萨最漂亮!"他没有大笑,微笑不语。佛罗伦萨是我们此行的最后一站。只待了两天两夜,我们住的饭店,靠近郊区,相对说,参观的时间比在其他城市更少。这不仅是因为这里诞生了被恩格斯高度评价的中世纪最伟大的作家但丁,群星般地涌现了乔托、达·芬奇、米开朗琪罗等文艺复兴时期的艺术巨匠。在生活中,我是一个容易受人影响而又不轻易受人影响的人。被我钦佩的人,有时一句漫不经心的话,也许会成为一块石头落在我的心底。近三十年前,当我在北大听朱光潜老师讲授《西方美学史》时,他就多次说到佛罗伦萨是文艺复兴的摇篮。1982 年,我访问东非归来去看望他,他叼着烟斗对我说:有机会去意大利看看,佛罗伦萨!1987 年 10 月,李一氓先生访意大利回来,他抄录了几首新作绝句给我,其中有句"万里西来拜但丁"。但丁,佛罗伦萨!

还有一个小插曲使我对遥远陌生的佛罗伦萨感到亲近。七八年前,我在上海书店一家门市部买到几十本《中国现代文学》初版本书。其中一本里夹有一张明信片，几年后无意翻出，看清字迹，原来是诗人徐志摩从佛罗伦萨写给当时在北京的翻译家钱稻孙的。明信片正面印着署名意大利文艺复兴初期著名画家乔托的但丁的侧面肖像，背面是徐志摩的字迹："稻孙先生：你的神曲编成了没有，我在这里天天碰得到丹德（但丁——引者）的东西。这张像着色好极了，但我想Giotto（乔托——引者）先生难免有些偏袒，丹德老先生的尊容未见得有如此官正吧。中国趁早取消'文艺复兴'等等的法螺吧！差远着哩！北京有新闻没有？我不想回来了，同时口袋快见底了，这甚么好？志摩问候5月5日佛洛伦息"。徐志摩1925年3月10日离国经西伯利亚访欧，同年8月返国。

1925年6月11日，他在翡冷翠山中写了名诗《翡冷翠的一夜》，可证这封明信片写于1925年5月5日。现通译的佛罗伦萨是从英文的音译，以前从意大利文音译为翡冷翠。其实徐志摩写信的时候，这个城市的名字已流行从英文音译了，他才将佛罗伦萨译成佛洛伦息。诗人在诗里仍沿用"翡冷翠"，也许是因为这个译名富有诗意，发音好听。这次我们接触到一些意大利朋友也有认为"翡冷翠"译名好的。乔托是但丁的同里、好友，当乔托在美饰帕都亚小教堂时，但丁由于政治上受挫，被宣判永远赶出佛罗伦萨，开始了漂泊各地的岁月。当但丁来到帕都亚时，乔托热情地接待了他，把流放者养活在自己的寓所中。

在佛罗伦萨的巴尔杰洛宫一个大厅的墙壁上，他画了一幅《天堂》。画中，在佛罗伦萨人的行列里，塑造了《神曲》作者但丁的形象。尽管有些美术史家对这幅但丁像是否出自乔托之手有争议。徐志摩当年也许不知道有这个争议。徐志摩写于六十六年前尚未公布过的这封信对研究诗人的文艺观无疑是有价值的。我收藏这张明信片几年，有几位同好看后都劝我就此写篇短文，我一直暗想，倘然有一天去了佛罗伦萨，再来介绍这封信，那将会更充实愉快。

在佛罗伦萨时时感觉到空气中流动着但丁《神曲》散溢出来的艺术氛围，

虽然我见到的、接触到的有关但丁的东西并不多。连传为一时佳话的但丁和佛罗伦萨一个身着红衣的女子相遇的老桥,也只是在旅游车上一见而过。原以为有时间去从容地拜望,只是一种悬想而已。不过,难得的欢悦还是有的。那就是我们终于欣赏到了文艺复兴时期伟大的雕刻家米开朗琪罗的杰作《大卫》。

《大卫》像高 5.5 米,为一整块大理石雕成,完成于公元 1501 年 8 月至 1504 年 4 月之间。米开朗琪罗以非凡的艺术才能将大卫雕成一个青年巨人,寓意着意大利人民捍卫祖国的勇敢意愿。此像安置地点曾引起争论,最后决定安放在佛罗伦萨共和国所在地的佛基奥宫前面。为了更好地保护这件珍品,原作曾在 1873 年迁至佛罗伦萨艺术学院博物馆,而广场上放了一个仿制品。在西西里岛时,从电视、报纸上得知,《大卫》原作近日被一位患精神病的男子砍坏了左腿第二个足趾,这场风波一时成了意大利报纸的头号新闻。我们到达佛罗伦萨的次日上午就急匆匆地赶去参观《大卫》。只见艺术学院博物馆前排了长长的队伍,到中午闭馆也进不去。据说,平时参观者并没有这么多,当地的导游说,是这场风波招引来了这么多观众。我们准备第二天上午九时开馆前来,据告参观者将会更多。我们只好插当天下午六时半闭馆前的空当。

那天中午至下午,我们在街头游荡,完全是为了等待这个时刻。近六时进馆,观众已稀落。虽然这里收藏了众多名画,我们还是直奔《大卫》,被损坏了的《大卫》。平日看过《大卫》的不少图片,身临其境,才更真切地感受到大卫身上撼人的强大力量。我们都想在《大卫》身旁留影纪念,可博物馆规定不准用闪光灯拍照。我随身带的是全自动的傻瓜相机,闪光不能自己控制,幸好宗福先带的是可以控制闪光的相机。他认真地为凌力和我拍了一张,我也认真地为他拍了一张。观览了《大卫》之后,我突然感到极度疲倦,竟在看守人员的座椅上入睡了一刻钟。当闭馆时,我们的同行都出了馆,王教授折回来才将我推醒。

我到意大利近半个月,四处颠簸,但精力却相当旺盛,体重居然增加了4公斤,多年养成的每晚必须服安眠药的积习也有改变。也许是因未能参观到《最后的晚餐》的失落在《大卫》身上得到了某种补偿。人一旦得到某种满足,反而会猛然感到乏力。回国后,我期待能得到站在尚未修复的《大卫》身旁那张照片,今天,宗福先从上海来电话,异常冷静地告我:由于光线不足,我们三人拍的这几张全没效果。我正在兴致勃勃地写这篇短文,他的电话给我带来了沮丧。

灯光,永不灭!

李健吾先生1933年7至8月周游了意大利几个城市,写出了《意大利游简》一书。据他介绍,法国19世纪著名作家司汤达说佛罗伦萨丑陋,那不勒斯是意大利最美的地方。李先生是司汤达作品的翻译、研究专家,连他对司汤达的此说也持异议,认为"真是仁者见仁,智者见智"。当我坐在佛罗伦萨至罗马的高速火车上,遥望疾驰而过的腊维纳市,这是但丁客死之里,但丁墓室中的长明灯所用的橄榄油,相约年年皆由佛罗伦萨人贡献,想起但丁老人遗骨旁那不灭的灯光,我会率直地回答意大利友人我浅浅的印象:罗马漂亮,巴拉穆漂亮,威尼斯漂亮,米兰漂亮,佛罗伦萨最漂亮!

1991年10月13日

我 的 戒 烟

我怨恨他。当我记住七十二小时后,我要做难受的纤维多功能咽镜检查,真有点怨恨起他来。人到中年,又遇上了些认真的大夫,动不动就要我做这种那种检查。半月前,刚做了 B 超,肝依然稍大,比半年前不同,是发现长了一个小囊肿。大夫说这不算病,心才踏实下来。听力有所衰退,这也本属正常,但因我有二十年吸烟史,为了对我负责,大夫决定查查我的咽喉。为做咽镜检查,大夫又先让我做心电图检查。大夫这一一的认真,使我刚平静了的心绪又有点忐忑不安。明知吸烟有害,谁叫自己甘愿上钩。一抽上,慢慢就上瘾,每晚吃了安眠药,还得连抽上 3 支,才能上床。

记不准何年何月何日几时几分我开始抽烟。记得清楚,是他默默地递给我一支"大桥牌",武汉出的一种名烟,我才感到我正式抽烟了。20 世纪 70 年代初,我和他同在湖北咸宁五七干校,虽然他早已是一代名诗人,我也从校门闯入了文坛,在被冲击这点上,我们属于同类。老是阴雨的鬼天气,从早到黑繁重的体力活,难得有舒展的片刻,就是晚饭后至开大小会议前的半个多小时。没有相约,我们经常踏着黄昏踩着泥泞的红土走上杂草丛生的小山坡。他的烟瘾不亚于他的名气,一根接着一根。为了躲避窒息得可怕的公共厕所,一人蹲一个坑,再好的朋友,也装着陌生,在相对无言中集中精力作大便功。而他,如同他的诗篇,毕竟是个燃烧着明亮个性的活人。他自找出路,脱下大作家讲文明的衫褂,到野外自由的荒坡上去作大便功。"你怎么也来这里?"当他头一次发现我走近他时,他有点紧张。"这里空气好!"我漫不经心地回答他。他急匆匆地换了一支烟。烟头在浑黑的草丛中明灭闪忽。"抽一支吧,解解乏!"我们几乎并排蹲着在作大便功,微微摆动的草须触动我的屁股,很痒,很舒服。

"你这人性子急,抽烟可急不得,抽一口歇一会儿,每抽一口,味儿劲儿都上来了!"我顺从地照他的教法去做,可歇的时间总没有他长,我暗中估了一下,大约他抽一口,我已抽了三口。性子急的人,办不成大事。郭小川那些诗篇的名句警句,大约就是他在这抽一口歇一会儿之间冥思苦想出来的。"这'大桥牌',比'中华'好抽,是我的老战友前些天托人从武汉捎来的!"他这句话,使我觉得吸进的吐出的烟味分外有趣。我禁不住笑在心里。小川长期在武汉工作,凭他的名气为人,老战友送几条大桥牌烟算得了什么?即便他尚在落难。引发我好笑的是,这"大桥牌"烟,明明是我前天去咸宁县城挑豆腐时偷偷替他买的。岂止他,当时连队里好几位落难的大作家吃的烟、酒、点心多是我这个采购员进城偷着替他们买来的。小川是个幽默的人,他把托我买的烟说成是关心他的老战友捎来的,我暗笑之后,猛抽了一口,突然感到烟里确有韵味。打那之后,我在替别人买烟时,自己也买上一两包,乏力或烦躁时,也独自抽上一支,渐渐染上了这个陋习。

平心而论,不是小川,我也会对烟上瘾的。很早很早,大约我十岁的时候,在家乡,深夜馄饨担子叫卖声在小巷响起的时候,我见着一位亲人断烟时的难熬的神情,用自己可怜的压岁钱叩开了巷口一家小铺替他买回了一包美国"骆驼牌"。他高兴得拍打了我几下光头。我偷了一支,第二天趁母亲不在家,在伙房里抽了,呛得直打喷嚏。不久,我的这位亲人因肺痨大吐血死了,听大人说这与吸烟过度有关。血、烟,给我幼小的心灵留下了可怕的阴影。大学八九年,不少同学抽烟,除了手上没钱的。这点阴影使我对烟颇感畏惧。

当小川递给我烟时,我没有回想起这个惧怕。当时的处境叫人对自己、对未来不可能想得更多。活下来就不容易。虽然抽烟已危及我的健康,但只在回顾我的抽烟历程那么一会儿,我会对他有点怨恨。当我回想起那几年令人煎熬绝望的岁月,小川给我点起的烟时,这是难忘的温馨的记忆。

抽烟对自己对他人本来都是有害的事,但烟鬼会寻找各种理由为抽烟人在心理上辩护。20世纪80年代初,体检已查出我患有慢性咽炎,大夫劝我戒烟或少抽。我正在下决心戒烟,有一天下午我去看望茅盾先生,惯例先在他的客厅里等他,他进来微笑着说:"今天的烟好,多抽几根吧!"只见茶几上放着一包精装的"牡丹",经他的提醒,我才想起多次见到的是简装的"大前门"。既然茅公开口了,我不客气地自己动手,一个多小时,就抽了五六支。本来就很脆弱的戒烟想法很快又动摇了。更有甚者,朱光潜老师明白地劝我,既然想抽烟,就不必戒。他抽了半个多世纪的烟,喝了半个多世纪的酒,居然活到近九十。朱先生常风趣地说:哪天我不想抽烟、喝酒,肯定身体不好。他临终前我去看他,他说好一阵没有抽烟喝酒的欲望了,这次看来熬不过去了。朱先生的话,很能使我接受,是否抽烟,听其自然吧!特别是我曾同国内最有名望的一位癌科专家交谈过,他从不抽烟、喝酒,坚决反对我抽烟。但不久他就是患癌症过去的,年龄还不及朱先生大。这个事实,又使我每当点起香烟时心里又稍许宽慰些。

我有过一次真正有毅力的戒烟。1988年9月,我出访苏联,抵达莫斯科的当天晚上,在我下榻的俄罗斯饭店,饱食后美美地洗了一个热水澡,突然感到全身乏力,出冷汗,心脏像要跳出胸膛。我很害怕,迅速地拿着钥匙,走到相距几十米的老作家吴强的门口,尽力地敲门。他正在浴室洗澡,很久才缓慢地披着浴巾开门,我同他什么话也没说,急速冲进他的房间,从桌上拿了几粒硝酸甘油含在嘴里,静坐了一小时,情绪才稳定下来。后来听苏联大夫说,才知道是疲劳过度引起的心脏早搏,吃点药就过去了。不过大夫建议我不要吸烟、喝酒。酒我本来就没有瘾,不喝就不喝,何况当时苏联酒很奇缺。烟不抽倒是挺难受。既然在异域,环境都陌生,怕万一再出险情,狠心不抽就不抽吧！居然这一狠心,有效到回国之后的九个月。为了表示与烟彻底决裂,我将喜爱的一个打火机送给了一位司机朋友。

也记不起,何月何日又开戒抽起烟来。量比戒之前多,品种也挑选较严。香港一位作家朋友每天为两三家报纸写几百字的专栏,居然开玩笑地以我戒烟又开戒为由头对付了两天。

朋友们现在都知道我抽烟,抽得凶。劝我戒烟的朋友愈来愈少了,至多劝我少抽点。但绝少有人知道,前些天我又在下狠心戒烟。记得文艺界一位前辈曾经说过：谁想把自己搞臭,就不断公开宣布自己要戒烟。1965年,我曾亲耳听到文艺界一位人士在活学活用毛主席著作大会上,声嘶力竭地说：他把香烟当作阶级敌人,这样才取得了戒烟的效果。后来听人说,这位人士就在把烟当阶级敌人狠斗的当天,在上厕所时又偷偷地抽起"阶级敌人"来了。所以这次我决心戒烟,准备静悄悄的。当我做完心电图检查,追问结果如何时,检查者冷漠地说结果转病历,你去问大夫吧！我想心脏肯定是有毛病,得彻底戒烟了。事也凑巧,当我走出医院大门,在下班的如潮的人流中,突然发现平日给我看病的内科于大夫,我好不容易在一家副食店里找到了她,将刚才心电图检查的重重疑虑告诉了她。她耐心地听着。我很想听她说你不要抽烟的话,可她却亲切冷静地对我说：估计心脏不会有大问题,否则当场就会将你留下,也许有点小毛病,否则会对你说正常。听完她这几句话,我微笑着说声谢谢,又习惯地点起了烟。

1992年8月

真　　情

星期五晚上,接连收到几个电话,告诉我冰心老人住医院了。九十三岁高龄的老人住院本是常事。我忙同冰心女儿吴青通了电话,约好去看望老人。临时住院,使我觉得很突然,星期六又不准探视,只好定在星期日下午去。

冰心老人躺在床上,见我走进来慈祥地微笑着招招手,叫我坐在她的床边。我将送她的一束鲜花交给吴青,老人说:谢谢!没等我坐下,她劈头一句就说:你头发长了,该去理发。我正要回答说马上就去,吴青爱人陈恕替我解围:他就要这个派头。老人笑了。吴青将花插到瓶里,放在她的床头柜上,她看了看说:玫瑰花好,现在多了,好找,那白色的也好,难找。我知道老人喜爱玫瑰花,今天特意请花店多选几枝,我看上了那点点白色,又叫不出花的名字,便请花店也配了几枝,希望老人能喜欢。老人说她也喜欢,这使我格外高兴。等坐定,老人说:巴金很惦念我,我刚收到他的一封信,还没来得及给他写信。我说,我孩子毛毛问候您。她告诉我:阿英、夏衍、她三人同年,阿英老大,她老二,夏衍老三。老人愈谈兴致愈浓,吴青细声提醒我,该让老人休息了,我起身说:姥姥,您好好休息,过些天去家里看您。她问我:外面热吧?当我出门时,她又笑着叮嘱我:别忘了去理发!

回来的路上,有许多感慨,人人都抱怨世风日下,人情稀薄,可一个九十三岁的老人却惦记着我们晚辈理发之类的小事,可见人情并非都薄。

1993 年 6 月

我爱吃家乡的鱼

在明显或不甚明显的社会变化中,风俗也在变化。记得儿时在家过年,家里大人从腊月下旬起就在准备除夕团圆饭,满满的一桌,肉圆子、蛋饺子……我在北京生活了快四十年,乡俗难移,年夜饭饺子是绝不吃的,有几样可口的就可以了。今年的年夜饭,简单得出奇,两菜一汤。拜望文坛前辈回到家,已近黄昏,看看冰箱里存放的众多食品,无心制作,我看准了那条大青咸鱼。

我爱吃家乡的鱼。对当涂姑溪河、丹阳湖的鱼,尤其对咸鱼葆有永不衰败的记忆。在马鞍山居住的二姐知道我这个嗜好,几乎年年为我准备一条。今年我拿到时,格外高兴,正赶上吃年饭的时机。

咸鱼炖鲜肉,不知菜谱上有没有这道菜。反正京城各种风味各种档次的饭馆里是从未尝过。家乡的吃法,也都是蒸咸鱼咸肉。这是我的一种创造,只要是咸鱼,怎么吃都鲜美。

我喝着北京"白牌"啤酒,一块一块地吃着。孩子见我如此贪婪,不断提醒说,爸爸你不怕咸,他甚至开玩笑地说,听说咸腊味吃多了容易致癌。我摸了摸他仍带稚气的面庞,又吃了大大的一块。

电话不断地响。北京近年时兴电话拜年。在频率极高的电话声中,来自家乡好友的祝愿,最亲近。说来也巧,接到来自家乡的电话时,我都正在咀嚼品味家乡的鱼。

  我爱吃家乡的咸鱼,而又不能经常吃到,看来颇引起一些亲友的同情。去年,一位中学老同学,为我腌了两条,由于运带周折,虽然我没有具体地吃到,但我却吃到了这份情谊。六七年前也是一位中学的老同学,通过邮局寄给我一条,准是风干不够,进口时分明有些腥臭。我同样贪婪地一块一块地吃掉。我爱吃咸鱼,也爱吃臭鱼,只要是家乡的鱼。

1993 年 7 月

交往不该累

前不久,我去了趟天津。来回两天,可谓匆匆。参加《文学自由谈》杂志社召开的旅美华人作家简婉女士的作品讨论会,朋友们善于理解与会者的心理,他们提供的作品只是薄薄的一本短篇小说集,而且早早地送到你的手里,有些单位召开类似的这种会,往往是前几天才送来作品,七八本,多至十几本的一套系列。现在大家都忙,时间宝贵,再精彩的书,也很难读完,别说再思索一下该谈的意见了。简婉这本作品,空闲时,就能断断续续地读,且是艺术上颇讲究、颇有韵味之作,自然在会上能随意讲些并非客套的话。

平日与人交往,我很希望随意些、轻松些,人到中年,身上的负担本来就重,活得够累。到一座城市,从出发时,我就盘算,这次能见到哪些惦念中的朋友,企盼有愉快的交谈,哪怕只是片刻,我也会少吃或不吃安眠药入睡。

天津我去过多次了。该玩的处所也都去过,近年渐次盖起的新建筑比如像电视塔之类,还未曾参观。想去看看,但少有的钟点,还是想见见朋友。

仅有的一个晚上,过得特别开心。主人为会议安排了一个音乐会,听音乐,也是我平日所好。不巧,中午多喝了几杯,下午竟酣睡了六七个小时。原来约好一位编辑来访,被这一觉耽误了。

我觉得有些失礼,便放弃了去老同学那里的约定,来到她的家,我每天抽两包香烟,下午睡了,现在精神极好,突然想该猛抽几支了。好在男主人也不少抽,都是搞新闻的同行,在烟雾弥漫的屋子里进行初次仍然是随意的轻松的交谈。回到住处,同行来津的老周正在和《文学自由谈》两位我们共同的朋友大侃,我泡上一杯家乡的新茶,参与其中。津城的人挂念京城的友人。要不是主人考虑到我们四个小时后就要返京,定要一直侃下去。

快活若没有点遗憾,很难说是真正的快活。来津时,我想一定去看望正在病中的孙犁老。天津文坛三老:李霁野、孙犁、梁斌,我都尊敬、惦念。与孙犁的接触多一些。除了对孙犁的作品喜爱,可能与他对人的尊重大有关系。1980年春天,我为《文艺报》对他做了一次较充分的采访,这就是后来刊登出来的长文《文学和生活的路》。孙犁自己定的正题下原有副题:"与吴泰昌谈话录",发稿时,我不愿意高攀,擅自作主将副题删去了。孙犁见到文章后,几次提到我的这种顾虑多余,他说这里有你的劳动。不久,我请他为拙集《艺文轶话》写序,他在序中特别说起了我对他的这次采访。

孙犁虽是大作家,身体又多年不好,但他对晚辈朋友却重情谊。他知道我爱看书,每次同学金梅陪我去看望他时,他总捧上一两本近著送我。他每次来信,都问到我的身体,又写些什么,谈他正在看些什么书。记得去年,他在信里夹了一张剪报给我,是他写我的一篇短文。这次刚住定,我就问金梅,能去医院看孙犁吗?金梅说不是探视时间,这次看不成了。今年孙犁老八十高龄,我真想当面提前向他祝贺,说声"愿你长寿"。

1993 年 7 月

妙 愿 难 成

正值盛夏,新年欢乐的记忆已经很遥远了。昨天,却意外地收到一张来自家乡的新年贺卡,看看邮戳,路上并未耽搁,原来生日已到了。

每年春节、元旦、圣诞接到海内外新老朋友惠赠的贺卡不少,近年生日收到贺卡也渐渐多起来。万没料到,这位童年好友竟在高温的日子里遥祝我"安康快乐,万事如意",时序虽移,但诚挚的祝福却永远是暖人的。我想,在装饰快速变化翻新的今天,表达友谊的方式也应该而且事实上也在不时有新招。

今年我收到的新年贺卡中,有一位老同学给我的,就是去年我寄赠给他的那张。他在我祝他"安康"的下面,写了"愿你戒烟"。既然他在创新,我也打算今天元旦再将这张贺卡写上"愿你少饮"寄还给他。元旦未到,上月他已作古,终成最后的纪念。

在长辈中,赵朴初先生和夫人陈邦织对我的新春祝愿是最令我高兴的,假如我过得真如他俩所希望的那样。朴老在自制的贺卡祝词外,亲笔写了:"泰昌同志:新年祝福德日增妙愿圆满"。这些年,几乎每年岁末我都收到朴老赐赠给我的一张贺卡,几乎每张上他老人家都亲笔写几句,常见的是录写一首近作。记得1986年春写的是他刚为《瞭望》周刊海外版作的《如意令》。朴老是当代大佛学家、书法家和著名诗人,在他清秀的墨迹里保存深邃的哲理和惊人的妙语。我拜阅他的贺卡是不分时序的,朴老崇高的人格在感召我、激励我,在四季变化之中。

还没有到年终总结的日子,今年我的"妙愿""圆满"了多少,自己都没谱。起码戒烟这个小小的"妙愿"就未兑现,可见我是个缺乏毅力、有负于期望的人。好在离年底还有好几个月,朋友们都该加把劲哟。

1993 年 7 月

失约的家宴

也许是社会的一种进步,朋友之间相聚的方式也在明显地变化着。十多年前,我到外省市,朋友的款待,大多还是在家里,主妇做几样拿手的菜,请一两位共同的友人作陪或介绍一两位新友相识,气氛是相当亲切的。这几年可大大不同了。不管是老友还是新识,洗尘往往是在街面上,或高档宾馆,或中档饭店。只要是我想见的友人,哪里我都去,都领情。不过,就我个人的心意来说,宁肯吃得简单些,氛围要好一些。说白点,我是追求吃氛围的。

1987年,应霍英东先生之邀,由萧军先生率领的中国作家代表团访问香港。在港一周,由于主人的分外热情,应酬之多,菜肴之丰盛,使我时时担心自己的肠胃会出毛病,每顿饭后我就赶紧吃酵母片、黄连素。我真羡慕香港人、广东人天生的那副好肠胃。唯独一次饭局,使我饭后自信不必吃药物的,是武侠小说大师金庸先生安排的一次晚宴。我们团共十五人,金庸先生请了我和另外二位,这样的约请,饭前我就预感到将会度过一个快活的夜晚。酒店自然是高档的,高档到吃了至今我还不了然有几道菜是何品种。据说金庸先生的太太林乐怡女士不爱应酬,当天她作为主人也出面了。环境极好,服务周到,情调浪漫。我们五人围坐着一张不大不小的桌子。文人相聚,本该谈点文学,可金庸只字不引向这个话题。三位客人对金庸的作品虽不陌生,但都是初识。这种随意的氛围,使我们一见如故,仿佛老友重逢。金庸说北京的冬天有雪,雪景是最美的。他的太太出生在南国,长期生活在南国,估计没有见过雪,北京的雪。金庸得意地向他太太说,他们三位可是在北国风雪中生活的,以后冬天上北京,可得早准备冬装啊!林女士微笑着对我说,他不陪我去,你们就陪我看北京的雪吧!饭吃了不下三小时,金庸幽默风趣的谈话,使我心头掠过阵阵轻松。金庸太太临时提出,要请我们去他们的寓所喝咖啡。已经是夜间十点多了。我数次去过香港,跟朋友的见面,都是酒店里。金庸夫妇的这番盛情,使我们有点意外。金庸的寓所在半山区,摆设雅致豪华,一踏进客厅我就感觉这位大作家是很会为自己营造温馨舒适安乐窝的人。女主人为我们煮了咖啡,漫无边际的趣谈又在继续。回到住处,已是下半夜了。当天晚上的温馨感觉使我忘了每天必吃的安眠药,美美睡了一觉。

客随主便,以往我到外地的活动,连同吃饭,都听任主人安排。吃了金庸这顿饭后,我开始主动地在吃上寻找点随意。近几年,我去过杭城多次。有一次省里的几位同志,在汪庄请我,我吃了一大块带皮、肥瘦相间的东坡肉,味道鲜美,就不顾礼仪,向主人提出想多吃几块,本来是每人一块的,主人纷纷向我献肉,就一连吃了五块,引起他们哈哈大笑。至于朋友,不管是同龄的还是小字辈的,我会更直率地提出吃处。听说望湖宾馆后面一条街上有几家个体户餐馆,环境雅致,菜蔬新鲜,有不少大宾馆吃不到的家常菜。什么雅园、大自然餐厅,朋友们都请我去过。每次都如愿以偿,愉快至极。

她,三十多年前,我们北大的同窗好友,是位很细心的女性。她注意到了我希望吃得随意。她多次对我说:"这些菜我都学会做了,还是到家里来吃吧。"

她本是个不善于理家的事业型女性。大学毕业后,她长期在内蒙古工作,她写信说过,她的也是我同窗的先生,常常是用罐头招待朋友。她中年才返回家乡杭城。也许是真的学会了做家务事,学会了做菜,就如她所说,东坡肉,一要选好肉,二要配好料,三要花时间慢慢地炖。

我很想吃她亲手做的菜,用她那双勤于写作的手,在她的家里。她回杭城十来年了,这个很想,始终只是很想。

她病了,病的时间很长,得了一种莫名其妙的病。我数次去看她,她行动不便地坐在椅子上,到该吃饭的时候,她也不提留我用餐。我知道她的心思,不能愉快地请我吃,不如不请,我也是这么想,每次快到吃饭的时刻,我是骤然起身告辞。

我长年生活在北京。我也多次想过,对她说过来家吃顿饭。我是个生活能力不强的男人,虽然"文革"十年在"五七"干校伙房干了两年,也只是挑水、烧锅炉,做菜的手艺大师傅对我留一手。炒蛋我会,我爱吃,炖老母鸡,是我家乡安徽的名菜,我也勇敢地学会了。选用活杀的母鸡,配好料,用砂锅微火慢慢地炖。我成功地炖过一次,是为她。六七年前,她来京治病,住在新华社招待所。我早起去市场买了一只大母鸡,炖上,我去报社上班,十一时左右我回家,再去送给她。她冷静地对我说,等我病好了,到我家里去吃,我也会炖。她仍然很细心。她回杭州前,还特意嘱咐爱人将砂锅还给我。

去年,她走了,我的老同学,温小钰。汪浙成当天打电话告诉了我这个不幸的消息。我没能吃上她学会做的种种我爱吃的,在她家里。我吃过了她学会做的种种我爱吃的,在她家里。

1994 年 6 月 7 日

飘动的红叶

是该到西山看红叶的时候了。我安排过两次,与儿子和远方来的友人同游。不巧两次都被临时飞来的杂事打乱了。对这一再失信,儿子自然不悦。想不到,客人竟也对我对红叶的这种怠慢感到愤怒,不打招呼,只身去西山逛了一天,饱览了片片红色。

说我对西山红叶不迷恋,不钟爱,实在大大冤枉了我。我入京城近四十载,西山红叶,夹在我的书本里,留在我的记忆里。我学习时的校园,虽然比我现在的住处,离西山近,但几十年前,交通不便,我是每次徒步去西山观赏那片片红色的,早出晚归。常常是飘动的红叶伴我进入梦乡。

近些年,我确实去西山少了,在有红叶的日子里,在没有红叶的日子里。我明知西山并不远,交通发达,半天就可以来回了。我不知道为何这般怠慢了西山红叶。

我的眼前尽是一片片绿色,我步行、穿梭在绿荫丛中。每当我在书房里沉思开笔时,抬头望着窗外一片绿色,我下笔就自如。当西山红叶红透了的时刻,眼前的绿叶渐渐变黄了,黄的能变红吗?我在盼望着。

红的,绿的,黄的……我爱每一种象征生命的颜色。这缤纷十色的鲜活的世界,在日益增多的花店里都能观赏到。

记得五年前,冰心老人九十大寿时,远在沪上的巴金先生曾委托我代他向冰心赠送一个由 90 枝红玫瑰组成的花篮。我跑遍了城东城西的几家花店,令人失望。当时我曾想过,正是西山红叶茂盛时,不如去收拾 90 片红叶。可巴老深知冰心特别喜爱红玫瑰,好不容易在京城几家花店凑足了这个数,才了却了这一心愿。一个由 90 朵红玫瑰组成的花篮放在冰心老人的卧室里,她笑了,乐了。今年 10 月 5 日,冰心老人在医院里喜度华诞,我代表我所工作单位的全体同仁,向老人敬赠了花篮,有红玫瑰,也有白的、绿的各种花草。老人躺在床上,看了,开心,乐了。送上几片西山红叶,她准也高兴,望着我微笑,我心里想。在冰心老人喜度诞辰后三天,老诗人臧克家又恰逢九十华诞。在他居住的四合院里,摆满了一个个鲜花篮。我也想过,假如有人送上 90 片西山红叶,克家老也准会开心。

还是年轻人想得活。我儿子才十九,他的小哥儿们过生日,在相互赠送的礼品中,居然会有西山红叶,夹在一个信封里,居然还有剪贴的,夹在一张白净的纸里。在他们的心里,西山红叶,既是观赏的,也是传情的。

金秋十月,听到朋友的好事一桩接一桩,朋友也频频问我有什么好事。我在企盼好事降临的同时,也碰到了令人悲痛的事。昨天,当我从电话里得悉家乡安徽的一个少年好友突然不幸过世的消息时,我怎么也不相信。两个月前,我还收到他的信,他在皖南山区待了几十年,决心 10 月来一次北京旅游,看看北京的文物古迹,看看北京的城市变化,看看西山红叶……我正等着他。我坐在沙发上,沉默不语。懂事的孩子从我凌乱的书房里拿出一本书放在我眼前。这是我三十年前在北大上学时用的,里面夹着一片干枯了但仍泛着暗红光泽的西山红叶。我夹在一封短信中将珍藏多年的这片红叶寄去,当我要去邮局时,儿子提醒我,多贴点邮票,千万别丢了。

1994 年 10 月 24 日

橄榄树下历险记

十多年来,外出乘坐飞机,几乎成了我的习惯。记得1982年初次出访东非,要飞行二十多小时,去处是神奇的、印度洋的一角。当我进入北京机场海关,投向送行的尚不懂事的儿子一瞥,确乎是依恋中带有几分畏惧。多少年过去了,人世沧桑,现在当飞机腾空而起,我的心反倒宁静下来,宁静得我能在飞机上写文章,追记有趣的交谈,能认真地阅读平日想读未及阅读的书籍、报刊文章。可这次远行有点意外,家人和亲友临行前,都好奇地问我,现在怎么到那里去?虽然我要访问的国家,航程并不比我数次出访的国家远,只十几个小时。

我们选择了一条理想的航线。从北京乘北欧航空公司定期班机到丹麦哥本哈根,在机场休息两三小时,再换乘北欧航空公司班机直飞目的地以色列特拉维夫。哥本哈根国际机场宁静的氛围使人感到进入了安徒生童话的梦境。北欧航空公司是由丹麦、瑞典、挪威三国联合组成的,在世界上享有盛誉。我们乘坐的是波音757大型客机,餐饮供应,并不比我们国家国际航线好多少,但空姐的服务极为周到。说来也奇怪,我国民航服务人员多是年轻漂亮的小姐或年轻帅拔的男士,可北欧航空公司上的服务人员全是空嫂和中年男士。他们有丰富的飞行服务经验,我用餐速度快,空嫂能及时将我的餐盘取走,好让我收起小桌板,松动腿脚。而在我们的航班上,往往是定时集体收回餐具,腿脚不自由要好些时辰。在飞越西伯利亚上空时,我困睡了一会儿,醒来时发现有人给我盖上了毛毯,空嫂又及时递给我一块热毛巾和一杯热茶。航行的舒适,使我忘却了临行前多少有点的恐惧。我们早上九时从北京出发,当天晚上八时飞机就在地中海沿岸特拉维夫上空盘旋了。时差六小时,现在北京正是万籁俱寂的下半夜二时,陌生、新奇的以色列终于到了。

中国作家代表团一行四人,是应以色列政府邀请,为执行中以文化交流协定前来的。以方接待单位是以政府外交部。我们在进入以色列海关时,照例应该由以方官员来迎接。我们等了十多分钟不见有人,只好自己进关在候机厅等候。团里的翻译钮保国是第二次来以色列。1993年他陪同以张贤亮为团长的中国作家代表团来访过。据他说,当年飞机一停,就受到以外交部前驻巴拿马大使的欢迎,今天有点奇怪。候机厅里不时来往的荷枪实弹的男女士兵使我们并不太疲劳的神情增添了些许恐惧。我和赵熙、周大新站在一起。保国是老练的外事人才,他去机场询问处用英语与服务小姐联系,请求她的帮助,小姐很快与外交部接待人员联系上,几分钟就到了。是一位年轻的女外交官,叫莉丽安,前任驻新加坡领事,现在外交部工作。当我们坐上一辆以外交部为我们提供的三排座的大奔驰时,她才抱歉地向我们解释,她早已到机场了,在我们飞机降落前,突然有人向警察报告,说机场出口处有辆汽车上有炸弹,警察通知所有的人散开,她就跑开了,司机也将车开跑了。等警察宣告平静后,她赶回机场,我们已出关了。听了莉丽安小姐的一番话,再看看机场周围的繁华景象,真以为她在说故事。看来以色列人具有高度承受袭击的应变能力。我们下榻的宾馆在耶路撒冷,从机场去有30至40公里,我们行驶在高速公路上,虽然远处近处一片灯光,心里仍滞留着后怕。平日在电视上看到的爆炸镜头重又闪过,我才想起家人亲友送行时的特殊眼神,我们是冒着生命危险从亚洲最东边来到亚洲最西边进行友好访问的。

耶路撒冷是世界上最古老的城市之一,有五千年的历史,文字记载也有三千多年,位于以色列的中心,在犹地亚山环抱之中。司机懂历史,他一路向我们介绍耶路撒冷,充满了自豪。由于是夜晚,当我们进入市区时,远处山头上星散着高层建筑,近处见到一座座石头建筑物。我们住在公园饭店,规模不大,但设备齐全,房间布置雅致。我先拿到一把钥匙,翻译开玩笑说:团长的房间是他们定的。其实我们四人每人住一单间,设备全是一样的。连房间里赠送的一盒点心和一块巧克力都是一样的。唯一差别,就是我推开窗户,能看到耶市的大半个脸,漆黑的一片闪着万家灯火。

安定后,洗了个澡,已是当地时间近十一点了。我们去一楼咖啡厅小坐,大家都不饿,在飞机上被各种喜爱不喜爱习惯不习惯的食物都填满了。但大家都感到渴,国外饭店没有开水,我已习惯喝矿泉水,甚至自来水,好在我准备了足够的黄连素。可赵熙和周大新极不习惯,他俩都是初次出访,必须喝热开水。热咖啡、热茶,他们也不习惯。保国去同服务员商量,回答说没有,进一步商量,又说在咖啡厅里只喝热开水是违反犹太教规的。后一点是我们万万没想到的。也许是对远道而来的中国客人友好,最后同意供应一大瓶热开水,拿回房间。后来结账才知道这瓶热开水价格之昂贵。他们先回房间了,我在喝咖啡。饭店花园里不断传来音乐歌声。有人正在举办结婚舞会,气氛热烈、祥和,颇有几分浪漫情调。四周各色鲜花在微风中摇曳。突然我见到一位正在跳舞的青年腰间配有一只手枪,刚刚隐去的惧怕又悄然浮起。快回国时,我向陪同葛兰小姐询问这件事。她说,有持枪证的人,随时可以带枪,我问她是否都有持枪证,她说犹太人、德鲁兹人可以。

因为过于疲劳,来到以色列的当晚,睡得很熟。在以色列为期一周的访问,我们在耶路撒冷度过了三天。与政治家、作家、学者、宗教家进行了广泛的交流,特别是会见了著名政治家、以色列前总理西蒙·佩雷斯先生,参观了以色列博物馆、二战大屠杀纪念馆、拉宾墓地。难得的是,我们参观了举世闻名的古城。

古城是耶市的老城。在数千年的历史长河中,84次被重复争夺过,成为众多帝国的都城。数不胜数的古迹、圣地和祈祷场所,世界三大古老宗教犹太教、基督教、穆斯林教在这里紧紧汇集。耶路撒冷,先知们赞不绝口,文学史诗和祈祷词倍加尊崇。巴比伦的《塔木德经》中说:"在授予世界十份美丽之中,有九份为耶路撒冷所得,只有一份给了世界其他地方。"现在的耶城最原始的核心部分就是老城。老城内的面积不大,仅1平方公里,古城墙有4.8公里。老城内分4个小区,即今天老城的犹太人、穆斯林、基督教徒和亚美尼亚人的聚居区。我们先从瞭望山、橄榄山眺望了老城的壮景。

当我们进入老城大门时,导游提醒我们将贵重物品留在汽车内,身上只带了相机和买点纪念品的货币。不是休息日,来自世界各地的朝圣者和游客如云。以色列警察很威武地在站岗巡逻。最早见到的西墙,是残留下的唯一城墙。西墙又叫哭墙,是犹太教徒在这里用哭的方式祈祷的圣地。西墙分东西两段,男人在东段哭,妇女在西段哭,可以自由进出。当我们正要进入时,突然警察向我们的陪同说,现在发现了西墙下面有一个怪状物,需要检查、排除,暂时停止入内。许多人吓得走开,导游领着我们先去参观别处。

如果说我们一踏上以色列国的那场虚惊是不被知觉的,今天的一场却是亲身经历的。这无疑给我们游览古城蒙上了浓重的阴影。也许是主人的好意,怕我们在这里逗留过长引来麻烦,时间安排极紧,一般需一天才能看够,我们只有两小时。4个居住区内教堂无数,仅基督教堂就有耶稣遇难处,老城是历史文明与现代文明的独特交汇,是宁静的居住区,又是繁华的商业区。阿拉伯人开设的色彩绚丽的商店,我们只能一闪而过,可以说是走了一趟古城。临近中午,我们离开时,西墙的险情已排除,匆匆又补上看了看。只见个个祈祷者将祈祷词写在纸条上,塞进城墙的夹缝里。我不会写,用汉语说了声"和平"。

我们驱车驶向以色列北部山区,两个多小时后,抵达加利海。所谓海实际上就是一个水库,是以色列最大的天然水资源。水库一边是戈兰高地,沿海有几个旅游村镇。几天来,由于对以色列饭餐不太适应,在这里欣喜地找到了中国餐馆,西餐式的中国菜,是泰国籍的华人开办的,餐厅里挂满了中国书法。我要了一条炸鱼,是非洲鲫鱼,又吃了同伴们的几个鱼头。由于这一带与叙利亚、黎巴嫩交接,最近的国境线才几百米,虽然目前战事平息,湖水平静,休闲的游人不少,但战争的阴影仍在游弋。几位以色列作家告诉我们,他们虽然平时住在花园式的小别墅里,但每个家庭、每个人都有两处床,战争一来就下地洞。以色列处处都挺拔着和平之树——橄榄树,这一带尤其茂密,地洞周围掩体也是橄榄树,和平在地上,还是在洞里,我突然犯起疑惑。

耶路撒冷目前没有机场,回国还得从特拉维夫走,仍然是北欧航空公司的飞机。早上十点,知道以色列出入境安全检查严格,八点钟以前外交部官员就送我们抵达了。毕竟是他们政府邀请的客人,中国客人,我们受到了优待,没有同普通旅客一起接受安检,单独被请到一处。我驻以色列使馆"一秘"车兆和同志代表大使馆来送行。他来以色列已两年,送往迎来多次,与机场负责安检的人员很熟悉。他同负责人——一位剽悍的青年热情招呼,用英语交谈。突然对方安检负责人严肃地要车"一秘"出示证件,看了外交证件后他又恢复客气礼貌。一位负责安检的小姐过来问我们几个问题,比如住在什么饭店,行李是否放在自己房间的,有什么客人来过房间看望,有无人托你带东西上飞机。我们此行,除对方安排外,未与任何人有过联系,如实一一说明,她说可以了。但其他三人却发生了一点小麻烦,原来外交部巴奈尔先生,宴请我们时给每人送了一把作书签用的小刀,如实说了,安检小姐非要看,那小礼品他们都放入要托运的箱子里了,一时忘了放在哪里,翻译一再说明是外交部送的,以色列外交官员也一再说明,他们仍坚持非要看,这样就耽误了半个多小时。

保国来告诉我这个情况,我忽然想起,这个小礼物我就放在随手提的小包里,还没拆封,当场打开,原来是一个捅人不见血的小刀把。他们表示歉意,请我们理解,热情地将我们引进候机厅。飞机很快就要起飞了,虽然离开祖国才一周,由于当地的新闻媒体看不懂、听不懂,别说对祖国,即便对我们涉足的城市里发生的事也一摸黑。大家都静静地在回想,思乡之情、思亲之情不必言说。突然一位机场服务人员来找我,我以为又有什么麻烦事,心情又紧张起来。经翻译联系,才知道,原来给我安排的吸烟区座位是三人一排的,服务小姐说还富余一张三人一排仅一人坐,给我换个位子,让我舒服一些。我只好用英语说声谢谢,她笑笑走了。这是以色列人给我留下的最后一个印象。

五小时后,在哥本哈根机场休息厅,见到一位中国人在看当天香港出版的中文报纸,头版上就有以色列武装冲突的消息和现场图片,原来就发生在我们昨天下午逛特拉维夫市容的时刻。

回国后,不时有耶路撒冷爆炸的新闻,特别 7 月 30 日大爆炸。无怪有几天接的电话,都极为关切地询问我以色列此行是否遇到险情。说实话,我们在以色列生活了一周,所到之处,城市是美丽的,用石头建造的房舍,在阳光的照耀下金光灿灿,街面的行人和车辆都在有序地流动。

正在特拉维夫大学进修的北京大学一位教师对我说:他来这里四年,没有什么战争的感觉,社会秩序安定,年轻漂亮的女大学生夜里两三点钟打的士都很安全。可见人民是珍惜和平,并努力营造和平氛围的。西蒙·佩雷斯为推动中东和平做了巨大努力,他在接见我们代表团半小时的说话,中心主题就是强调和平对人类的意义,他称赞中国不是用武力,而是用智慧收回了香港。他期望人类通过文化、文学作品打开通向和平之路。

佩雷斯先生的话,代表了我们所接触的以色列各族人民的共同愿望。耶路撒冷就是和平之城,橄榄树就是和平的象征。耶路撒冷经历了五千年的风风雨雨依然屹立于世,橄榄树下应该永远覆盖着和平。

1997 年 8 月 10 日

方 寸 之 间

电信事业的长足发展,对我这个不经商的文人来说,受惠最多的,是与朋友的交往更直接、更迅速了。不管远在何方,几秒钟、几分钟就能听到熟悉的声音。短短的几句,一切尽在其中了。但也由于电信事业的发展,使我的笔头疏懒起来,近些年收到各地朋友的来信,不复或迟复,渐渐成了我的习惯,由此也怠慢了、得罪了一些朋友。

但与她,却是极大的例外。从去年 7 月 1 日起,每周必给她寄一封信。她知道我忙,不计较信的长短,但有个不算高的要求,邮票要新的,不重复,邮资总付的不算。前两点好做到,我的儿子集邮,他对邮票的行情熟悉;后一点,那无疑是要我亲自投邮了。这样,我就熟悉了从我的住处到就职单位沿线的不下十个邮筒,清晨或傍晚,我会将一封封厚重不一的信贴足邮票寄往东方明珠——香港。

能自觉地坚持做下来,并不是有什么特殊的因由。远方朋友的一点希望,而且她颇自信我能做到。

我们相识在十年前。霍英东先生邀请中国作家代表团访问香港,我随团长萧军先生前往。这是我初次到香港。公务应酬之外,最开心的就是深夜与作家、记者朋友聊天。她在一家报社,是位小有名气的文化记者。她写过我一篇专访,年纪轻轻的提问题却很老练,办事极端认真。看得出她对祖国文化有着浓厚的兴趣。她知道我是北大朱光潜教授的学生,竟询问朱先生对烟酒有何看法这样有趣的问题。闲谈时,她知道我上小学的孩子正痴迷集邮,我允诺在香港期间每天给他寄封信,她便送了我一些尚未用过的各种香港邮票。当时我不知道,她也是个集邮迷。1992年,我参加中国作家代表团出访意大利,她知道后行前在电话中提出希望我到一处给她寄张明信片。虽然我到罗马的第二天,在逛市场时手头有限的外币被高超的吉卜赛女郎变戏法似的扒走了,但在罗马、梵蒂冈、西西里首府巴拉穆、威尼斯、米兰、佛罗伦萨,我还是分别向孩子和她寄出了风光各异的明信片。

通过信,我们骤然熟悉起来。熟人之间往往会弄点恶作剧。前年我去斯里兰卡岛国访问,从新加坡返回时,香港作家联合会会长曾敏之先生请我去香港讲学一周。是个周六,下午要去浸会学院参加香港文学与内地文学研讨会,上午她陪我逛街。突然我在行人道上被两个中学生拦住,一个男的手捧碟子,里面全是港币,我不明白发生了什么。我猜想大概是要钱的,就投了面值一元的硬币,女的即刻向我穿的白衬衫贴上一个小圆徽,道声谢谢就走了。怕脏了衣服,我立即将它撕掉。走了几步,又碰上,我又丢了一个硬币,我又将它撕掉,走了两三百米,重复了五次。她真坏,见我如此窘状,居然无动于衷,只管笑!下午遇见一批香港作家,说起这事,才知道,每周六,都有一批中学生义务为残疾人募捐,身上有标志,就说明你捐赠了;你撕掉了,别的孩子以为你没有捐赠,所以又来找。一位诗人开玩笑说我应该将五个印花都贴在身上,才光荣!晚上她在电话中说我的善心回北京应该受表扬!

她既拿我开心,我也拿她开心。有几次我寄出的信函中,片言只字没有,只将我参加活动的请柬附上,记得有中国现代文学馆和北京图书馆举办的"冰心创作七十周年图片展",郭沫若纪念馆主办的"银杏树下"文化系列活动请柬,南京玄武湖、安徽当涂李白墓简介……她来信居然说我越来越会写信,这些东西是她珍爱想收藏而难以得到的,望我继续努力。

前些天,我去郑州开会,去洛阳看牡丹。在当地为她寄出的信,邮票是重复的,但信中附有洛阳一绝水席菜单,不知她收到信会表扬我还是臭骂我!好在香港回归祖国的倒计时日历一天天在翻转,她喜爱的难以得到的将会更加喜爱,更加容易得到。

1997 年 6 月

山城故事多

在我急需吃足安眠药熟睡两天的时候,居然远航从北京到了重庆。刚刚从以色列访问归来,那个国家古老悠久的宗教和文化还来不及细细咀嚼,在那里亲身经历的一而再再而三的恐怖惊险所留下的后怕还没有完全退去,《重庆晚报》浓浓的热忱,使我疲惫的身心滋生了活力,何况,被邀请的一批同行又多是谈得来的老朋友,此行绝对开心,我在飞机上就这么自信地想。

重庆于我并不陌生。五年前我来过。总参系统文学创作评奖在林园举行,军外只我一人担任评委,所以受到极好的招待。我住在蒋介石抗战时期曾住过的那幢楼,那套房间。从林园到市区去看夜景,山城高低一片灯光,很给我神奇的诱惑。山城故事多,就是由那无尽的上下交错的灯火引起的联想。我猛然思念起我的小姨。我猜想她当年居住过的地方,那扇窗户里还在闪烁着光亮。1949年9月2日朝天门附近,一场大火,她和她的全家都化为灰烬。一位闻名全国的产科大夫的遭际岂不正是旧重庆无数故事中的一个?

张贤亮不仅会写故事,会讲故事,还会创造故事。我们刚住定下来,他就拿着微型手机到我房间来,问我要不要打长途,他刚刚在自己的房间里打完了该打的长途电话,便关心起了我这个朋友。我明白他的好意。我该给妻报平安了。我在日常生活中有非常笨拙的一面,尤其对电器,只好拜托他代拨北京家里的号码。也许妻正在等我的平安,电话即刻通了。贤亮一本正经地道：××小姐，我是××航空公司，非常抱歉地通知您，今天上午由北京飞往重庆的航班，因机器故障，不能起飞了……对方还没来得及反应，他自己就笑了起来，我怕惊吓了妻，赶忙抢过手机连声说这是贤亮，妻也哈哈大笑起来。在一旁的吉狄马加的女儿吉狄娜———一位七八岁活泼可爱的彝族姑娘，指着贤亮说："伯伯，你坏！"又指着我说："大鼻子伯伯，你好。"弄得大家哈哈大笑起来。

到重庆的当天夜晚，过得实在令人难忘。我和周涛同室。在应酬场面相见多次，少有交谈的机会。他是诗人，近些年集中写散文。我对他的作品是熟悉的，也挺欣赏。相聚在一起，自然谈起文学。我们都抽烟，你一支，我一支，谈兴越来越盛。我说他能写好诗，写好散文，写不了小说，他似乎同意。虽然我以为在他的散文中有许多小说家感兴趣可运用的生活素材。我与军旅作家交往甚多，周涛阅读之广令我暗暗佩服。我正在写一本关于钱锺书的书，他也是钱先生著作的酷爱者，挑起了钱著的话题。周涛不谈《围城》，却谈起钱先生的散文集《写在人生边上》，他认为钱在散文发展史上也有超人的贡献。作家的存在，主要靠作品，作品的数量并不重要，关键在其独特的价值。这个看法是我们的共识。别看周涛作品充满阳刚粗犷之气，人却是细心的。他告诉我他打呼，打得厉害，劝我先睡。是夜近凌晨二时了，我吃了三粒安定药片，先入睡。不知过了多久，突然，我被一阵不规律的呼噜声惊醒，只见周涛不规矩地仰躺着在不停地吼叫，我想象他是否在新疆某处遇上了凶猛的野兽，正在作殊死搏斗。我起身坐在沙发上，点起了烟，一边欣赏着这绝妙的交响乐，一边欣赏山城即将苏醒的绝妙夜景。心里很宁静。七点多钟周涛醒来，见我独坐，很歉意地说，你该把我弄醒。我说，两人都睡不好，不如你睡好。其实，那天晚上我也有绝妙的收获。我重温起一生经历的许多有趣的故事，如山城的灯火忽明忽灭。

带着主人的亲切，我们乘上了"巴山号"游轮去三峡，去重庆市远郊邀游。在轮船上如同在家里，走动自由，串门，上凉台观赏江景，去休息厅喝咖啡、饮料聊天。日子平静得真想有点变化。在巫山县游览小三峡,船上规定每人必须穿上厚重的救生衣,再换乘小船。天气奇热,小船上没有空调,江风徐徐吹来,也还适意。导游是一位素质不错的小姐,能自如地介绍沿岸的古迹。船速在大宁河平稳的水面上突然加快,吓得祖芬、赵玫、杨泥她们赶快又将脱下的救生衣穿上,导游小姐用话筒笑嘻嘻地说:"别怕,有惊无险!"果然,不一会儿船又平缓下来,照旧平速前进。真是虚惊一场。"惊险"这个词平日常用,原以为有惊必有险,今天我才深切地感到,惊险这个搭配词,未必有因果关系。这种感受,当天进一步领受了。我们游小三峡下午四时返回,大家疲惫不堪,冲洗后不约而同会聚在休息厅,这是上船后唯一一次全聚的场面,巨才叫我抓紧拍张照,我猛然起身,头撞在正上方电视机的棱角上,一阵晕眩,在座的个个都惊呆了,有人急得要去找大夫,我自己有数,静静坐了十分钟,又恢复常态,经检查,只破了一块皮肉。又是一场惊险,不是虚惊,是真惊,惊中有险,事后我又深深地感到:"惊险"这个词的搭配也未必没有因果关系。

前不久在以色列与一位著名作家有过长谈。这位被誉为"故事大王"的小矮个,名不虚传。两个小时,他连续讲了五个小故事,都是他亲身经历和观察捕捉到的。其中一个就是两三年前他游重庆时发生的故事。故事就是历史,有平有稳,有惊有险,人生就是一连串的故事,犹如或缓或急流动不止的长江。

1997 年 8 月

以 水 为 金

飞行了十六七个小时，终于平安地回到了家。北京稀有的高温天气。家里凉爽，空调二十四小时开着。喝着家乡的毛峰，心境顿然静息下来。虽然连时差算上，整整一天一夜没睡觉了，但毫无困意。痛痛快快地洗个澡，和家人聊聊此次出访的趣事，是最大的乐趣。自从改装了煤气管道热水器，每天洗一两次，已成为一种习惯。水温是适度的，我喜欢热一点。我洗澡速度快，从开水龙头到关水龙头，两三分钟就完事了。今天我将这两三分钟分割成两段，先冲洗，用肥皂时将水龙头关闭，擦好冲洗时再启开，谁知烫得我大叫起来。为了节约一点水，皮肉却受了痛楚。

北京是个水资源不甚丰足的城市。它不像我到过的国内外一些大城市有江河穿越，将城市一分为二，也不像有些城市濒临江海。节约用水的公益广告通过各种新闻媒体天天在提醒着这里的居民。但对水与我生活的关联，多年来并不太在意。50年代我在北大上学时，义务劳动修十三陵水库，也没有思索过它与我日常生活有何相关，记忆网上留下的只是一块划船消遣的好去处和一条条来自水库肥壮鲜活的胖头鱼。

我这次访问以色列一个无形的重要收获，是增强了水对人类生存意义的认识，感到要珍惜水了。中国在亚洲的最东边，以色列在亚洲的最西边。政治上没有大小国家之分，从版图人口上说，以色列是个小国，这是事实。它的总面积两点七万平方公里,人口五百五十万,不及北京市人口一半。水资源的匮缺,是有关图书资料上最强调的。著名政治家、以色列前总理、外长西蒙·佩雷斯在其著作《新中东》一书中甚至说:"正如圣经时代的牧羊人担心在水源上的分歧一样,严重侵犯用水权现在有时被视为发动战争的正当理由。"以色列自从1948年建国以来,与周边国家进行了六次战争,除去诸多复杂的历史、政治、宗教的原因之外,水权的争端据说是不可忽视的因由之一。比如与约旦国的战争,就同国境线上的约旦河直接相关。我看到几十里长的约旦河,它最狭窄的段落,如同溪流,还不及我家附近亮马河宽敞。

  来到以色列的头天晚上,我们中国作家代表团下榻在耶路撒冷公园饭店,其水准相当于北京三四星级宾馆。我的房间是被主人指定的,其实团长和团员的住房并无差别,每人一间,陈设一样。国外饭店住房里都不供应开水,这我知道,我担心这里用水是否短缺或军事化地定时管制。我走进房间头一个动作,就是去盥洗室打开水龙头,热水凉水都有,我用玻璃杯接上一杯凉水,水色洁净。虽然我也明知上星级的宾馆,无论国内国外热水供应是全天的,但还是不放心,我习惯深夜临睡前洗澡,还是请翻译钮保国去询问,热水有无供应时间限制,服务员感到奇怪。赵熙、周大新离不开热开水。咖啡厅里,咖啡、英国茶、冷饮均有,就是没有热开水,保国与服务员几经交涉,对方说在咖啡厅供应热开水是违反犹太教规的,弄得我们莫名其妙,也许是对来自中国客人的友好,最后同意供应一大杯热开水带回住处,价格比矿泉水还贵。我猜想,这个特殊的风俗,是否与长久缺水养成的饮食习惯有关?

  耶城夜幕退去得早,四五点钟窗外就明亮起来。推开窗扇,这座有五千年历史的世界上最古老的城市清晰地呈现在眼前。耶城坐落在犹地亚山谷之间。远处数不尽的山头,房舍一律用灰白色的石头构筑。晨曦中银白色的光圈晃动着绿色的衣裙,远近点点块块,葱绿的树丛,如茵的草坪,将耶城装点得素雅美丽。我们在饭店附近散步,才发现镶嵌在石头上的草坪,生长在石头上的花木,都是靠滴灌生存的。细长的塑料水管横躺在草坪上花木中。

以色列缺水,但科技发达,他们用滴灌来滋润这些绿色生命。滴灌用计算机来控制,定时定量地供水。原来我以为,只是饭店周围和公园里使用滴灌,后来驾车去北部山区,才发现沿途一百多公里黄土沙滩上长着茂盛的果树、庄稼也全用的是这种滴灌。科学用水,用得合理,用得艺术。特拉维夫大学,在世界上颇有名气,在校学生两万多名,以色列全国七所大学中,规模最大。校园面积超不过北大、清华,自然环境也难以相比,绝不会有如北大的未名湖,但建筑别致宏伟,校园里的草坪面积及其整洁是国内大学罕见的。图书馆前大草坪犹如万丈绿线毯。水管不外露,全埋在草坪下面,丝毫不破坏绿的完整、和谐。耶路撒冷以色列艺术博物馆内有一座巨型雕塑,二十四小时有从各个角度喷向她的水柱,激起一圈圈的银色水花。陪同我们参观的以方外交部官员葛兰小姐自豪地对我说:这些喷泉并不是为降温用的,是为了美化这座雕塑! 明明缺水,惜水如金,用水用得却使人感觉不到惜水如金,将水用得合理、用得艺术,这不能不说是以色列人的智慧。

以色列东边靠地中海,特拉维夫、海法是地中海沿岸两座海滨名城。以色列奇缺的是维持人和植物生命的淡水,不断开发淡水资源是以色列政府和人民倍加重视的长久工程。著名的死海淡水化工程举世瞩目。见缝插针利用一切可以利用的低洼地建造水库。我们从北部山区到中部,导游高兴地向我们指点介绍一座座新建的水库,面积不大,与国内江南随地见到的大湖塘差不多,但这对以色列人来说,他们的辛劳能获取这份水的惠赐就很难得了。

回国几天后,《重庆晚报》邀请了一批作家参观重庆和三峡工程。我们所到的重庆、宜昌、武汉都是水码头,坐在游船上与朋友们聊起以色列之行,谈起水对犹太民族、以色列人民的特殊价值,他们不以为然,当谈起以色列人民如何巧妙地节水、造水、用水,他们又一个个像听天方夜谭似的感兴趣。滴灌是缺水人的用水方式,修筑三峡大坝是水源充足人的用水方式。岂不都是在让水造福于人类?

我出生在长江中游一座小城。自小没有想过、经历过缺水会是什么滋味。1954年安徽那场百年不遇的大水几乎夺走了我的生命,肆虐的洪水至今还给我留下了恐惧。当我离开以色列的头天下午,去礼品商店想给亲友寻觅些小礼物,闹出一个笑话。在陈列香水的柜架上,我选中了一种最便宜的。以色列物价昂贵得出奇,一瓶小香水几十、上百美元。我发现有一种香水,却只要15个谢克尔(合4美元左右),包装也精美。我一连拿了五瓶,正在付款时,我国驻以色列使馆一秘车兆和过来看了看,笑着对我说,这不是香水,这是约旦河水。他解释说,这是以色列一种纪念水的象征性礼品。我没有买下,回国后有点后悔。沈从文先生谈水与文学的文章告诉我们,水的灵气怎么赋予了他文学禀赋。约旦河水给我、给同行带来一点灵气多好!

1997年9月

似曾相识麦卡锡

看了文章的题目，读者千万别误会我和南非球星麦卡锡有什么特殊关系。我对今年才二十岁的麦卡锡的赞赏，全凭十八日南非与丹麦交锋时，他那劲射的一脚。麦卡锡有伤在身，在南非与东道主法国队的首场比赛中，他没有出场，结果南非队以零比三败北，而在与丹麦决定队伍命运的这场较量，在上半场以零比一落后的严峻时刻，麦卡锡不顾伤势，主动请缨，下半场和队友向对方发起猛攻，开赛仅四分钟，他接队友妙传，在禁区内冲破对方两名后卫的夹击，起脚从容一射，球从"世界第一门将"舒梅切尔两腿间滚入网内，终于逼平了欧洲劲旅丹麦，挽救了南非队过早出局的命运。

这次世界杯的热浪，严重地扰乱了我平时有序的生活。白天上班，晚上看球，赛事现场转播大多是下半夜，关上电视机，窗外的黎明已悄悄到来。我看球，不大关心胜负，更感兴趣的是球艺的表演，我常常带着那精彩漂亮的一脚镜头进入梦乡。

我承认，我对麦卡锡，这个被誉为南非猎豹的小伙子有点偏爱，虽然与公认的世界级球星相比，他还显得稚嫩，他的进球也有限，但他身上闪烁的亮点，给我对下世纪足球艺术的大提高以希望。

我承认，我对麦卡锡这个非洲小伙子的偏爱，多少有点感情上的因素。1983年，中国作家协会代表团访问东非，这是我第一次来到这块陌生神奇的土地。在访问坦桑尼亚期间,我们有幸去有"丁香之岛"美称的桑给巴尔。这里的丁香不是我想象中的花,而是一种油料植物,这是一个惊喜的收获。在参观丁香植物园时,我的另一个惊喜的收获是我平生第一次观看了一场足球"热身赛"。那是下午,40度高温,意外地发现五六个赤身裸体的五六岁男孩在一块如毡的绿茵场上踢足球,门框是用几根树干架起的,没有网,也只有一边有门框,一个孩子站在门框内权当"门将",其他几个轮流在十米二十米处光脚射门。我们站在一旁观看,起先他们全不在意,那么投入。后来他们发现了我们,终止了起脚,一个个走过来向我们微笑,其中一个,突然拉着我的手,将我推到门将的位置,用手硬将我的两脚叉开,我一时被这突如其来的执导弄得莫名其妙。他们大声狂笑,我也跟着忍俊不禁,他们将我当门将开始射门了。一个射了又一个射,好在球多半射偏了,有一个将球射到我的左腿上,没有感到力量,球就反弹回去了,最后有一个小鬼居然将球从我的两腿夹缝中射进框内,他们一齐拍手狂吼,这一球才取消了我这个门将。没有语言的交流,有的竟是非洲孩童特有的憨厚的微笑。临别时,进球的那个小鬼拉着我,这回他当门将两腿叉开,让我射他一次,结果我踢偏了,随团翻译抢着拍下了这难忘的瞬间。

十五年过去了,算算这几个小鬼,现在也是二十岁左右吧,同麦卡锡的年龄相仿,也许他们之中没有人成为麦卡锡,但在非洲大地上,不断涌现的雄狮猎豹式的球星,肯定是从这些从小迷恋、苦练足球的非洲孩童中走出来的,我在看球时或梦呓中常挂念着这份猜想。

1998年7月

我 的 睡 眠

我的睡眠习惯长期不好,晚睡,并不晚起,入睡五六个小时就可以了。那是在北大本科五年学习中养成的习惯。夜里十点多从文史楼阅览室回到宿舍,与同室的同学闲聊几句,便熄灯上床了。在床上咀嚼一阵今天听课或看书的收获,一两小时后才能慢慢进入梦乡。清晨集体起床,一天的紧张又开始了。

本来我可以改变这种睡眠习惯。1960年本科毕业后,我留校做研究生,从三十二楼搬到二十九楼,由四人一室变为一人一室,由集体听课变为导师辅导,而导师的辅导一般都安排在下午三时以后。虽然环境变了,晚上独自看书的时间延长了,每天清晨燕园广播声四起时,我照样起床。晚上不睡,白天补觉的习惯从未养成。自然,并非没有想过。现实的考虑是,那个年代没有经济实力自购早点充饥,还得按时去饭厅啃馒头喝稀粥。

走出母校后,我的这种睡眠习惯一直沿袭。我明知这是不科学有伤身体的不良习惯,但自己白天的精力尚好,也就不在意了。有时彻夜不能入睡,两只眼睛直瞪瞪地看着窗外黎明悄悄到来,我仍然能带着沉重的大脑和松弛的眼睛照常去上班、开会。我能顶得住,最多当天晚上早睡一两个小时,精力便迅速得以恢复。

我在北大生活了近九年。人生最美好的一段时光。母校给予我有形无形的恩惠太多太多。我的这种睡眠习惯,也许是母校给予我的独特赏赐。

我毕竟是个从小体质不算强壮的人,精力的耗费也是有限度的。在即将离开母校时,我尝享过一次彻夜不眠的痛苦,尝享过一次白日补觉的幸福。

三十四年前,这个季节,这个时候,严峻的研究生论文答辩和国家考试在等待着我。考试委员会由中文系和中国社科院文学所几位教授、专家组成。由于凑各人的时间,日子迟迟定不下来。大约有十天,终日惴惴不安,睡眠的质量可想而知。照常听到广播起身,馒头啃得不香,白粥也懒得去喝。考试那天,风和日丽,临湖轩门口的竹林也葱绿摇曳。头天晚上我去导师杨晦教授家,他提醒我今晚睡好觉,沉着应付。论文《试论现实主义和浪漫主义》,约5万字,写了半年,导师提过意见多次修改后,打印多份提前送给了各位委员。考试答题临时抽签。上午九时我走进临湖轩考场。委员们已来齐,学校方面有杨晦、游国恩、林庚、吴组缃、王瑶,文学所方面有蔡仪、唐弢、毛星等。导师杨晦主考,上午是论文答辩。委员们就我的论文分别提出了一些问题,当场一一回答阐述,气氛既宽松又严肃。说来也怪,本来极度紧张的我,临场时反而平静下来,回答比平时少有地从容。有的老师打断我的话说,这个问题已说明白,不需要再论证了。我暗自庆幸今天口试的表现。

我有过因高度紧张口试失利的教训。入大学头一场考试,是高名凯教授主持的普通语言学。高老师为人和善,名士风度。他向我提了三个问题,由于不习惯口试,面对面半个小时,我说不出一句话。后来他变通了一个办法,叫我用书面回答,当场我写了三四张纸。他看了后说,回答得很好,本来可以得五分,因不是口头回答,就拿四分吧!虽然是四分,我还是很感谢他的理解和宽容。我习惯并能自如对付口试得感谢周祖谟老师。周老师当年是中文系最年轻的教授,三十多岁,学者风度。他主讲现代汉语。我学的是语言文学专业,到大学三年级可选择学文学专门化或语言专门化。平时我爱好文学课程,但对周老师讲的现代汉语也很感兴趣,他以许多文学名著为例来讲语法修辞,讲得具体生动。周老师待人亲切,他看我回答问题开始有点紧张,就说别着急,慢慢说。由于他的耐心与善诱,我的回答也慢慢有序起来,结果他给了我五分,大大鼓励、增强了我口试的自信心。

几年前,那时周老师还健在,有次我去看他,他在家请我喝啤酒,闲谈时他还风趣地说起他当年考我的情景。我想不出该说什么,只是敬他喝了满满一大杯。上午的论文答辩顺利通过,不由得使我想起我这一生中经历过难以数计的考试中的这两次。论文答辩结束后,我抽了三个考题,老师们午饭休息,下午三点半口试。我离开考场回去准备,临行时杨晦老师宣布准备时可以参考有关书籍。这几个小时很难熬。午饭没吃,见三个大题目就饱了。记得三道题是:一、以《红楼梦》为例说明文学作品思想性与艺术性的关系。二、以李白、杜甫诗为例说明现实主义与浪漫主义的关系。三、以中国文学史为例说明马克思论精神生产与物质生产发展不平衡规律。我学的是文艺理论专业。

杨晦导师一向主张理论不能脱离文学作品实际。估计这三道题肯定出自他手。杨晦老师平日严格规定要看全集,《红楼梦》当然是一百二十回本,《诗经》《楚辞》、李白和杜甫的诗、元曲等都不准看选本,马恩文艺论著看马恩全集。虽然花费了我许多时间,后来细想起来,收益却是无穷的。他又主张边看边记边写心得。有了这些底,再加上当年我年轻,记忆力好,能背诵许多,所以下午考试时我只写了个提纲,李诗、杜诗都是当场背诵。考试比答辩还顺利。约五时半结束,叫我到外面休息半小时,委员们在商定评语和分数。我去未名湖一条石凳上坐下,日落的余晖洒在我焦躁不安的身上,忘了该回考场的时辰,是来人把我叫回去的。严肃的气氛顿时变得宽松又亲切起来。杨晦老师宣布了我的论文答辩和考试的评语和成绩,是鼓励的优异的结果。平日就熟悉的老师们纷纷向我祝贺。我反而激动紧张起来,连声说谢谢,谢谢!大风暴过去本该平静,身心极度疲惫的我本该早早入睡,美美睡个好觉。但这一夜,在北大生活了这么多年鲜活的记忆浮动在我的脑海,对即将开始的新的陌生的生活、工作恣意的猜想,使几乎麻木的大脑高度兴奋。快天亮时,不知不觉才入睡。醒来,已是吃晚饭的时候了。整个白天,我都在昏睡,脑中做梦,梦中入睡,这是我成年以来绝无仅有的一次白天补觉,白日做梦,大大快活地酣睡。

原以为经过这场白天睡觉,会改变我多年的晚睡早起的积习。后来我走入社会,在一家文艺报刊社长期工作。工作环境远比学校书斋复杂,现实的纠葛远比书本中的复杂情节更为纷繁,晚上难以早睡,白天不能入睡。日复一日,年复一年,看来我这一辈子就得以这种习惯睡下去。1988年去苏联访问,上午从北京起飞,下午到了莫斯科,时差的几个小时与飞行时间相差无几。在俄罗斯饭店安顿后,急急忙忙去红场游览,晚饭是苏联作家协会宴请。我精力充沛,陪主人喝了不少伏特加,晚上回到饭店洗了个热水澡,突然感到心慌意乱,心脏仿佛要跳出,我恐慌地急忙去相距约百米的老作家吴强房间,从他的床头拿起几颗硝酸甘油含上,心绪才慢慢镇定下来。急得主人请大夫来为我看病。结果是因为我极度疲劳而引起的。大夫说实际上我有一夜没睡觉,只要注意休息,不会有什么大问题。回国后有次去看吴组缃老师,说起我遭遇的这场虚惊,他劝我说:你老看到燕园不灭的灯光,其实各人都会养成遵守自然规律的睡眠习惯。他是晚睡晚起,杨晦也是,而朱光潜则是早睡早起。他特别叮嘱我,凡事不能过度,要尊重规律。

离开北大三十多年了。年岁见长,我的睡眠习惯也开始有了某种变化。但不管失眠之时还是熟睡之中,常常怀念回想母校给予我的一切,我在燕园经历的一切。

1998 年 4 月

1999 年之夏

我算是够幸运的。我度过了千载难逢的 1999 年,平安地跨进了新千年。按年龄说,这本是正常的事。但生活中非正常的事、不测的事,难以预料。就在这个难忘的 1999 年,我的几位同龄的和低龄的朋友相继过世,想起他们,我更感到自己的幸运。

1999 年国家大事多,喜事多,激动了亿万人的心。我的心也跟着跳动。夏日,酷暑,是人们忙碌一年最宜休养生息的季节。1999 年之夏,于我,却是劳累的,不知日夜、不感冷暖的如丝的记忆。我就职了三十多年的《文艺报》,创办于新中国成立前夕。为了纪念创刊五十周年,也为了向中华人民共和国五十华诞献上一份薄礼,我和报社几位年轻人在编一本纪念图集,说不尽的艰辛,上千的图片,在眼前疾驶,在脑海里留存,连我平日爱留心观察的窗外那棵槐树时而摇曳、时而静止的身姿,也变得模糊起来。

忙中有乐。对历史哪怕是细末的些许真知,也是乐趣。1999 年之夏,我就在这种不断滋生的乐趣支撑下,在忙,在累,在愉快地忙,在充实地累。当《图集》编竟即将付梓时,我才发现我住所附近那一盏盏路灯闪出的绿色的光亮。北京的夜越来越美,越来越让人感到温馨了。

平素我就喜爱对文艺历史的了解,多年的工作关系也为我提供了这种便利。我爱看史料性的随笔和回忆录,尤其是那些鲜为人知的史料,我能理解发现某一新鲜史料的心情。求真是人们的普遍心理,对研究者来说,更是一种职业心理。有了真实的事实,才可能引出实事求是的观点,得出正确的结论。

《文艺报》,作为第一份全国性文艺报刊,1949年9月25日在北平正式创刊。但在同年5月4日它就以周刊的形式出版过十三期,是作为筹备召开中华全国文学艺术工作者代表大会机关报出现的,直到第一次文代会于7月28日闭幕后才休刊。这十三期刊物保存了丰富的文艺史料,可惜现已出版的不少中国现当代文学史不曾注意到。《文艺报》创刊号上标明编者是中华全国文学艺术工作者代表大会筹备委员会《文艺报》编辑委员会。编辑委员会由哪些人组成,刊物上并未标明。据第一次全国文代会档案资料,我们才知道编委会由茅盾、胡风、厂民(严辰)三人组成。有的文章谈到,茅盾曾主编过《文艺报》,这个说法也不确切。按茅盾在文坛的威望和他当时担任中华全国文学艺术工作者代表大会筹备委员会副主任(主任郭沫若,还有副主任周扬)、中华全国文学艺术工作者代表大会主席团副总主席(总主席郭沫若,副总主席还有周扬)来看,茅盾出任《文艺报》主编是最正常不过的。但事实上当时《文艺报》的编者是三人组成的编委会。即茅盾作为排名第一的编委是不是挂名的呢?也不是。茅盾当时虽然很忙,但对《文艺报》还是投入了许多精力。现仅就版面上可以看出,他不仅写稿,代编委会写了发刊词,题写过报头,《文艺报》4至6月曾召开的三次座谈会,两次还是茅盾亲自主持的。从这个意义上说,茅盾当时主编了《文艺报》也不是没有道理的。问题是,茅盾为什么不要主编这个名分?除了茅盾自身的品德修养之外,与当时不争的普遍风气不无关系。顺便说到梅兰芳,这位一代艺术大师,是第一次全国文代会时成立的中华全国戏曲改进会筹备委员会常委。梅先生对戏曲历史十分熟悉,乐于出任该会资料室负责人之一,参与资料收集整理工作。我曾向几位朋友谈及这件事,他们都不太相信。当翻查到有关文献资料记载时,他们才不语。翻看有关梅兰芳的传记材料没有这个小小的记载,不能不说是个小遗憾。

如果说人们爱知晓鲜为人知的史料,我乐意奉献一笔。1952年中华全国文学工作者协会(后改为中国作家协会)组织十七位作家去抗美援朝前线深入生活,巴金也在其中。后来巴金写下了散文名篇《我们会见了彭德怀司令员》,刊《文艺报》1952年第八号头条。1949年7月,巴金在第一次全国文代会上发言说:"我看见人怎样把艺术和生活糅在一块儿,把文字和血汗调和在一块儿创造出来一些美、健康而且有力量的作品,新中国的灵魂就是从他们中间放射出光芒来的。""现在我发现确实有不少的人,他们不仅用笔,并且还用行动,用血,用生命完成他们的作品。"巴金去朝鲜深入生活,是他解放后充满热情第一次投入新的人民斗争生活的实践。1952年3月22日彭德怀会见了创作组全体成员。27日巴金写定《我们会见了彭德怀司令员》。彭总看到原稿后,28日给巴金写了一封信:"巴金同志'像长者对子弟讲话'一句,改为'像和睦家庭中亲人谈话似的',我希望这样改一下,不知允许否?其次,我是一个很渺小的人,把我写得太大了一些,使我有些害怕!致以同志之礼!彭德怀。3月28日。"彭德怀原信手迹经巴金女儿李小林提示,这次我们在中国人民革命军事博物馆查找到,并将原信手迹首发在《图集》中。这段史料至少对了解彭大将军和巴金的为人有益。也算个插曲。在"文革"中,巴金因这篇文章遭到批判。"文革"初期,上海某报曾发表《评彭德怀和巴金的一次反革命勾结》,他们的证据就是这篇散文。

我来《文艺报》工作以后,对为何《文艺报》正式创刊后报头用鲁迅字体想探个究竟。问过《文艺报》一些老人。说法各一,毕竟没有可靠的依据。这次见到第一次全国文代会的会徽,会徽上毛泽东、鲁迅的头像顺序排列,从中我多少悟出了当时作为全国文联机关报的《文艺报》报头为什么用鲁迅字体并一直沿用至今。《文艺报》十分重视对鲁迅的宣传。1950年9月起,举办了《鲁迅先生教育了我》征文,发表征文多篇。10月,为纪念鲁迅逝世十四周年,发表了胡乔木《我们所已经达到的和还没有达到的成就》。1956年10

月,鲁迅逝世二十周年,《文艺报》出版纪念专号,发表宋庆龄《让鲁迅精神鼓舞我们前进》及许广平等人的文章,发表了蒋兆和名画《纪念刘和珍君》、李宗津名画《夜谈》,并将首都纪念鲁迅逝世二十周年大会有关报告和讲话印成专册,随该期刊物附送。

艾青的名字和诗是分不开的。其实,作为诗人,艾青最早的创作是从美术开始的。他1929年去法国学习绘画,1932年回国参加左翼美术家联盟。他是先绘画后写诗的。所以他与美术界有很深的因缘。1953年,齐白石老人九十三岁高寿时,艾青在《文艺报》发表了《白石老人》一文,影响一时。艾青与齐白石的友谊是1949年北平和平解放后建立的。艾青作为军代表,负责接管中央美术学院,对齐白石、徐悲鸿等著名画家生活等方面给予热心关照。艾青在《白石老人》一文中论述了齐白石在中国绘画史上的贡献和重要位置,生动地描绘出这位国画大师的音容笑貌。他说:"在年老的画家中,我经常想起毕加索和齐白石。尽管这两个老人一个在欧洲,一个在亚洲,互相也没有见过面,两人所继承的传统和发展的道路也不同,但他们之间却存在着许多共同的东西。"将齐白石与毕加索联系起来加以比较,这是艾青的美学见解的独到、深邃。艾青有关美术的评介、研究文字不少,1953年在《文艺报》第十五期上发表的《谈中国画》一文,曾引起过美术界的争鸣。我想,对艾青的诗歌创作,如果从绘画艺术对其诗歌创作影响这个角度进一步研究,对艾青诗歌风格、特色的了解会有新的拓展。

近些年出版全集成风,对研究、阅读都是件大好事。我自己就爱珍藏名家全集。但我也油然生起全集是否能全的疑问。就我这个学识有限的人,往往都能从一些全集中发现一些不该遗漏的遗漏。这次为了编《图集》,翻阅了五十年的《文艺报》,更加坚定了我的这个疑问。造成不全的原因很多。比如,共和国成立以来,我们经历了多次政治运动,经验和教训都不少,当时的文章,作者后来不愿收,或后人不愿收,这可以理解。又如,解放前由于客观环境所迫,有些作者发表文章时不断化名,别说后人、亲属,甚至连本人也难以记忆。唐弢先生在新版《晦庵书话》序言中,曾提到有人以为他的这本《书话》系阿英所作。误会的原因是,在唐弢用"晦庵"笔名发表书话时,阿英用过"魏如晦"的笔名,同时阿英1937年最早用书话的形式在上海《救亡日报》上发表《鲁迅书话》,而且这类"书话"他写过很多。再如,中国现当代作家多数不太注意保存资料,饱经沧桑的经历使他们也难保存资料。现在想找全太难。连鲁迅先生过世不久后出版的《鲁迅全集》,不久又有《补遗》出版;解放后新版《鲁迅全集》问世后,不时又有佚文的发现。至于全集中的书信卷,短缺的就更多。还有,现在编全集的人,多为亲友或研究者,学术研究上尚存的传抄、不够认真的习气都会给全集编者一些误导,带来硬伤。举个例子。李一氓1980年写《记巴尔底山》一文,其中谈到鲁迅对《巴尔底山》杂志的支持,曾拿出一百元供做印刷费。一氓老将原稿给我转送《人民日报》发表,因我的原因,将"供"误为"借"。这个讹误在1981年三联书店出版的《一氓题跋》一书中已及时改正。但至今有些文章谈到鲁迅关心左翼作家时,还说曾借了一百元给《巴尔底山》做印刷费。此外,我想一个作家,即使是后来成为大家,是否所有文章都有必要让读者阅读(专门研究者除外),也可考虑。叶圣陶老人生前就主张出《叶圣陶集》。听说目前正在编辑的钱锺书作品集也是《钱钟书集》。说了上面一些想法,无非是感到目前出全集的时机、条件并非都成熟,成熟了就出,尚不成熟的未必非要冠以"全"。这个想法也算是我1999年之夏阅读、编辑工作中一个小小的收获。新千年第一个夏日又将来临,但愿自己有所收获,夏天之后是秋天、冬天,周而复始,又是春天、夏天……

2000年3月

得失之间

虽然时日已进入新世纪的第一春,节日的欢愉气氛也渐渐平息下来。北京在经历了罕见的数日大雪飘扬后,天也放晴了,人们踏着积雪,为生存,为工作,又开始了新的忙碌。

户外的严寒,反衬了室内的温暖。在这种特有的氛围里,人的思绪也容易浮动不定。近日我回想得最多最亲切的是去年 10 月在家乡度过的那些难忘的日子。

去年 10 月中旬参加了在南京举办的中国第六届艺术节,匆忙赶回老家马鞍山休整了几天,亲朋好友少不了相聚,采石矶、太白楼、林散之艺术馆也忘不了重游。在浓浓的温馨乡情中我却静心地编了作家出版社约我的散文自选集《梦里沧桑》,写定了书的后记。我很庆幸拙集能在家编订。我爱上文学,是在母校当涂中学,考进大学是在芜湖赭山安师大考场,第一首诗作《马鞍山的早晨》是 1957 年在《安徽日报·新绿》副刊上发表,第一部散文集是 1981 年由安徽人民出版社出版的。我的不少散文作品里,流动着家乡人民对我的哺育之情,流动着远在北国的游子的思乡之情,我很为自己是江淮之子自豪。1998 年,我率中国作家代表团访问以色列,著名国际政治家、前总理西蒙·佩雷斯接见我们时,问我家乡在哪里,我说中国安徽省马鞍山市。为了使他明白,我补充说,黄山,大诗人李白归终之地,他笑着对我说,了不起,好地方。

要不是为了赶去合肥参加"百年迎驾文学笔会",我真想在老家待几天。启程的当日天气格外晴朗,市里一些朋友劝我午饭后走,晚饭前准到合肥。理由很简单,芜湖长江大桥十一已通,不必有从和县或裕溪口轮渡怕风浪延误过江的担忧。这种担忧我是领受过的。80年代初,有次我跟张恺帆、陈登科同志开车从合肥去芜湖,到了裕溪口,因风大浪急,轮渡暂停,只好眼睁睁地看着对面的米市江城。记得恺帆同志说,以后像南京长江大桥那样,修建一座桥,合肥到芜湖就方便多了。这次过江果然顺利,同行的市委杨果同志准确地说出从马鞍山到合肥只需要一小时四十分钟,她建议我观赏过雄伟的芜湖长江大桥后,上高速公路抓紧休息一下。当我睁开眼时,车已进入合肥郊区了,我后悔自己为什么不眼睁睁地行驶在高速公路上,我很想远远眺望途经的巢湖市。其实,我对巢湖市并不熟悉,人生就这么怪,有些莫名其妙的因素可能就会诱发起某种好奇、欲望。"百年迎驾文学笔会"的发起人、策划人是著名作家鲁彦周,他是巢湖人,多年前我唯一一次去巢湖,就是他陪我去的,那时巢湖水受污染不大,新鲜的银鱼是容易吃到的。听老鲁说起家乡巢湖之美,巢湖地区历史上发生的屡屡故事,使我很感兴趣。也是80年代初,我受北大老师朱光潜教授之托,为安徽人民出版社代他编选了《艺文杂谈》一书,他是安徽桐城人,有次他对我说,太累了,找个时间我们同去巢湖,在个小镇住几天,那里很清静,民风淳朴。当时他希望我能提一百个有关美学、艺术、人生、情感方面的问题,口头作答。他说:不搞歌德式的谈话录,我们师生之间进行随意的对话吧!这本是个很有价值的应该极力完成的事,但人生许多想法总是未必实现。朱老师其时正在赶译维柯的巨著《新科学》,身体欠佳,精力不济,我当时也不闲。不久,光潜老师,这位从家乡走出来的国际美学大师溘然长逝了,他的这个愿望也只能成为一个遗憾。

这次笔会前后共十天,我初次去了霍山,登了天柱山,重游九华山、黄山。沿途与省内外作家、新闻界新老朋友相处交谈甚欢,虽然没能再看着巢湖,但当我得知老鲁正在潜心写作一部反映家乡巢湖一带生活的长篇小说,且第一章《梨花雪白》已完成,多少平静了我的这个遗憾。

2001 年 2 月 15 日

《朱光潜全集》落户家乡

朱光潜美学大师著作等身。在他1986年去世后,安徽教育出版社着手编辑出版他的全集,费时数年,终于陆续出齐面世。

《全集》在家乡出版,朱先生生前是同意的。大约是1984或1985年,省出版局一位负责同志曾去朱先生家洽谈此事。当时我在场。或者说,我联系了这次会晤。

1980年前后,我与光潜老师接触较多。1981年安徽人民出版社结集出版了我为上海《解放日报》写了一年多的专栏《艺文轶话》。责任编辑曾石铃同志谈起,他们社想出几本皖籍名人学者的随笔集,自然首先想到朱先生。我将出版社的这个想法转告了朱先生,想不到他痛快地答应了。其时,他已是八十多高龄的老人,又在专心翻译维柯的《新科学》。他说:看来我没有精力亲自编选。他望着我,我明白他的意思。出版社建议、他同意由我来代他编选,我只好力不胜任地承担下了这项工作。书的责编仍然是曾石铃。当他得知石铃同志是北大哲学系毕业时,他说:真不好意思,麻烦你们两位学生,我放心。

这大概是朱先生在家乡出版的第一本书。成书过程中,他十分认真。书名"艺文杂谈"是他亲自选定并题写的,封面是他建议我去请丁聪同志设计的,篇目他让我先列出。朱先生写过大量的短文未曾结集,经他的提示,我在北大图书馆查找拍片了好几天,有些文章连他自己都已经遗忘了。经过几次反复,篇目他才确定。少量文章他看时作了些许删改。有些引文他叫我据新出的版本加以订正。序言是他亲自写的,他让我写的后记,也作了个别字句的改动。他对《艺文杂谈》一书从内容到封面印刷、校对仔细、出书速度都相当满意。他在自序中说:"我是安徽人,是在安徽文化传统和师友提携下哺育起来的,承安徽人民出版社领导同志的盛意,要为我出一选集,并委托吴泰昌同志负责编选。""我大致校阅了一遍,编得很好,命名也很恰当。"书是1981年底出版的。他拿到书后,签名送给了不少老友。有次我去他家,临行时他交我七八本,请我代为送达。其中有叶圣陶的,沈从文和夫人皖籍作家张兆和的,画家黄苗子、郁风夫妇的。1983年3月,他应香港中文大学邀请去作学术讲座。朱先生1922年毕业于香港大学。解放后他再没去过,旧地重游,有机会能见到海外一些亲友,他兴奋不已。行前他约我去他家,我们就着煮花生米喝了半斤泸州老窖,他告我已决定带些《艺文杂谈》去送人。

朱先生将自己的全集交家乡出版,我想,这是家乡对这位大学者的盛情与朱先生对家乡厚意碰撞的结果。据我所知,当时北京、上海至少有三家出版社在打这个主意。有的出版社也面谈过,朱先生都以"正忙""以后再说"为由婉谢了。

朱先生常说,人的一生,处人做学问,疏漏是难免的,尽善尽美只是相对而言。《朱光潜全集》内容搜集之全,阅校之细,应该说做得很不错了。如果朱先生健在并亲自过问,相信《全集》肯定会更齐全更精细些。比如黑格尔《美学》的译文,是据当年版本排印的。就我所见,朱先生曾对当年版本又做过一次校阅,并有几处作过改动。至于书信部分,齐全是不可能的,但搜寻得更多些是可以做到的。想到这里,不由得深深地责怪自己。我是《全集》的编委之一,也参加过一次出版社在京召开的编委会,但主动与具体做编辑工作的同志联系就很不够了。

朱先生去世后,周扬同志在致奚今吾师母的唁函中说:"朱先生去世,他留下的精神财富却更为珍贵,将成为文学史册中的珍宝。"皇皇二十册《朱光潜全集》无疑是献给海内外学术界的一份宝藏。

2001 年 3 月 9 日

周而复《上海的早晨》开笔于黄山

2001年1月1日,人类进入新世纪的第一天,是个给人带来极大希望的喜庆日子。对于老作家周而复来说,家乡人民给他遥寄了一份特殊的贺卡,使他激动不已。周而复文学艺术研究馆这天在旌德县揭幕了。馆藏有他捐赠的数千册藏书,个人的全部著作,自己的书法作品,图片资料,名雕塑家为他作的塑像,等等。面对家乡的厚爱,他本该重返爱乡,当面致谢,但他毕竟是八十七岁耄耋之年的老人了,他已适应北京户外严寒室内温暖的气候,为了保存精力,握紧手中的笔,他只好在心里深深领受家乡人民的这片情意了。

而复同志1932年步入文坛,开始发表作品。他长期从事党的文化、宣传、统战、外事工作,写作对他来说,相当一个时期,只是业余而已。但他精力旺盛,勤于用笔,所以他的作品数量可观。如长篇报告文学《白求恩大夫》,长篇小说《上海的早晨》以及90年代以来陆续出版的多卷本长篇小说《长江万里图》,写毛泽东、周恩来的长诗,都是我国现当代文学史册上闪烁的篇章。

作家曾问我对他作品的印象,我直言相告,在未认真细读近些年他出版的几部大著作之前,我尤为喜爱四卷本的长篇小说《上海的早晨》。特别是前几年这部小说被改编拍摄成电视剧播放后赢得广大观众的好评,更增加了我对他作品喜爱的程度。

其实,作家本人对《上海的早晨》也暗中自认是得意之作。为创作这部小说所费的心思,小说出版后所获荣誉和所遭苦难,都是他一生丰富记忆里最难忘的。作家萌动写这部小说是在 1952、1953 年。当时他任中共中央华东局统战部秘书长兼上海市委统战部副部长。由于工作原因,他有机会接触到上海这座东方大金融都市里形形色色的资本家,对他们的发迹史、当时的动静比较熟悉。而复同志是位写作上的有心人。他在百忙的工作事务中,积累了大量的创作素材,只苦于没有相对清闲的动笔时间。

一个偶然的机遇,使他长久的构思落入纸页上了。1954 年夏秋之际,他有两三周的休假时间,他回到家乡黄山,找了一个僻静住处,疏于联络,全身心地投入《上海的早晨》的写作。他曾开玩笑地对我说,当时没有电脑,我是用毛笔一个字一个字写的。白天黑夜地写,黄山的诸多景点也顾不得去游览观赏,黄山这个静谧的世界使他心更静,仅仅两周,小说的第一部基本就脱稿了。不久,他带着厚重的原稿,直接抵达北京,出访印度等国。

《上海的早晨》第一部,1958 年在巴金、靳以主编的大型文学刊物《收获》上发表。"文革"前,我国文坛上能发表长篇小说的大型文学期刊仅《收获》一家。1957 年《收获》在上海创刊,而复同志是促成此事的热心者之一。1946 年,他在香港曾与茅盾、张天翼等创办编辑了《小说月刊》。解放后,他的工作不允许他继续分心编刊物,但他认为现在有了条件,应该办些高质量的刊物。他有热情,又有一定的实际能力,为《收获》的诞生尽力。他说,这就是为什么,他在《上海的早晨》出版前,反复修订的第一部,乐意在《收获》披露。他说:没有在家乡写的第一部,就没有下面的三部。

大凡作家,对自己的作品,少有不偏爱的。而复同志昨天在电话中同我说,孩子都是自己的好,作品究竟如何,还得靠读者评判,靠历史检验,历史是最公正的。他平日给我的印象,就是一位不忘历史、勇于面对历史的老人。

2001 年 3 月 28 日

《长征画集》作者之谜

1934年开始的二万五千里长征,是党八十年来光辉历程中伟大的壮举。《长征画集》是产生于长征途中,真实描绘这一艰苦岁月,并得以流传的革命文献性稀有艺术珍品。

1938年,上海沦陷后,阿英坚守在"孤岛",创办风雨书屋,主编宣传抗战的《文献》月刊。当时的上海地下党负责人刘少文将一束反映长征生活的速写的照片交到了阿英手中。为躲避敌人的阻挠,阿英以最快的速度将它编成画册,同年10月出版,发行两千册,绝大部分流布在上海和江苏、安徽等新四军活动地区。据阿英说,"之所以署名为《西行漫画》,是因为美国记者斯诺访问延安的专著《西行漫记》中译本发行不久,书里有叙长征的专章,而环境又不宜于用二万五千里长征一类的字样,采取这样的书名,容易使读者联想到它的内容。"而作者署萧华。

阿英之所以署肖华作,一是画的照片原稿辗转到手时,没有说明画的作者;二是这些画稿阿英知道是萧华从山东根据地托人带来的,而萧华本人参加过长征并在红军中从事宣传工作。

1941年,阿英举家从上海到苏北新四军根据地,他从一些参加过长征的同志那里得知《西行漫画》作者署名可能有误。阿英在1943年6月25日的日记中写道:"得悉萧华同志不会画,前在沪,余所刊《西行漫画》,实为中央红军宣传部人所画。"但画的作者是谁,还是一个谜。为此解放后阿英多次托同乡好友李克农探询。

1958年,人民美术出版社用阿英的底本,重印了三千册。萧华作了序,在序中他估计画的作者"很可能是红军第五军团中做宣传工作的同志们",至于是谁,他也想不起来了。

1962年,为纪念毛泽东同志《在延安文艺座谈会上的讲话》发表二十周年,人民美术出版社再度重印了这部画册,并改用《长征画集》正式题名,作者改署为黄镇。

原来,1961年,时任中国驻印度尼西亚大使的黄镇回国休假,李克农向他提起此事,经黄镇通过原刊本回忆,才证实这部画集就是他在长征途中,用各种各样大小不等、随手捡来的杂色纸所作的那一束速写。李克农兴奋地对阿英说,画集的作者替你找到了,原来是黄镇,也是我们安徽老乡。由黄镇做东,他们三位曾欢聚一次。

1977年,为纪念中国人民解放军建军五十周年,人民美术出版社再度出版了《长征画集》。阿英在病危时得知此消息,很是欣慰。出版社征询他1962年写的《长征画集》记事一文,是否要改动、增补,他摇摇头,说:为保存这部革命历史文献,尽点力,是应该的。同年7月《长征画集》再版问世时,阿英同志已逝世。黄镇同志离任中国驻美国联络处主任回国,正待命出任国务院文化部部长,为了表达对阿英的怀念,他给阿英亲属送了签名画集。

1978年4月,外文版《中国建设》杂志为了向国外介绍《长征画集》,约我写篇介绍文章。黄镇同志约我在他寓所,就画集中每幅画的创作背景、画面构想同我长谈。如《夜行军中的老英雄》,作者谈道,长征初期,离开江西革命根据地不久,就遭到了数十万敌军包围堵截,敌机整天骚扰。我们多是夜间行军。有时大雨滂沱、泥泞路滑,有时翻山越岭,十分辛苦。由于白天睡不好觉,夜行军时,有的同志边走边睡,甚至碰到前面同志的背上,有的同志被后面的同志轻轻推醒。在这样艰苦的情况下,年近花甲的林伯渠、董必武、徐特立等几位老同志处处以身作则。像林老是近视眼,戴着眼镜,手提马灯,眼望前方,器宇轩昂地前进。作者怀着深厚的敬爱之情画下了这幅画,塑造了老一辈无产阶级革命家的崇高形象。又如《遵义大捷》,记录了遵义战役的伟大胜利,作者在画的题记中说:"遵义的伟大胜利,俘敌官兵数千。"那天,黄镇同志情绪特别好,他还给我看了他的绘画新作。他亲切地问我,来北京这么多年了,是否常回老家看看。他感慨地说,解放后他长期在国外,现在回国内工作,今后,回老家走走的机会肯定会多些。

2001 年 4 月 9 日

跋 涉 之 路

今年想再回一趟安徽。有几个地方不曾去过,对我很有吸引力。去淮北市,参观刘开渠纪念馆,是非了却的一个心愿。

开渠老是我国当代雕塑大师,美术界的代表人物,工作多年与他有所接触。晚年他对城市雕塑的推广甚为积极。记得 1988 年我访问苏联归来,在中国美术馆里见到他,他问我对莫斯科、列宁格勒(现称:圣彼得堡)、明斯克城市的观感,还不及我回答,他就说,他们的城雕普及,城雕是一个城市历史文化的象征。我们国家历史名城众多,城雕的创作素材极为丰富,随着城市文明建设的发展,对城市雕塑应愈来愈重视。

我难得有一次与开渠老从容交谈的机会。1984 年 1 月,我应邀去沈阳参加辽宁省一个创作会议,在餐厅吃饭时,遇见开渠老,他来沈阳参加城市雕塑一项活动,我们同住在一所宾馆,他约我晚上有空去他房间坐坐。八点多我去时看望他的客人已离去,他和我随意地聊起来。他知道我是学文学的,他告诉我,他十五岁来北京学美术,当时对文学很热爱,爱读新文学作品,如郭沫老的《女神》、鲁迅的小说、郁达夫的小说,当年他也写过并发表了小说、话剧。他说文学和艺术本来是相通的。他特别珍惜与郁达夫的交往。他和郁达夫 1921 年相识,达夫对他的影响与赏识,他一直记在心里,郁达夫曾在一篇文章中说:"有一次,忽然谈到了学生们的殷情,而刘开渠的埋头苦干、边幅不修的种种细节,却是大家公认的。"开渠老强调年轻时一定要好学、勤学、苦学。他说:"我来北京是上的美术学校,学油画的,但我对北京大学教授、美学家邓以蛰非常崇敬,主动上门讨教,受益匪浅。"当我问他,为何改学雕塑,他说,原因很多,但没有蔡元培先生的支持,不去法国学习,也就不可能这一生从事雕塑艺术了。他说:人的一生机遇很多,走上哪条路是少不了好人的指点、帮助的。

开渠先生的名作《一·二八淞沪抗战阵亡将士纪念碑》《胜利渡长江解放全中国》及《支援前线》《欢迎解放军》等浮雕在作品图集中多次欣赏。最近促使我尽快想去参观开渠老先生纪念馆,倒是有一个小小的秘密。

1993年开渠老去世后,我在京城一家旧书市场上,买了十几本现代文艺书籍。拎回家,搁置在我散乱的书堆里。去年岁末今年年初在北京罕见的那段沙尘暴日子里,懒得出户,翻翻旧书是件乐事。突然在一本旧书里,翻出一张陈旧的明信片,仔细看看,原来是刘开渠在法国学习期间写给国内钱稻孙先生的。开渠先生1928年5月起程赴法,先到马赛,后去巴黎美术学校,在著名雕塑家卜舍教授工作室学习。信是1929年9月3日写的。虽只有三四百字,却具体地讲述了他当时学习生活情况,倾诉了远离祖国、家乡、亲人,在异国的心境。信中说:"每日上午往巴黎美校习雕刻,下午读法文",晚间多半"练习人体速写",他苦恼"唯法文不得整日阅读,进步甚慢,至今仅能读小说,诗与哲学书仍不能懂,殊闷人之至"。他异常满意学习环境,"巴黎无处不是文学艺术,无处不是古人杰作,近人名品,真是研究学问之圣地"。刘开渠是在穷困中勤学,"惜生命薄不跻,日近人生之穷途,眼看大好时光流去,不得从容安心致读,殊为悲感之至"!物质条件之艰苦,致使年轻学子油然浮生一丝悲观心绪,"所谓人类,哪有塞纳河的长流,悠然自得,毫无一切苦恼"。开渠先生七十多年前写的这封短笺,使我们深知,由于他身上那股奋发坚韧的精神才克服了在法国五年的重重困难,学成回国,为开拓祖国雕塑事业的新领域大展自己的才华。

去参观刘开渠纪念馆时,在看开渠老事业辉煌的同时,我更愿看到一个穷孩子怎样从萧县刘窑村走向事业巅峰的跋涉历程。

2001 年 4 月 23 日

李一氓常忆皖南

李一氓同志是 1925 年春入党的老同志。1990 年他去世前曾立下遗嘱，死后不要什么称谓，称一个老共产党人就可以了。《人民日报》曾发表题为《一个老共产党人的高风亮节》的短评，称赞一氓同志的高尚品德，说冠以"无产阶级革命家"的称谓是"当之无愧"的。

在六十年的革命生涯中，一氓同志从事过党的地下工作、军队工作、宣传工作、文化工作、财经工作和外事工作。1937 年，抗日战争爆发后，李一氓同志受党的委托，协助叶挺同志组建新四军，并担任新四军秘书长、中共中央东南分局秘书长。在皖南他生活战斗至 1941 年"皖南事变"时，才突围离开。

一氓同志对古书、善本有收藏、研究的爱好，可以说，他是党内老同志中这方面很有造诣的一位专家。80 年代中期，他在担任中顾委常委、中纪委副书记时，陈云同志动员他兼任国务院古籍整理出版规划小组组长，也就不奇怪了。一氓老习惯在他收藏的古书上写题跋，凭着他渊博的版本目录学知识，短短数语，既好读又具史料价值。1980 年，北京三联书店经理范用建议他将这些题跋辑录成册出版，要我去动员，他同意了。当时一氓同志正在主持中共中央对外联络部的工作，很忙，而他所收藏的书，除少量的尚存在家中，多数在"文化大革命"浩劫中转到北京图书馆等单位，有些不知去向，他只好请我这个晚辈来做这项繁杂的辑录工作了。

在《一氓题跋》成书过程中,我高兴地得知他珍藏的有些书得自皖南屯溪、歙县一带。后来见到1957年8月3日他在黄山写给有同好的老友——皖籍著名作家阿英的一封信,知晓1957年他才第一次上黄山,除了饱览黄山的壮景外,开心且有收获的是,他在屯溪购得七部虽是残本但是好书,有的他认为是"海内孤本"。其中有明万历本《新刊校正出像古本大字音释三国志传演义》(残本),清康熙本苦竹轩《杜诗评律》(徽州洪仲撰)。他在该书写的跋中说:"1957年夏游黄山,过屯溪市上,见此书,为成都草堂收得之。"清康熙本《黄山志》(残本),释弘眉辑,他考订,此书编订、阅者均是和尚,存图十幅,其中有梅清一幅,弥为珍贵。有趣的是,他在屯溪曾见到明刊清印《玉簪记》两卷,当时因索值殊昂,只好割舍。1958年冬,经张恺帆同志以适当价格代购,辗转到手。一氓老说,他与此书仿佛有一定因缘。一氓老与恺帆同志相识大约在1945年。1945年11月至1946年9月,成立了苏皖边区政府,辖江苏的22个县城、安徽的18个县、河南的3个县。李一氓是政府主席,副主席有刘瑞龙、季方、方毅、韦悫,张恺帆是秘书长。恺帆老也是诗人、名书法家。他为一氓老购下此书,也可见相互之间的革命友谊。

一氓老虽是四川人,但对安徽有特殊的情感。我作为皖人,在与他的交往中,时时能感受到。他对赖少其的书画、陈登科的小说创作极为支持。鲁彦周的中篇小说《天云山传奇》发表影响一时,在争鸣中,他叫我帮他找作品,看后大加称赞,作诗并书写《题〈天云山传奇〉赠鲁彦周》:"情深未必苦缠绵,颇耐风尘又几年。红叶缤纷灵幸鉴,何人长忆天云山。"

一氓老常谈起他在皖南新四军的那段岁月。在皖南事变四十周年时,他写了一首短诗:"不入黄山千丈雾,横跨青弋一江云。茂林烽火汤坑血,长忆皖南新四军。"并注明"不入"一联是1941年写的旧句。1986年纪念鲁迅逝世五十周年时,他将鲁迅逝世两周年时他写的《追忆鲁迅先生》一文的抄稿给我看,文尾署"十月十一日泾县"。原来这篇短文是发表在新四军军部主办的一个小油印刊物《救亡》第十二期上。他告我,不久前芜湖市委孙栋华同志代他查找到了这篇文章。他就以这篇文章为基本内容写了《从两周年纪念到五十周年纪念》一文。谈起皖南,一氓老也有个不可追及的悔事。他多次谈起,在皖南事变突围时,他曾将一些重要的文件埋藏在一个山坡上。他在生前写的回忆录《模糊的荧屏》(人民出版社出版)中清晰地点出,其中有他回四川时毛泽东写给他的指示信,叶挺写给他的一封长信,还有他那一本仅仅整理《从金沙江到大渡河》一段的,其他都是素材的长征日记,都埋在皖南的山上了。"埋的时候是很舍不得的,现在也还是后悔的。但是即使不埋,后来下山的时候,也不可能把它带出来。"他曾无奈但从容地说,这些革命文献看来是搜寻不回来了,好在皖南的山水清秀永存,它们就是历史的见证人。

2001 年 5 月

我 的 理 发

我不太注意穿着修饰自己,尤其是头发,常常忘了该去理发店的日子。自从她的提醒,我才养成了按期去理发店的习惯。住处楼群附近的一家安徽庐江人开的理发店里我成了一位定期的顾客,老板笑嘻嘻地说,算计日子你该来了。届时万一我离京在外,我会找理发店将自己的头好好地修理一番。

那是1993年的事。星期五晚上,接连接到几个电话,告诉我冰心老人住院了。九十三岁高龄的老人住院本是常事。我忙同冰心女儿吴青通了电话,约好去看望老人。临时住院,使我觉得很突然,星期六又不准探视,只好定在星期日下午去。

冰心老人躺在床上,见我走进来慈祥地微笑着招招手,叫我坐在她的床边。我将送她的一束鲜花交给吴青,老人说:谢谢! 没等我坐下,她劈头一句就说:你头发长了,该去理发。我正要回答说马上就去,吴青爱人陈恕替我解围:他就要这个派头。老人笑了。吴青将花插到瓶里,放在她的床头柜上,她看了看说:玫瑰花好,现在多了,好找,那白色的也好,难找。我知道老人喜爱玫瑰花,今天特意请花店多选几枝,我看上了那点点白色,又叫不出花的名字,便请花店也配了几枝,希望老人能喜欢。老人说她也喜欢,这使我格外高兴。我坐定后老人说:巴金很惦念我,我刚收到他的一封信,还没来得及给他写信。我说,我孩子毛毛问候您。她说上次毛毛来看我,神态很像你。大学毕业了没有?她告诉我:阿英、夏衍、她三人同年,阿英老大,她老二,夏衍老三。老人愈谈兴致愈浓,吴青细声提醒我,该让老人休息了,我起身说:姥姥,您好好休息,过些天去家里看您。她问我:外面热吧?当我出门时,她又笑着叮嘱我:别忘了去理发!离开医院我就去理发,走进了王府井北京最有名气的"四联"。

1997年,香港回归前,北京在召开世界妇女大会,为照顾冰心的身心,大会不安排众多境内外记者对老人的采访。香港《文汇报》记者江扬小姐找到我,为了抢这条独家新闻,她一再恳求我陪她去医院看看冰心,她说:哪怕只一分钟,对香港居民说一句话。我设法联系好了,下午三点半。我们在北京饭店咖啡厅等候,她去买鲜花,我抽空去洗理了一下头发。老人一见我们,头句话就说你今天很精神,她开玩笑地说:注意仪表整洁,不仅对自己,对别人,在讲文明的社会都不该认为这是小事。

2001年5月

迷人的爱河

在出访台湾之前，我尽可能翻阅了一些有关介绍这个宝岛的资料，特别是一本大型画册《台湾风情》，知道我们抵达的第一站高雄，是台湾南部最大的城市，是世界十大港口之一，有寿山、孔子庙、莲花潭、西子湾等名胜。但来到高雄的第二天，就听说这座城市里有条迷人的爱河，经文友的描绘，诱起我决心非去观赏一下不可。

晚饭后，正要去看看夜色朦胧中的爱河，台湾戏曲专家汪志勇夫妇来宾馆看我，他们约我去茶艺馆品茶，盛情难却，只好跟他们走了。与汪教授刚结识。下午，高雄市文艺家协会与高雄师大文学院联合举办"两岸文学交流座谈会"，主题是"校园文学"，我第一个就中国大陆校园文学状况做了发言。在休息时，汪教授主动来同我闲聊。他说，台湾大学生喜爱文学的人多，喜爱戏曲的也不少，戏曲创作演出活动挺活跃。听他的口音，我们认上了老乡。他是桐城人，他介绍他的夫人是庐江人。这点乡情使我们交谈有了亲近。他讲授中国戏曲，除了京剧、越剧，对黄梅戏尤为青睐。他得意地告诉我，他家里藏有800多部祖国大陆出版的中国传统和现代戏曲录像带，定期推荐给学生看。他还是高雄市歌剧团团长，痴迷于推广中国戏曲创作演出活动。他说，马兰主演的《秋千架》，韩再芬主演的《徽州女人》来台湾演出，在台北还没上演前，他就将这两部戏的录像带在校内外连续播放，使一些没有机会看演出的人也饱了眼福。说起黄梅戏,汪教授说,这些年真是好戏连台,人才辈出。高雄的茶艺馆遍布,他带我去的一家,主人是他的学生,也是戏曲爱好者。我一边喝着当地的高山绿茶,一边听汪先生夫妇同唱《天仙配》《夫妻双双把家还》等黄梅戏。茶馆老板是福建人,能唱台湾歌仔戏,也能唱黄梅戏,自然她唱的黄梅戏没有汪先生夫妇地道,有韵味。她说,她能唱黄梅戏,是老师教的。不过,她遗憾至今还没去过黄山,她说,今年,一定安排去那里旅游。

同行的作家几乎都去过爱河,我问他们感觉如何,个个笑眯眯不回答,有的表示还要再去一趟。我打算第二天晚饭后独自去爱河走走。不料,正当我要动身时,台湾名作家杨涛先生来电话,叫我等他,他要送书给我。杨先生是我在参观津旗海岸公司时认识的。那天他与主人周晓虹先生陪我们。真巧,他也是老乡,是亳州人。他是位很勤奋的作家,50 年代开始创作,已出版了作品 20 多部,仅历史小说,就有《纪晓岚外传》《苏东坡外传》《袁子才外传》《乾隆与香妃》《名医外传》。他关心有关纪晓岚题材电视剧在大陆播放的情况。他的《纪晓岚外传》出版于 1980 年。他说,在台湾写历史小说很艰难,资料远不及祖国大陆丰富,常常为了一本书,要麻烦几个城市的图书馆。他重视历史人物的品德,追求历史小说的故事性与趣味性。他听说他的几部书在祖国大陆出版了,很高兴。我想起作家张平带了两瓶山西陈酿汾酒,分送给在台湾的山西老乡,我很后悔,来时为何不带上一瓶古井贡酒给杨先生,特别是看了他签名送我的自著和书写的辛弃疾词的条幅上称我为"乡兄",好在我带了新茶黄山毛峰送给他,他说,家乡的茶,从小就喝!

我们在高雄待了四天,后两天都是早出晚归,去附近的屏东、台南游览参观,回到住处,将近十时。看来我此行与爱河无缘。

爱河在我心里始终是个神秘的谜。也许是主人的有心,当我们离开高雄前往台中,去参观日月潭时,车子经过了爱河,在强烈日光的照耀下,爱河原来是一条浑浊的极普通的河流。既不秀丽妩媚,也无浪漫情调,冠之以"爱",是人们将自己的情感倾注于它。无怪,汪教授、杨先生一再对我说,爱河是年轻人的河,诗人的河,对我们来说是思乡思亲的河!

高雄有条迷人的爱河,我去过。

2001 年 6 月 11 日

同是绍兴酒

今年是李白诞生一千三百周年。为了纪念这位大诗人,诗人归终之地马鞍山市在积极准备一系列活动。

李白诗流传广,影响深,世人公认。我出访一些国家,遇到作家朋友,他们列数中国大作家时,往往首推李白。1997年在以色列,就听说二战期间,一位犹太诗人带着翻译了的李白诗稿死在纳粹集中营里。

万没料到,这次在台湾一个古朴的小镇上,却见到了李白的全身塑像。那是在南投县埔里酒厂大门口。埔里酒厂是台湾最大最出名的酒厂,主要生产绍兴酒,也生产白酒。1997年台湾大地震时,曾遭到严重损害。据说,酒坛里的酒在镇上流成了河,一时鲜活的鱼虾都变成醉鱼醉虾。我们去参观时,该厂生产已在恢复。在厂门口,李白全身塑像的周围墙上书写"酒仙李白,酒神杜康,酒福钟馗"大字,在石头上刻写"文化酿酒,艺术观光"。在厂门内墙上,录写了李白《将进酒》诗全文。看来,这厂家很看重中国传统酒文化这张牌对促销酒的作用。

埔里酒厂,在当地被称为"绍兴黄酒之乡"。对这,我颇就有点奇怪。问陪同我们的主人,他们笑着说,绍兴酒的故乡自然在浙江绍兴,但台湾爱喝绍兴酒的也只能喝这里生产的。厂家说,他们出产的绍兴酒,与绍兴出产的配料基本一样,但也有些变化,于黄酒,我不是行家,尝不出它和绍兴出的绍兴黄酒在口感、质地上有多大差别，我关心的是它的"后劲"如何。

我有被黄酒"后劲"发作弄得狼狈不堪的深刻记忆。1983年冬，天津百花文艺出版社约我选编一套"百花青年小文库"，每本3万字~5万字。第一批我选了巴金、夏衍、艾青、马烽、李瑛、王蒙、陆文夫、邓友梅、宗璞、乌热尔图的作品共十本。1984年3月，我去上海，巴金很支持这项文学普及工作，同意编选他的文本，他在自写的"前记"中说，"这本小小的散文集是吴泰昌同志替我编选的，用《愿作泥土》作书名倒是我的想法。我喜欢这篇短文，它写出了我的心愿"，"我空着两手来到人间，不能白白地撒手而去。我的心燃烧了几十年，即使有一天它同骨头一道化为灰烬，灰堆中的火星也不会给倾盆大雨浇灭。这热灰将同泥土掺和在一起，让前进者的脚带到我不曾到过的地方"。陆文夫在苏州。他的那本《围墙》是他自选的，为了"选"，他约我从上海去他那里谈谈，他说，上午去，下午回，不耽误你晚上要办的事。近中午到苏州，他从车站将我拉到一家百年字号的老饭店，文夫当时已发表了中篇小说《美食家》，从饭店老板到厨师，个个认识他，待以上宾。他点的几道菜，全是苏州风味特色。文夫请我喝绍兴加饭。他当年酒量大，又会喝。我平日多喝啤酒，有些场合喝点白酒，到浙江一带偶尔也喝点黄酒。也许我们谈兴浓，也许文夫有意想将我灌醉，他见我用喝啤酒的方式喝黄酒，也不提醒我。我们喝到下午四时，他送我上火车。岂料上车不久，我就头晕酣睡了，车到上海我仍不醒，列车员将我扶下半躺在站台上。接我的《解放日报》的朋友，在出站口久等不见我，进站来找，才发现我。回到宾馆就和衣躺下了，醒来已是次日上午。原来晚上约好去看一位多年不见几经周折才联系上的朋友。他是1952年我在当涂中学时编发我第一篇文章的编辑。由于绍兴黄酒的那股后劲，使我失约，从此再也没有机会见到他了。每每想起此事，我就后悔自己的贪杯，怨恨绍兴黄酒的后劲。

在埔里酒厂我没有喝包装精美的绍兴黄酒。品尝它，是在台北文友一次聚会上。我小心地看着酒杯，有数地喝着。席上劝酒我也不顾。我怕再误事,第二天上午,只有这个时间,我要去参观胡适墓、胡适公园和胡适纪念馆。

2001年6月18日

久久地伫立在郑成功遗像前

从高雄北上的第一站,就是台南。台南市和台南县是台湾的历史名城,山光水色无限画意。而我们在这里参观,唯一的地方就是郑成功的遗迹。整整一个上午,都在延平郡王祠。延平郡王是郑成功的别称。文物馆珍藏了不少实物。

郑成功英年早逝,在台湾只待了一年多。当地关于郑成功如何从荷兰人手中夺回祖国宝岛、如何开发治理的传说很多,足见人民对这位民族英雄的热爱。天气闷热,我在一棵大树下小憩,自然地想起早年读过的四幕历史剧《海国英雄》,这是阿英先生用"魏如晦"的笔名写作并于1941年在"孤岛"上海出版的。剧名一作《郑成功》。书中配图多帧,有整页郑成功的画像。南史老人柳亚子题写了书名,并作了序文。

阿英先生在上海沦陷后,为弘扬民族正义,拟写作四部南明史剧。其一是《碧血花》(又名《葛嫩娘》《明末遗恨》),其二是《海国英雄》(又名郑成功),其三是《杨娥传》,其四是《悬岙神猿》。前三部出版并及时由新艺剧社在璇宫剧院公演了。演员阵容可观,如知名话剧演员顾兰君、舒适、乔奇、严斐、刘琼等均扮演出场。连阿英长子烈士钱毅也充当了演员。吴永刚执导。该剧上演,轰动了沉寂的"孤岛"。于伶后来撰文回忆阿英的这几部南明史剧在上海公演时的盛况说:"每天日夜两场客满,剧院门外有了黑市飞票。"剧作家李之华在当年写的《首次公演记事》一文中,介绍了《海国英雄》公演时的艰难与成功:"新艺剧社的《海国英雄郑成功》又于十一日在璇宫剧院重演了。这次重演是为了各界的要求。在新艺的首次公演短短的一星期中,真是再也巧不过的,遇到了天灾和人祸:第一天(9月27日)是在公共租界和法租界的公共汽车和电车罢工中举行献演典礼的,过了两天,公共租界的交通是恢复了,但10月1日又闹了天灾,整个的'孤岛'陷入水的包围中,直到最后一天(10月3日),水还没有退尽。在这样的'天时''地利'中新艺剧社却终于依照着原来的计划,沉着坚毅地完毕了一星期的演期,在狂风暴雨的当日,有好多剧院都临时停演的那天,也照样演了日夜两场。"在这种险恶的条件下,怀着共同燃起的爱国热情,演员个个不辞辛劳,乐而为之。有记者问顾兰君:"何以有这等兴致?"答曰:"在现在民间故事电影充斥一时的时候,我能够得到这么一个好机会,来参加《海国英雄》的演出,真是一件意外的快乐事。"刘琼每天日夜两场四幕到底,有人问他:"累不累?"他的答复是:"累死了也得在台上演下去!"

在台南,我在郑成功遗像前久久伫立,由他联想起了颂扬他的诸如《海国英雄》等文艺作品。柳亚子1940年12月在《海国英雄》的序言中说:"无论如何,我总希望有一天和如晦先生在台湾登陆,到海国英雄延平王的祠庙之前,献以生花一束,旨酒三杯。这志愿,我想如晦先生定是赞同的。"亚子老人和如晦先生已作古,他们不能亲临延平王的祠庙,凭吊这位民族英雄,后辈我们今天有了这个机会,祖国大陆更多人络绎不绝地会有这个机会。

2001年6月25日

从首都剧场归来

6月20日晚,我去首都剧场看戏。虽然中国美术馆那一带正在翻修马路,聪明的司机绕小胡同还是将我提前送到了。

我在剧场大门口徘徊。在黄昏那特殊的氛围里,回想这熟悉的地方。附近的街面近些年有了很大的改观,但我却保存了四十年前对它的清晰记忆。

1964年,我来文艺报工作,办公楼就在首都剧场的隔壁。每天数次经过它的门口,不时看到剧场演出节目广告的变化。我当时的工作,是与文学打交道的。领导为了锻炼我的综合素质,一开始就布置我天天晚上去看演出。看演出,本来我是极有兴趣的,为了看一台戏听一场音乐,我曾从北大徒步一个多小时去动物园北京展览馆。但职业性地看演出,心情就不那么轻松了。看演出前,要了解节目的有关资料,观看时由不得自己兴致的恣意起伏,必须保持冷静的心态,好,好在哪里?不足,不足在哪里?散场后,不能像观众那样离席而去,要听观众反映,要采访剧场演员的体会,有时还要加夜班赶写稿子。好在那时年轻力旺,单人生活,忙得再晚也无所谓。1964年,正赶上大兴现代革命剧的高潮。中央和北京市剧团在排演,各省市自治区也在排演,好的节目不断涌向北京。我最初跟踪采访的,是山西话剧团演出的《刘胡兰》。该剧演出在京城场场爆满,烈士刘胡兰为革命奉献年轻生命的精神使许多观众为之饮泣落泪。该剧演出从北京又到天津,我也随团去了近半个月,为报纸写了四五篇稿。当时,我住在市政府第二招待所,第一次学会用长途电话,拿起电话,总机很快就接上了报社,汇报,听取领导意见,有时用稿急只好在电话中一字一句将文章传出。谁知,在我离开招待所结账时,电话费远远超过房租,数目之大,无力支付,只好向朋友借款。回报社后,领导善意地提醒我,任务完成得不错,但电话费以后要节省。副主编侯金镜开玩笑说,要讲速度又要少花钱。

从天津回来接手的第二个任务,就是跟踪采访北京人民艺术剧院自编自演的话剧《矿山兄弟》。他们排练演出都在首都剧场,数不清次数地往那里跑。不走正门,走后门,传达室的人个个都混熟了。北京人艺是以演出郭沫若、田汉、老舍等大家的剧目闻名的,当年他们自创自排了两台反映当代生活的戏《矿山兄弟》和《山村姐妹》,给这个剧场带来了一股新鲜的气息。《矿山兄弟》演员阵容强大,名演员刁光覃是其中一位,我盯准了他,台下我常同他聊天,挖掘他演新人物的感受。他的夫人同是名演员的朱琳对我说,老刁只会演,不会说。后来这台戏去山西巡回演出,我也去了,记得我将多次与他交流的内容协助他整理出了一篇文章,发表在《文艺报》上。

今晚我要去看的戏,是安徽省京剧团为纪念党的八十寿辰排演的京剧《青春之歌》。家乡这些年进京演出的戏不少,几乎都是黄梅戏,或徽剧。演现代京剧,改编的剧目又是我熟知的杨沫的长篇小说《青春之歌》,当主人提前邀请时,我毫不犹豫欣喜地答应一定去。

演出前,遇见全国文联主席周巍峙,周老在文化部主管过艺术五十多年,也曾兼任过《文艺报》领导,比较熟悉。他一见我就说,你是安徽人,其实,我的祖籍也是安徽的,歙县。我问他王昆怎么没来,他说,她是个大忙人,去山西演出了。

1959年,共和国成立十周年前后,是长篇小说创作大丰收的季节。出版了32部,有不下10部成为优秀作品被当代文学史记载,《青春之歌》同《红日》《红岩》《铁道游击队》《红旗谱》《创业史》等是拔萃者。

杨沫从1950年着手写《青春之歌》,重写、修改六七次。小说出版后,《中国青年报》《文艺报》以大量篇幅组织专家和读者讨论过,后又改编成电影,影响一时。杨沫曾说过自己为何在长期体力不支的状态下坚毅地要完成这部小说的初衷:"我的整个幼年和青年的一段时间,曾经生活在国民党统治下的黑暗社会中,受尽了压榨、迫害和失学失业的痛苦,那生活深深烙印在我的心中,使我时常有要控诉的愿望,而在那暗无天日的日子中,正当我走投无路的时候,幸遇见党。是党拯救了我,使我在绝望中看见了光明,看见了人类的美丽的远景……这感激,这刻骨的感念,就成为这部小说的原始的基础。"

1986年5月,杨沫曾约我去香山她写作居住的一间农舍,签名送了我一本1984年人民文学出版社新版《青春之歌》。当谈起这部小说创作时,我记得她说,我是从心底热爱我们的党,我熟悉的为革命捐躯的那些年轻党员的音容笑貌至今还活跃在我的记忆里。

现代京剧《青春之歌》从改编到排演有一定难度,但它做到了既忠实于原著,在情节、人物安排上又有创新。林道静扮演者万惠明,是梅派弟子,1983年我曾在上海看过她主演的梅派名剧《生死恨》。梅兰芳之女梅宝玥有次说起梅派青年弟子时谈到她。今晚欣赏了她的表演,确实为家乡有了这么一位京剧演员后起之秀而高兴。

从首都剧场回到家中,在散场的人群中,巧遇一位多年不见的老艺术家,他颇有感触地说:这种好戏要多演,人要有理想,要让更多的下一代知道,美好的今天来之不易!

2001年7月9日

定交无暮早

我记得很清楚,5月15日的夜晚,我是在台湾日月潭度过的,下午匆匆观光了这闻名的风景区后,早早地入睡了。

由于1999年"9·21"大地震,日月潭受到严重损坏,重建工作尚在进行,不少景点未开放,游客因之稀少。一个多小时能去看的地方都去了。

出发前,袁鹰遗憾地说起,他去年率中国作家协会代表团访台,走的是东线,没有去阿里山和日月潭。阿里山这次我们也没去成,但运气比他好,日月潭毕竟算是去观光过了。

回到北京,我在电话中同袁鹰说我这次去了日月潭,想让他分享些许我的眼福。

我相识袁鹰,有三十多年了。1965年春夏之际,我刚来文艺报工作不久,有天上班时,侯金镜同志突然叫我去他的办公室,布置我,即刻去组织一篇支持越南南方军民抗击美国侵略者的散文,他说,去请田钟洛同志帮忙,他是快手,明天一定要拿到。他看我目呆的神情,补充说:田钟洛,就是袁鹰,他在《人民日报》文艺部工作。我到文艺报时,刊物的主编是张光年。副主编侯金镜在主持报社日常工作。对他的亲自布置,可想我这个刚走出校门的新生,完成这项任务是何等的积极。钟洛同志热情地接待了我。他说,这么急,怎么赶得出来?他给我泡了一杯茶,叫我在简朴的客厅里先休息,自己回书房了。一个多小时后,他拿着一沓小稿纸给我,笑嘻嘻地说,这是被你们逼出来的,急就章,合适不合适,你们去处理吧!我头一次如此速度拿到稿,内心真佩服这位高手之快。金镜同志看了原稿,满意地签发。他由此提醒我,组稿一定要物色好人选,不同内容不同时间要求的文章要请不同的作者。有些作者能写出好文章,但速度慢,要早约,有些作者能赶出好文章。他说,袁鹰长期在报社负责文艺方面工作,熟悉情况,有积累,明白我们报纸需要什么样的文章,所以才能赶出来适合我们用的好文章。光年同志平时不大来编辑部,但刊物每期在王府井《人民日报》印刷厂付印的晚上他一般都去,常常是从下半夜到黎明,他在通读袁鹰这篇《遥望金瓯》大样时对我说,搞报刊是少不了多面手、快手的,你在学校待的时间长了,今后要多联系像袁鹰这些作者,多向他们学习实际的经验。

与袁鹰再联系上,已是十年以后"文革"后期了。1977年12月,《人民文学》编辑部出面组织了一次文学界座谈会。张光年同志提出请袁鹰出席。茅盾在座谈会上,以全国文联副主席和中国作家协会主席的身份讲话,他说:"'四人帮'不承认文联和作协,我们也不承认他们的反革命决定。"他建议尽快恢复全国文联和各协会的工作,并建议《文艺报》复刊。当时难得留下了一张这次座谈会的照片,其中有茅盾、张光年、王子野、沙汀、刘白羽、李季、马烽、袁鹰。1999年,我在主编《文艺报》创刊五十周年图集时,发现了这张珍贵照片,并送任图集顾问的袁鹰看,他说这次座谈会意义重大,照片很有历史价值,该用上,但对他的"形象",他却辨认良久,他谦虚地说,我和茅盾这些前辈并列在一起,好不好?我说,这是历史,你是几任中国作协理事、主席团委员,还担任过书记处书记,中国作协的事你介入是跑不了的。他笑了。

我与袁鹰联系趋多,在80年代初,除工作原因外,更多是与散文有关。

袁鹰40年代初开始发表作品。出版集子甚多,散文集、诗集、儿童文学集,不下三四十部,名篇佳作迭出,在读者中有较大的影响,多次荣获全国优秀作品奖。如儿童诗《寄到汤姆斯河去的诗》获全国第一届优秀少年儿童文学奖,1983年出版的《秋水》,获中国作家协会主办的新时期全国优秀散文集奖。

我曾两次兼职却实际地参与编散文刊物都与袁鹰有关,在这个交道中,从他身上学到了不少实际经验。

1983年初,在《人民日报》文艺部的袁鹰、姜德明拉我参加他们正在筹划公开出版的《万叶散文丛刊》的编委之列。这本刊物以书的形式,一共出了三本:《绿》《丹》《霞》。我除了自己写点,更多是约些稿子。袁鹰说,现在专门发表散文的刊物太少,许多名家刚恢复写作,为他们提供发表园地,是我们该做的。我去约了几篇老同志的文章。其中有叶圣老的《序文两篇》,还有李一氓的《明清黄山游记钞》序,氓老刚脱稿,我就拿走了。1987年,中华文学基金会接手主办《散文世界》月刊,袁鹰和唐达成任主编,袁鹰和三位常务编委每人负责三期。自然我负责编的几期最后定稿都送袁鹰把关。他说,稿子如好能用,一般就不要轻易改动,必要时只做点技术上的处理。如不适用的,作者名气再大,也只好婉言退还。做编辑,得罪人,得罪朋友是难免的。可能有时受点委屈,甚至误解。但袁鹰对此处之泰然,这方面我缺乏他那份涵养。

袁鹰身心健康,精力不减,在与他同辈的作家中实属少见。他每天有序地默默无闻地在做自己乐意做的事。他与王蒙主编了《忆夏公》和《忆周扬》,他正为《解放日报》长年开设《书简因缘录》专栏。

祝安康,是我现在对师友最诚挚的祝福。今年春天,一次作家朋友小聚,谈起文坛的辈分,五世同堂,还是六世同堂,在座的邓友梅、叶楠、李国文、邵燕祥、柳萌几位,除诗人吉狄马加是小辈,全是同辈,大家举杯祝福袁鹰这位座中最年长的兄长。

近读明代袁中道《德山别杨西来》诗,其中"人生贵知心,定交无暮早",很使我生出一些感悟。人的一生交往过多少朋友,又淘汰、选择了多少?交友贵在相知,而不在结交早晚。当我时时勾起储存在我大脑中星散的记忆时,不能不视袁才子这句诗为哲理了。

2001 年 7 月 16 日

真情永难忘

我与老诗人臧克家相识、交往乃至有了忘年交的友谊,完全得益于那个特殊年代里一个偶然的机缘。

1969年10月,中国作家协会人员全部下放到湖北咸宁文化部干校。我与克家老在一个连队。连队住在向阳湖边一个山村。他是大诗人,我是小编辑,但,我们同是受审查、被改造的对象。我们之间唯一的区别,就是年龄的差异,他是位父辈般的慈祥长者。

在下干校前,我是克家诗作的读者,从工作上说,他是我们敬重的作者。1965年春天,我来报社不久,有次午后去向克家求稿,他正在休息,我只好怅怅地离开赵堂子胡同。想不到几年后,我俩会住在一家农舍的小土屋里。与我们同眠的,还有鸡笼里囚着的一只爱啼叫的公鸡。

当时克家已逾花甲之年,他和年轻人一样下湖垦田,风雨不歇。下工后他还兼管连队阅览室,他将稀少的书刊整理得井井有条。

我当时在伙房,除下湖送饭、挑水,还常去贺胜桥、汀泗轿一带买菜,不时给他捎些点心。北伐时期,他曾在叶挺部队,在这两个小镇打过仗,他常常回忆起青年时那段从戎的岁月。

他的爱人郑曼在干校另一个连队,相距三四十里,小女在县城中学上学。克家有时请我去看看她们,捎点他省下来的咸鸭蛋。每次郑曼都叮嘱我提醒克家自己照顾好自己。

克家有早睡早起的习惯。为了不影响他,我也慢慢习惯了早睡。有天晚上,十点钟左右,我刚进入梦乡,就被浑浊的声音弄醒,我开开灯,只见克家面部极度紧张痛苦的神情,他用手紧紧捂在胸口上,吃力地对我说:心脏病犯了,快去帮我找大夫。我顾不得穿好衣服,急忙摸黑去找来连队里的医生。医生给他吃了急救药。连里医务室药品设备简陋,怕万一出现不测之事,我又去五六里外的校部医院找值班大夫。经校医院大夫仔细检查、治疗,他的病情才渐渐稳定下来,安详地入睡了。这时,黎明已悄悄到来。事后才知道,他平日心脏就不好,这次突发,是因长时期的劳累引发的。

这是三十年前一个夜晚发生的事。我已渐渐淡忘了,克家却一直挂在心上。1994年6月23日,我收到克家托人带给我的一封信。信是22日写的,并附有22日写的一首赠我的诗作手抄稿,他在诗的附记中说:"午梦泰昌,醒后即兴草成十六句以赠。"《赠泰昌》不久在《诗刊》上发表,作者后又收入了他的一本诗词选集中。一年后,文艺界隆重庆贺克家九十华诞之际,他又特意将这首诗书写了赠我。诗的前八句是忆旧,后八句是对我的鼓励与期望:"老来常忆旧,江南联床亲。土屋天地窄,与鸡共三人。夜深心病发,赖君报急音。转危蒙天相,健在九十春。饷食十里外,一挑二百斤。扁担压弓腰,吱呦作呻吟。五年六万里,磨难炼真身。双肩成钢铁,于今当大任。"诗人在条幅上还题注:"俚句抒真情,往事两心知。"

1988年,我参加中国文艺期刊代表团访问苏联。到达莫斯科的当天没有休息,就去红场参观,晚餐又喝了不少伏特加烈性酒,深夜心脏突然早搏,吓得团长吴强和大夫忙了一阵。这是我头一次感到自己一向以为好的心脏居然也有了点问题。回国后,不知克家从哪里听说,专门约我去他家,他劝我,要调节好自己的生活规律,不然过于疲劳,潜伏的病就会突发。我俩都有这个教训。

克家老一贯追求为人为文的真,用他自谦的话说,作诗是"俚句抒真情",

评论家也一致认为他的诗的最大特色是情"真"。克家老已九十六高龄了,他还在忆旧、写作。今天,人们之间多点情谊,多点真情,该多好。我盼望,我珍惜。

2001年7月16日

巧　　遇

我不知道别人一生有过多少次不期而遇的机缘,至少,对我来说,几次巧遇给我留下的印象至今仍是清晰的。

我在当涂中学读了六年,同学中有不少怀着迷茫的文学梦。夕阳西下,我们漫步在姑溪河畔,以崇敬的心情谈起中外一些文学大家,希冀着将来成为大小作家行列中一员。梦毕竟是梦,现实毕竟是现实。在报考大学时,真正填写学文学的,寥若晨星。

钱其璇就是爱好文学而最终选择学理科的一位。他比我高一班,我们同在学校做团总支工作,相处亲切。他是50年代初我们学生中唯一的党员,功课优异。1954年他考入天津南开大学物理系。1955年,他曾寄来南开大学介绍图册给我,动员我也去天津。算我运气好,我上了北大文学系,京津虽公里之遥,但当年交通通讯不像今天便捷,穷大学生之间稀少走动联络。1958年,我们家乡一群在京同学周日在颐和园相聚,在后山僻静处,突然见到了其璇,他正和一位同学后来是他夫人的小姐在悠闲散步。他见到我们这些少年时的同学,既兴奋又多少有点腼腆。两年之后,我们的相遇,算是天意的安排。1960年大学毕业后,我留校做研究生,寒假回当涂过年,从北京搭乘去上海的慢车,我座位对面的一位在天津下车,上来的乘客竟然是其璇,他放假回上海探亲。这十几个小时的旅程,使我俩尽兴地回忆起往事。他留校做助教,从事计算机专业的教学和研究。他还是话语不多但幽默盎然,他说,我们各人学一行,正如母校的老师中有教文科的,也有教理科的,还有教体育的,缺了谁都不完整,社会需求就是这般丰富多样。又过了一两年突然在北大校园里遇见他。他来北大计算机专家黄昆教授处进修。"文革"后期,他已成为南开一位名教授了,并一度出任该校领导。80年代中期,天津《小说月报》举办一个庆祝活动,邀请了在京的几位顾问,当我刚住定,刊物负责人说,一会儿市里领导来看望大家。天津我比较熟悉,北大同学中先后有几位任市委市政府领导,想不到,来看我们的竟是主管文教的钱副市长,其璈一见我就说,听说你来,晚饭后到家里去坐坐。有次听其璈说他要回当涂中学看望老师。我在南京出差,当我赶到母校时,才知道他临时有会在我到来的头一天匆匆赶回天津了。

我中学同班同学徐大茂,在校时作文写得非常好,他怂恿我学文学,自己却报考了清华大学汽车系。记得在芜湖皖南大学高考后,他约我去他的老家塘南阁小住几天吃河鲜。返回当涂县城时,扁舟险些翻了,我是个旱鸭子,这次的惊险至今回想起来都后怕。大学毕业后,他分到哈尔滨一家大厂工作,磨炼多年,已成为国内有数的燃气能机专家,去年10月《新安晚报》曾刊登一份皖籍中国科学院和中国工程院院士名单中,就有他的名字。前些年,他来北京开会,电话告我两小时后离京,原以为这次见不到了,岂知我正在往八宝山参加一个追悼会的途中,而他的住处正在八宝山附近,我赶去看他,他正要去机场,我们就这样巧遇,就这样笑笑分手了。

二十多年后,遇见中学语文老师王盛农,真可谓不期而遇。70年代后期,散文名家秦牧来北京参加《鲁迅全集》注释审定工作,住在人民文学出版社招待所。有天他约我去喝早茶,他是广东人,广东人很讲究喝早茶,当年北京街肆上并没有这种地方,他请我喝的早茶,就是他自己冲泡的一壶乌龙。当我从他的房间去公用的卫生间时,竟然遇见了阔别多年的王老师,他眯着眼在仔细地打量我,我也在仔细地探究他。应该说我走上文学之路,他是给过我影响的人之一。听说后来他从我们中学转到合肥师范学院、劳动大学、安徽大学教中文。这次他来京是为人民文学出版社写一部反映捻军斗争生活的长篇小说《猛士》，他正在托人打听我的下落。彼此的欣喜，使我放弃了秦牧的"乌龙"去喝王老师的六安瓜片。他托我请叶圣陶前辈为他题写了书名，小说出版后，他回合肥又在酝酿写另一部长篇。中国作协恢复发展会员后，他又提出入会申请，正当我接到他填写的入会登记表，帮他办理时，听说他突然病危，不久便离世。那份表还保存在我这里。

上面的几次巧遇，都是发生在常住另一座城市的熟人之间的事。在京城，我也经历过多次意外的相遇。

1995年遇见任继愈老师更出奇了。任老师的爱人冯钟芸老师是我们中文系的，她作为林庚教授的助手给我们讲授隋唐文学史。她和蔼可亲，常约我们班级里年龄小的几位同学去中关园她家里做客，自然也常见到哲学系年轻的名教授任老师。任老师专治佛学，在系里开设中国佛学史，我选听过。后来他调到中国社科院宗教所任所长，又到北京图书馆任馆长。那天晚饭我约请广州市几位朋友在炎黄美食苑吃满族点心。我在等客人时，发现任老师，他在我们隔壁房间，他说，没办法，馆里几位一定要给他过生日。原来当天是任老师的七十寿日，我急托店主代买了一个任老师属相的藏族木雕送给他，学生的这份心意他领了，笑呵呵地请同行的人为我们合影留念。1997年春节前夕，王蒙约我去三里河看望任老师。王蒙出任过文化部长，北图是文化部下属的单位。交谈时，任老师提起上次我对他的祝贺，使我很不安，我的那次祝贺不是有意而是巧合。

两个月前，我给一位外地儿童时期的学长电话，我记得那天是他的七十寿辰。他夫人告我他急病住院了，前天得知，他已辞世。看来，面对人生大千世界，我只能以有意无意相待了。

2001年8月8日

我的"咔嚓"

我被人"咔嚓"过无数次,我也"咔嚓"过别人无数次。

三十多年前,我绝少有"咔嚓"别人或被别人"咔嚓"的体验。那时,上学,穷,没有相机,也缺乏留影的意识。前些天,与师兄北大教授严家炎通电话,我们跟杨晦老师做研究生数年,他居然没有一张与老师的合影,他的这份遗憾,我深有同感。

20世纪70年代初,我在湖北咸宁五七干校锻炼,整天与一些名作家和领导在一起,同住同吃同劳动。幸亏同单位的一位编辑,有一架苏联产的相机。她是莫斯科大学新闻系毕业的,新闻意识较强,是她,为许多人留下了不可重复的人生境头。《黄河大合唱》词作者、诗人光未然(张光年)收工后,傍晚在池塘边散步的沉思状,老诗人臧克家难得与夫人郑曼相见的欣喜状,至于我,在伙房做挑夫,挑水下湖送饭的狼藉状,均被她多侧面地"咔嚓"下来,至今每当我翻看这些照片,就回忆起那段说不上什么滋味的岁月,历史就是这样让人愿意回眸。

我有过没有相机、不能"咔嚓"的深刻记忆。1976年唐山大地震第三天,我被派去唐山实地采访。当时我在《人民文学》杂志社工作。抗灾指挥部负责宣传的是时任北京军区文化部部长的名作家魏巍同志。我们乘坐的军用越野吉普车在废墟瓦砾中颠簸行走,戴上渍满酒精的口罩,在生与死的火光血影中度过了整整五天,见到了目不忍睹的惨状,见到了解放军抢救人员的义举,见到了个别煤矿坚持生产的豪情,面对这些最直接的鲜活素材,因为没有相机,竟然连一张照片也没留下。

20世纪70年代末,社会开放了,人际走动也日趋频繁。我被人"咔嚓"机会多,我也想"咔嚓"别人。我有了一架最普通的理光"傻瓜"机,那是用我为香港《新晚报》写作的稿费所置。先是黑白底片,后来才换彩色胶卷。我出入各种场合都随身带着它。我第一次"咔嚓"的对象是我五六岁的孩子。有天我从东非访问归来,听说他还在附近的花园里玩耍,我急匆匆地去找他。他正在草地上捕捉小虫。我见他那副专注的神情,拿起包里的"傻瓜"相机,偷偷地给他拍了一张。冲洗出来模糊一片,原来是黄昏,我忘了打开闪光灯。

有次因不熟悉换卷,拍好的一卷全曝光了。这是非常后悔的事。那是20世纪80年代初,巴金在杭州新新饭店休息。他的女儿李小林上午外出,我在凉台上陪他。巴老同意我为他拍照。景致特好,迎面就是妩媚的西子湖。我从不同角度为他拍了不下十几张,也请服务员为我和他照了几张。事后巴老开玩笑地对我说,做任何事,都得学,认真地学,才会有结果。

我最初"咔嚓"的一次,被几位摄影专家认为算是成功的。诗人艾青80年代初住在北京南城北纬饭店,有天上午去看他,他正靠着窗户用剃须刀在推胡子。我觉得这个生活细节颇有情趣,急忙拿起"傻瓜"相机为他拍了一张。在场另一位也是有心人,将我站在艾老身旁也"咔嚓"下来。艾老中午有外事,他对我说,修理好自己的门面,不是小事,是对别人的尊重。

我渐渐留心抢拍下有情趣非应酬的镜头。1982年,我为上海《文汇月刊》写《夏衍谈报告文学》一文,稿子出来后,一大早我去夏公家送他审夺。夏公有早起的习惯,我走进他的卧室,他正躺在床上抚摸着心爱的猫,还没等他招呼我,就为他"咔嚓"了一张。

荒煤同志40年代初发表作品,其中就有报告文学,他和徐迟同是中国报告文学学会的首任会长。1993年,《文艺报》等单位联合在人民大会堂召开一次报告文学作品讨论会,他俩都出席了。徐迟常在武汉。我作为该会的副会长之一,少有的会里,从未见过他俩同时在场。好不容易他俩站在一起说话,我眼疾手快,为他俩拍了一张。徐迟后来见到这张照片,特意告我,他与荒煤是几十年的老朋友,像这种场合的合影还没有过。

冰心老人有次说我是有心人在为细心人拍照。1994年,我去看望钱锺书杨绛夫妇。杨先生签名送了我一套三本刚出版的《杨绛作品集》,她问我最近是否去看冰心,我说一会去看她。杨先生说,麻烦你代我送冰心一套书。她叫我一定转告,本来该亲自送上的,因近日身体不好。我将杨先生的书转送给老太太,她即刻翻阅,托我电话转告杨绛,很高兴,谢谢她。她正在翻看时,我"咔嚓"了一下,老人望着我说,以此为证,书你是及时送到了,杨绛是很细心做事周到的人,赶快将照片送给她。

近期,我特意想"咔嚓"那一刻的机遇未能如愿。去年7月13日,北京申奥揭晓的日子,约好晚上在住处附近,与开小餐馆的几位安徽老乡相聚,等待那揪人心弦的时刻。我提前换上了胶卷、电池。不巧,当天上午,广州来电,非要我当晚赶去,出席"中国首届国际军乐节"顾问会。飞机正点是晚上八点抵达。不知何故,延误了两小时才起飞。到达广州白云机场,已是十点半了,同舱的人个个打开手机,才获悉北京申奥成功了。机舱里一片欢呼声。我的相机放在旅行箱内,等我从行李架上取出,旅客们已纷纷走出舱门。好在我到了下榻的宾馆,热烈庆祝的横标已挂满了大厅,我为堆着喜气的服务员"咔嚓"了数次。

2002 年

京城看望

2002年除夕我是在新居度过的。新居的居住条件虽然比原处大有改善,但毕竟在新源里住了二十多年,窗外的一排排槐树伴我熬过了无尽的岁月。乔迁之喜,引来了亲朋好友的频频看望与祝贺。

平日我不爱逛商场、超市,走动多的是去看望朋友。20世纪70年代中期,我常去北京西城旧西帘子胡同看望梅兰芳先生的夫人福芝芳。梅先生与阿英先生是挚友,"文革"时期梅夫人对落难时的阿英生活上多加关照。我头一次踏进梅宅,就是为了代取梅夫人送给病重阿英的一盒西洋参。称梅夫人"香妈",是梅先生次子梅绍武、儿媳屠珍教我的。绍武夫妇是北大学英语的,后来成了著名的翻译家和学者。在我见到梅夫人之前,就认识他们。我进梅家,爱先到西屋他们房屋,那一排排精美的中西文图书很引起我的兴趣。屠珍说,香妈休息好了,在北屋,你现在该去看她了。有一次,正赶上香妈寿辰,我进北屋时,她正坐在椅子上,梅派弟子聚满了一屋,次第给她磕头,我也跟随着磕。有一回梅家约我去见见文艺界两位前辈。去了之后,才知道是昆曲大师俞振飞和话剧名导黄佐临,他俩从上海刚来北京。我和绍武坐在一旁听他们叙旧,饭后,我们合影,这张黑白照,使我常常怀念起慈祥亲近的香妈。

20世纪80年代初,书画家黄苗子、郁风夫妇约我去红霞公寓看望政界元老、著名红学家王昆仑先生。同在的几位也都熟悉,名剧作家吴祖光、评剧表演艺术家新凤霞夫妇,昆仑老之女翻译家王金陵、文学理论家王春元夫妇。记得那天,我曾问昆仑老,他署名太愚的《〈红楼梦〉人物论》何时增补再版。这本书是抗战时期大后方出版的,我在大学时曾购得一本,后来又读到《光明日报》上他续写的文章。他开玩笑地反问我,你知道太愚是我?他说:有这本书的人不多了,总会有机会重版的。他允诺为我写张条幅,内容就是有关《红楼梦》的。

1990年3月24日,我去看望了在北京石景山区一家医院住院的旅英女作家凌叔华。头天下午,中国作协书记处书记邓友梅电话告我,凌叔华在北京,明天是她的生日,他代表中国作协去看望祝贺,约我也去。第二天上午我和《文艺报》记者应红赶到时,友梅等人已在。我向仰卧在病床上的凌叔华转达了《文艺报》社全体同人对她的祝贺,她紧紧握着我的手细声地说,谢谢你们!凌叔华20世纪二三十年代一度名噪我国文坛,她以小说、散文著称,后来长期旅居英国,虽然1960年后她曾数次回国观光,但在文坛惊动极小。1989年底,她由英国回到出生地北京,想不到,在看望她后不到两个月她就安然辞世了。有机会能见到这位新文学初期闻名的女作家一面,我特别高兴,甚至说多少满足了我的某种好奇的心理。人们常说夫妻作家,据我了解,这种现象不乏,可以随意列举,但像陈西滢、凌叔华夫妇这样知名、事业如此关联的,就可数了。陈西滢以"闲话"、随笔著称,20世纪20年代曾出任北大英语系主任兼教授。凌叔华在一次偶然的场合认识陈西滢,后来结为终身伴侣。1924年5月,印度著名诗人泰戈尔访华,著名诗人徐志摩担任翻译,陈西滢也参加了接待工作。正在燕京大学学习的凌叔华在欢迎代表之列结识了陈西滢。凌叔华的成名之作小说《酒后》就发表在陈西滢主编的《现代评论》杂志上。凌叔华的散文名篇《登富士山》记述的是她和陈西滢访日登山的经历。1928年,凌叔华的第一本短篇小说集《花之寺》也是由她丈夫编定作序由新月出版社出版的。

1996年冬,中国作协第五届代表大会在北京召开,本次大会与第四届代表大会相距十一年。本来是个看望新老朋友的极好机会,但由于《文艺报》在会议期间改出日报,我又全面负责,每天下午编稿,晚上去《人民日报·海外版》印刷厂付印,常常是凌晨返回会议住处,上午睡觉,几乎没有合适的时间去看望朋友。会议开幕的前一天,部队作家周涛、王中才、苗长水、江奇涛、张波约我同去看望因病不能与会的第二炮兵政治部创作室主任朱春雨。春雨是老朋友了。1983 年,中国作协举办第二届全国优秀中篇小说评奖活动,春雨的《沙海的绿荫》获奖,我参与负责初选工作和评委会会务工作,与他有过数次接触。在颁奖会后,我与他和同时因《那五》获奖的邓友梅还合过影,那时春雨神采奕奕。1990 年,春雨突发脑溢血,出院在家恢复时,我和二炮作家张西南、尹卫星去望他,他坐在轮椅上欲言不语。五年之后,我们再去看望他时,他竟然能简短地说谢谢。去年春节,我在家里接到他的电话,听到他清晰的话。

2002 年 4 月

燕园老师的家

我在北大学习生活了近九年,在校时常去几位老师家玩。离开学校后,"文革"中,尤其是20世纪80年代,我也不时去看望他们。虽然他们都已先后辞世,但一幢幢小楼,一座座庭院,那矗立的树木、摇曳的花草……至今还晃动在我的记忆中。

杨晦教授住在燕东园。我做他的研究生期间,是20世纪60年代初期,几乎每周都要到他家去一次。燕东园里像天空星星似的散落了多幢小别墅,这里原本是燕京大学的教授住处。这幢楼与另一幢楼之间间隔很大。杨老师家附近就住过冯至、游国恩教授。每次去杨老师家,都是在一楼客厅里,他坐在藤椅上,我坐在沙发上,面对面地进行辅导。那个年代,陈设简单,客厅里没有电视机、录像机。唯一给我新奇感觉的就是有壁炉,冬天可以烧木柴取暖。1963年冬天,有次去他家,坐了一会,感到阵阵寒冷,老师穿着厚重的棉衣,想起这里曾经有过的壁炉红红的火,室内暖暖的气,我深深自责和内疚起来。1958年大炼钢铁时,为了四处寻觅钢材,我们一批学生,曾到杨老师家,将壁炉里的钢条拆除了。从此,壁炉就成了一种摆设,我没有问起过在有了暖气之前的一段岁月,老师的严冬是怎么熬过来的。

我也去过杨老师的书房。他身体不适时,就让我坐在他的书桌边。室内凌乱地堆满了各种书,有不少是摊开的。1964年春天,在研究生毕业前夕,我们几位学生去向他告别,他躺在病床上,硬撑起来陪我们在楼前草坪上照张相,他坐着,我们站在他后面。每当看起这张灰暗的相片,我就莫名其妙地联想起老师的笔名杨晦中的"晦"。老师原名杨兴栋,1920年北大哲学系毕业,五四运动火烧赵家楼的勇士之一。朱自清是他们班同学,朱自清1947年在给杨晦五十寿辰贺信中说,许多年之后,看到报刊上不断出现署名杨晦的文艺评论文章,四处打听,才知道原来杨晦是他同班同学中最瘦弱的披着坎肩的那个。

吴组缃老师则在燕园内,我1955年进校时,他住在蔚秀园一座不大不小的庭院里。这种庭院与北京古老的四合院不同,有北屋、西屋、东屋,没有南屋。组缃老师住北屋和西屋。西屋是会客、吃饭的地方。这位乡土文学的著名作家,又是国内研究古典小说可数的专家。他开设的《红楼梦》专题课,轰动一时。1958年我做学年论文时,他是我的辅导老师,我们又是安徽老乡,因此去他家很勤。我爱喝家乡的绿茶,爱吃徽菜,都受他的影响。他对我辅导后,多次请我吃饭,师母做的红烧肉,我能一连吃几块。他说,本性难移,来北京几十年了,口味不改,还是家乡的饭菜可口。我从他的会客室里,时常借一两本书看,都是些现代文学作品的初版本,每次来奉还,下次走再借。20世纪80年代初,他搬至朗润园一幢公寓。他欣喜地给我写信请我去。三室一套的楼房,他住三楼,有个小过道,能摆一张桌子吃饭。他满意地说:房子虽少了一间书房,但比住平房方便多了,冬天不愁,有暖气,人老了怕冷。

在他的客厅里我多次听他谈起中国四部古典小说名著。他说,许多人都爱看《红楼梦》,都爱说《红楼梦》,都爱评《红楼梦》,但真正懂得这部书的人并不多。也就在这间十四五平方米大的客厅里,我数次见到了组缃老师清华的同学,现在北大的季羡林、王瑶教授。他们叙旧,王瑶老师专研现代文学,不时与他交流。

季羡林老师,是印度梵语专家,晚年勤于写散文随笔,他俩就散文写作时有探讨。我每次离开他家,最早他陪我下楼,走到塘边,直望我绕道远去;后来他身体不好,就站在阳台上看着我渐渐远去。

朱光潜教授辅导我们西方美学史时,还是住在燕东园,同杨晦老师住在一块。光潜老师来上课,总是拎着一个小袋,里面装着水杯。他辅导我们,每次都是在二楼他的书房里。桌上铺满了西文书,手边是一本本英文、德文、俄文大辞典。他每次辅导事先要我们书面提出问题,当面他一一解答,临时我们提问题,他也一一回答,偶尔还提些问题考我们。"文革"结束之后,他搬到校内的燕南园66号。燕南园与燕东园别墅风格、色调一样。燕南园住了更多有名教授。最大的一处,原是燕京大学校长司徒雷登住的,1953年后,北大校长马寅初住过。冯友兰、王力教授的家也在这里。1980年,安徽人民出版社约请这位家乡出来的美学大师出一本书,他不便推卸,只好同意。当时他正在忙于翻译维柯的《新科学》,只好请我代他编《艺文杂谈》,主要是从他过去发表过但未入集的谈文学、美学的一些短文里挑选。那期间,我半月左右去看他一次,他特爱喝酒,客厅里一排橱子里陈放的全是洋酒和中国白酒。大、中、小瓶俱全。我每次去,先问我能待多久。时间短,他拿瓶二两或半斤的;时间长,他拿瓶斤装的。没有什么下酒菜,一碟水煮花生米。我们边喝边说。

光潜老师烟瘾也大,他抽烟斗,客厅、卧室、书房里都放着烟斗、烟丝。他说这方便,走到哪里想抽就拿起来抽。光潜老师的家旁边就是第二体育馆,每天下午四五点钟,操场上学生开始打篮球。他天天去看。1981年叶圣陶去看望他,两位老友在开怀对饮前,光潜老师陪叶老去看学生打球,他说:他们的年轻活力,也能让我们年轻些,多点活力。

2003年11月9日

陪巴金的两次杭州之旅

我有机会两次随巴金老人去杭州小憩。1981年4月1日,上海是阴雨天。巴老启程去杭州。他在当天的日记中记着:"八点半动身去车站,泰昌、小林、小棠同行,九点二十开车,十二点二十到杭。"旅途整整三小时,巴老和我们同在一间软席车厢里,他常看着窗外闭目养神。真正的江南春天,车窗外一片菜花金黄。我离开江南水乡快三十年了,童年、少年时期记忆中储存的青山、绿水、菜花……已成了一幅幅剥落的油画。猛然见到野外这春的喧闹,我惊喜异常。我拿起随身携带的傻瓜照相机,连连对着玻璃窗拍照,不知拍下是那厚厚的车窗玻璃,还是那玻璃窗之外的鲜活的世界。巴老看我这股傻劲笑了,他看着窗外凝思。我抢着为他拍摄了一张旅行生活照。我替他拍完照片后,他转过脸来,同我谈起我国现代文学史上的一些趣事,有些是我知道的,有些是我第一次听说的。他说,现代文坛很复杂,需要很好地清理和研究。首先要摸清、摸准史实情况,再加以细致的分析,否则得不出合理的符合事实的评价。

我和李小棠不时去车厢过道里抽烟、闲聊。车过嘉兴时,只听李小林手指窗外对巴老说,嘉兴!我随手替他们父女"咔嚓"了一下。巴金的原籍是嘉兴,自高祖起才定居成都。车到杭州,巴金老友黄源和女婿祝鸿生来车站接巴老。巴老下榻在西湖边的新新饭店小楼二楼。我们和巴老同住在一幢楼里。

巴老说,来杭州是为了"休息的","我的身体好比一只弓,弓弦一直拉得太紧,为了不让弦断,就得让它松一下。我已经没有精力游山玩水了,我只好关上房门看山看水,让疲劳的身心得到休息"。在与巴老相处的六天里,我感到巴老多少得到了点休息,但也没有完全放松。社会活动虽没安排,也到西湖附近去散步,但来看他的友人并不少,每天都有。黄源家离新新饭店很近,步行不到十分钟,他和夫人巴一榕几乎每天来看巴老,有时一天来两三次。巴老爱在饭店用餐,能喝点啤酒。

4日上午,黄源夫妇约巴老去孤山散步。约十一点,我去巴老房间,静悄悄地,只见他一人坐在阳台上,望着雨中的西湖。我走近他的身边,他才发现我。我也搬了一张椅子坐在他对面。当时的氛围,恰如巴老次年写的《西湖》篇首所说:"房间面对西湖,不用开窗,便看见山、水、花、树。白堤不见了,代替它的是苏堤。我住在六楼,阳台下香樟高耸,幽静的花园外苏堤斜卧在缎子一样的湖面上,还看见湖中的阮公墩、湖心亭,和湖上玩具似的小船。"我将巴老从凝思和遥远的回想中拉回来,问他,写完了吧?他点点头。昨天晚饭后,小林、鸿生、小棠和我陪他散步,途中听说巴老整个下午在写《随想录》。他上午散步回来写完了的,就是《现代文学资料馆》。

倡议成立中国现代文学馆,是巴老晚年最大的心愿,是除写作《随想录》外,"最大一件工作、最后一件工作"。倡议成立现代文学馆的事他思考了很久。他在1980年12月写的《创作回忆录关于〈寒夜〉》和《创作回忆录后记》中透露了这个想法。1981年3月12日,《人民日报》副刊发表了《创作回忆录关于〈寒夜〉》,将他倡议成立中国现代文学馆的这个想法正式公布了出去。他说:"我建议中国作家协会负起责任来,创办一所中国现代文学馆,让作家们尽自己的力量帮助它发展。倘使我能够在北京看到这样一所资料馆,这将是我晚年的莫大幸福,我愿意尽最大的努力促成它的出现,这个工作比写五本、十本《创作回忆录》更有意义。""出版这本小书,我有一个愿望:我的声音不论是微弱或者响亮,它是在替中国现代文学馆的出现喝道,让这样一所资料馆早日建立起来!"

巴金的这个倡议就如扔下了颗石子,在文坛激起了强烈的回响。病中的茅盾非常赞成这个建议,并表示要把他的全部创作资料提供给文学馆。茅公说30年代初创作长篇小说《子夜》,原来的题目叫《夕阳》,是讽喻国民党日趋没落的光景。原以为这部原稿已毁于上海"一·二八"的战火中,后来才发现《夕阳》原稿居然还保存下来了。这部写于半个世纪之前的原稿还能幸存,实在感到无限地庆幸。他说,文学馆成立的时候,他将把自己全部著作的各种版本、包括《夕阳》在内的原稿都送由文学馆保存。叶圣陶、冰心、夏衍等也热烈支持。

曹禺说:"中国老一代的文学家的手稿和资料自然应该广为搜罗、研究、珍藏起来。目前,只有为数不多的几位杰出的作家有专人重视。但在这些前辈作家中,有多少知名或不甚知名的作家的文章,已经流落散失,没有个定处珍藏。好的文学是时代的镜子,是正史不能替代的。"臧克家在《人民日报》上发表《建个文学馆,好!》。他说:"成立一个中国现代文学馆,有几点好处,保存资料,避免遗失。个人保存,只供一己;集体保存,有利大众。这不但便于参考,而且等于一部活的文学史,使广大群众从中认识各个时期新文学的发展史、流派史、斗争史。"

罗荪在《人民日报》上发表《一项重要的文学建议》中说:"巴金同志深信文学馆的建立一定会得到全国作家的支持,他认为这是作家自己应该做的事情,而且也一定会全力来支持它的建立。特别是这些与文学有关的资料,保存在每个作家自己的手里,是很容易散失的,而在文学馆里,不仅有了很好的保障,特别是为现代文学研究工作提供了作家的第一手资料,文学馆便成为一个十分重要的现代中国文学研究资料中心了。"

正是得到了那么多文坛朋友的热情支持和建议,巴老认为有必要把自己倡议成立中国现代文学馆的思考和意见再说透些,说明白些。因此,他写了

《现代文学资料馆——随想录六十四》。这篇随笔,是巴金最早一篇专谈现代文学馆的文章。在这篇文章中,他认为,"要加强我们的民族自豪感,提高对我们民族精神的认识",必须"建设"和"开采"我们自己文学的"丰富的矿藏"。他说:"我设想中的文学馆是一个资料中心,它搜集、收藏和供应一切我国现代文学的资料,'五四'以来所有作家的作品,以及和他们有关的书刊、图片、手稿、信函、报道等等。这只是我的初步设想,将来文学馆成立,需要做的工作可能更多。对文学馆的前途我十分乐观。我的建议刚刚发表,就得到不少作家的热烈响应。我心情振奋,在这里发表我的预言:十年以后欧美的汉学家都要到北京来访问现代文学馆,通过那些过去不被重视的文件、资料认识中国人民优美的心灵。"

巴金这篇《现代文学资料馆》就是在这次杭州之旅期间写的,是1981年4月3日至4日在杭州新新饭店小楼二楼卧室里写完的。《现代文学资料馆》发表后,巴金的倡议很快得到了中央及中国作协的重视。1981年4月20日,中国作协主席团举行第三届五次会议,代理主席巴金主持了这次会议。会议专门研究了现代文学馆的问题。将要建设的"中国现代文学馆"具有国家档案馆的性质,它将逐步成为中国现代文学的资料中心和若干位中国现代文学大师的资料、研究中心。藏品的时限要求,从五四运动起,迄中华人民共和国成立。藏品所涉及的文学家,主要应是在这一历史时期中对新文学运动产生过重大影响的作家、评论家和翻译家。藏品种类包括手稿、信札、日记、手迹、照片、画像、资料影片、录音、录像、书籍、报刊等;对若干位已故的文学大师,还将收藏他们的一部分遗物。

会议决定成立筹备委员会,负责建馆的筹备工作。巴金捐献的15万元建馆基金已汇至北京。他表示还将继续为文学馆募集资金,他热切盼望文学馆早日建成。6月16日,中央批准由中国作协负责建立中国现代文学馆。10月13日,由中国作协主席团会议决定成立中国现代文学馆筹备委员会,巴金、冰心、曹禺、严文井、唐弢、王瑶、冯牧、罗荪、张僖为委员,罗荪为主任委员。中国现代文学馆的筹建工作由此正式艰难而有序地开始了。

话再说回来。我见巴老的情绪开始活跃,将随身带的理光傻瓜相机拿出,他笑着说,可以,你拍吧!巴老平日不太爱拍照,但此刻他却很配合。我从不同角度给他拍,闪光灯不停地闪动。

小林他们回来对我开玩笑说,你今天大丰收了!午饭后稍事休息,小林他们陪巴老冒雨去游龙井等处,我很珍惜为巴老拍的这组照片,想让大家尽快看到,他们外出时,我冒雨去街上冲洗胶卷了。万没料到,照相馆师傅告诉我,胶卷没装好,顿时我急得要命,白照了,浪费了巴老那么多的表情。平时在北京,我都是在照相馆里冲洗一卷,再买一个胶卷请他们帮助装上。这次在上海为巴老和其他人拍的及在火车上拍的整整一卷,我自己将它倒回取出,打算回北京去中国图片社冲洗。到杭州的当天晚上,我自己又装了一盒带来的富士胶卷,结果出了这样的事。下午五点左右,我们随巴老去黄源家吃饭,小林让我把上午拍的照片拿出来看看效果如何,我只能以实情相告,弄得大家都笑。巴老说,看来做任何事,再简单的事,也都要有技术,要用心地学。他的话使我深深自责和不安。过了两天,终于逮到一个机会,我替巴老和小林在新新饭店门口和西湖等处拍了几张。我正要拍时,小林又开玩笑问我,胶卷装上没有?

这次在杭州待了六天,7日巴老赶回上海,稍事休整,9日赴京出席茅盾追悼会,我也随机返回。

1986年10月6日,巴老去杭州休养。小林、鸿生陪同,我也同行。

这次我跟巴老去杭州,是特意安排的。10月4日上午,中国作协党组书记、书记处常务书记唐达成交代一项任务,他说,作协12月将召开全国青年文学创作会议,希望巴老在大会上有个讲话,同巴老联系过了,巴老说身体不好,不能出席会议,至于能否在会上作个书面致辞,等他从杭州回来后再定。达成说,这次全国青年文学创作会议,来的人多,是继中国作协1956年、1965年与共青团中央联合召开的全国青年作家创作会议后,规模最大的一次盛会。巴金一向热情关心、扶植青年作家,热情发现和肯定青年作家和他们的好作品,一定要动员巴老在会上讲个话,对青年作家提些要求和希望。当天晚上,我去电话给李小林,将达成讲的意思对她讲了,请她转告巴老。小林叫我别挂电话,很快又告诉我,巴老同意,到了杭州再说。

10月5日下午,我飞抵上海。晚上去了巴老家,约好次日上午先到他们家,一同去火车站。这次巴老和我们三人坐在一间软席包厢里。当时正逢秋天,巴老穿着简单,在列车上一路精神都很好。

巴老下榻在大华饭店分部,在南山路上,是独处的一座别墅小院。当天晚饭时,巴老说,你的任务别着急,我是来休养的,你也休整一下,逛逛西湖,看看朋友。

第二天上午,我去看望老作家陈学昭。前两年我和李小林一同去看过她,小林一见面就代巴老致候。学昭同志也非常惦念巴老。她在1982年7月14日给我的信中说:"上次小林同志伉俪陪了巴金同志来杭,留杭日子很少,巴金同志身体不大好。我正在发烧,吃坏了,引起肠炎,没能去看他们。他们托省文联的李秉宏同志带来书及补品,实在使我受之有愧!书是巴金同志的译作,我很高兴!"

省里对巴老的生活、活动安排十分周到,派了司机,身边有一位工作人员。但巴老不希望安排更多的应酬活动,他喜欢在住处吃饭,愿意到西湖附近几处风景点看看。同上回一样,文学界的人来看望的也不少,黄源仍是常来。巴老还饶有兴趣地去观看了一场职工业余演出。巴老早起,常常一人在凉台上或院子里散步。有几次我看他散步或陪他散步,还为他拍了几张照片。

10月14日早饭时,巴老说他的意见都对小林谈了,上午你们一起碰碰。在此之前,巴老已零星地谈了一些想法。根据我当时的笔记,李小林转达了写这份讲话稿的几层意思:一、先从1956年召开的全国青年作家会议谈起,二十年时光的流去,经验和教训都说明要爱惜人才。今天的气氛、创作环境来之不易,要珍惜,共同维护、创造一个更好的创作环境,促进文学事业更加发展,青年作家队伍要更扩大。二、强调作家是生活培养的。可以举点例子。三、现在的青年作者队伍变化快,一浪赶一浪,这是好事,文学队伍就是这样建立起来的。同时要提出,学习的重要,作家要多读书。四、作为一名文坛老兵,期望并相信,中、青年作家超过我们,对中国作家队伍的未来非常乐观。

10月16日,在返回上海的列车上,我将冲洗出来的在杭州拍摄的照片给巴老看。他一张张看,说这张还好,这张把我拍老了。他说,看来你的摄影技术有了进步。讲话草稿后来经巴老亲自修改定稿,这就是1986年12月31日全国青年文学创作会议开幕式上宣读的巴金的书面贺词《致青年作家》。

巴金在贺词中热情肯定了新时期青年作家的成长,他说:"我始终想念那句老话:生活培养作家。生活本身(不是别的)培育了一代又一代的新人。不过这不是说生活会自然而然地造就出作家,作家必须对自己熟悉的生活进行深入的思考,要善于从生活中挖掘和发现。要用自己的脑子指挥拿笔的手,说自己想说的话,写自己真实的感受。不要人云亦云,违背自己的良心,说自己不愿说的假话。"他深有体会地对青年作家说:"每个作家从不同的道路接近文学,都是为了寻找到一个机会接近人民;划时代的巨著不是靠个人的聪明才智编造出来的,它是作家和人民心贴心之后用作家的心血写成的;要做一个好作家,首先要做一个真诚的人。文品和人品是分不开的。"他殷切希望"青年作家必须不断学习,提高修养,继承我国文化遗产,学习外国的各方面的成就"。"我们的文学事业会大放光芒,一代一代的作家将为它做出自己的贡献,更大的希望还是在你们的身上。"

《致青年作家》刊于1987年1月3日《文艺报》头版。1987年3月13日,巴老在寓所对我说,《致青年作家》是他写的最后一篇长文章了。

2003年11月

沿着越地风情的线路行走

我的业余生活中,一项重要内容,就是收看电视节目,除看新闻节目,各地电视台先后推出的文学欣赏节目,也是我常选看的,而其中,电视散文栏目更为我所喜爱。原因很简单,在文学的各种式样中,我写散文最多,每当在荧屏上读到先贤和友人一些散文名篇,电视特有的视觉感和空间感,加深了、丰富了我对这些本已熟悉的作品的理解和亲近。我也有过散文作品被变成电视散文的经历。他们会说话:有些散文确实好,但不适宜于改编成电视散文,我曾建议他们不妨将电视散文中的说明文本也作为散文作品整理表现出来,他们表示难度很大,他们说正如有的好散文作品不一定适宜搬上荧屏,我们写的这些说明,如果游离了画面,独立存在的价值也就难说了。

为什么想起写这些赞语呢?北京抗非典"双解除"后,绍兴电视台两位年轻记者许瑾和王伟东给我寄来他们即将付梓的《越地风情》一书的大样给我,希望我在书前写几句话。《越地风情》是两位小友编导了七年的《越地风情》电视栏目部分节目的文字结集。《越地风情》是一档做人文景观的电视节目。绍兴是我国一座闻名的历史文化古城,山川之雄伟秀丽,名胜古迹之众多,文化名人之辈出,引来了海内外不绝的行人的向往与钟爱。《越地风情》电视节目能坚持七年办下去,并赢得了观众的赞赏,自然主要得益于自然资源之丰厚与魅力。可惜,我没有收看过这个节目。我与这个节目的编导认识并产生了一些联系是在 2000 年,他们为拍摄纪录片《柯灵与故乡》来北京找到我。柯灵老是我尊敬的前辈,他的人品、文品受文坛普遍赞誉,作为长者,先生对我也非常爱护。能为该片做些事,我是应该的和乐意的。他们要我讲了,又请我帮助联系采访杨绛先生。柯灵先生和钱锺书、杨绛先生是挚友,但他们一向不愿意接受媒体,尤其是电视台的采访。出于对亡友柯灵的真挚之情,在我向杨绛先生详细说明了情况之后,她基本同意见面了,也由于许瑾、王伟东工作投入细致,采访顺利、愉快。之后,我看了他们寄来的电视光盘,又认真阅读了这本书的文字,我觉得应该并乐意为《越地风情》集子写几句话。我认为,这部集子里多数文章可视为电视文化散文作品,有特色的散文作品,既有丰富准确的文献史料介绍,又有作者对家乡历史和现实深厚情怀的抒发,并能努力将这两方面融合贴切。加之,这些文字原本是为电视片写的,电视本身的需要,使这些作品画面感强,行文跳跃性大,使人好读,读后遐想的空间开阔。自 1967 年起,我去过绍兴不下十次,我也去过柯桥古镇,几乎都是为公务而去,匆匆而去,匆匆而归。我对绍兴的最初印象,也主要是从鲁迅那些以家乡人生活为背景的小说名作中得来的,还有许钦文初写小说时那些被鲁迅称为"乡土文学"的作品,最近的就是从柯灵的一些关于记叙家乡风土人情的作品和听他讲绍兴的俗语。记得是 20 世纪 90 年代中期,杭州市《西湖》杂志举办了一次散文作品评奖活动,柯灵是评委会主任,我是评委,我们在杭州新新饭店较多地谈起绍兴。他说我带着匆忙行色看绍兴,是看不到真正的绍兴,他劝我安排公务不忙时,悠闲地去绍兴静下来住几天,绍兴值得去的地方不少,每个地方都得用点时间。他说,这么办,下次约好,你跟着我,我跑不动的地方,我叫人陪你去。人生本来就多错过,想做的事,约好的事往往难以如愿。柯灵老有空了,我工作走不了;我想去时他又身体欠佳、精力不济。跟柯灵老去看绍兴,成了我终生的一个遗憾。《越地风情》使我多少弥补了这个遗憾,使我从历史到今天,在跳动与默然之间更多地了解了绍兴,《越地风情》同时又煽起了我跟柯灵老去看绍兴的欲望。2001 年 9 月,鲁迅一百二十周年诞辰之际,中国作协在绍兴举办第二届鲁迅文学奖颁奖大会,抵达绍兴当天,许瑾、王伟东约我吃地道的绍兴菜,喝醇正的绍兴黄酒,他们说你下次来让我们这些小友陪你逛绍兴,沿着"越地风情"的线路,我记住了他们的话。

2004 年 4 月 17 日

我的作家邻居

1964年我被分配到《文艺报》工作，至1975年，中国作协机关先后安排我在北京几处居住。对学文学的青年人来讲，平日只能从作品中了解作者，一下变得有机会在日常生活中接触他们，也够幸运。最初我住在贡院西街1号，一栋小洋房，20世纪50年代初丁玲主编《文艺报》时的社址。一楼是著名诗人阮章竞，二楼是著名翻译家陈冰夷。冰夷一家人待人随和，有时叫我去坐坐，他很爱喝酒。我在三层阁楼里，没处烧开水，冰夷岳母叫我每天上班前把竹壳暖瓶放在她家门口，晚上回来给我装满。第二次临时搬到大佛寺13号一座大四合院，当年没有考证，准是一位王爷或富商的住宅。北屋一排主人是著名小说家赵树理，我住在一间紧靠厕所的厢房里。赵树理当时因小说《卖烟叶》被视为"写中间人物"论代表作正在被批判中，他很少谈话，晚饭后爱在庭院里独自散步，不断吸烟。1964年底他回山西去了。他的住处主人换成了著名小说家张天翼，不久又换成中国作协秘书长张僖。我第三次住处有所改善，在和平里一栋新楼一套两居室里一小间，有厨房、厕所。我所住的那栋门里，就有著名诗人李季、散文家丁宁。"文革"初期，我常去丁宁家，同她全家都熟，她常留我吃饭，我爱吃清蒸鱼，多少受她家的影响。还有一位颇带神秘色彩的老人，20世纪30年代女作家白薇，她与世隔绝，足不出户。我只见过她一次，那是机关要我带邮件给她，敲了半天门，她才开，好奇地注视着我,问明白了来意之后,才请我进去。印象最深的是她的卧室里摆放了一棵常青树,相信不是假的,是有生命的树。

我第四次搬到北京东城区顶银胡同 15 号,是一座小四合院。说小是相比而言,北屋一排也还阔气。我住在南房一间小屋。那是 1973 年,我从湖北咸宁文化部"五七"干校被借调到河北省一家杂志社工作,机关为我保留的一间"藏身"处。北屋的主人长期是老剧作家陈白尘,不过我搬进去时,白尘早已不是这座四合院的主人了。他解放初期从上海来北京,曾担任中国作协秘书长、《人民文学》杂志副主编,十几年间,都住在这里。讲起在北京的白尘就会想到顶银胡同 15 号。这所院子一墙之隔就是东总布胡同 46 号那所深邃的大宅。前进小院是著名作家严文井住,中进是著名作家刘白羽住,后进是张光年住。光年当年是《文艺报》主编,有时我去他那里,光年告诉我,墙那边住的是白尘,并说白尘家的保姆会做一手地道的淮扬菜。那个年头不兴开后门,如果开个小门,光年与白尘家相距就几步之遥了。

我和李季做过两次邻居,邻里之间有几件事给我记忆。在和平里时,1969 年秋我下干校时,他的家成了我们同住一个单位里单身汉的仓库。我将自己不随身带的书刊和杂物集中堆放在他家客厅里。当时我东西很少,只有上大学时母亲为我准备的一个蓝帆布壳小箱子。不久我们在干校,得知李季家被隔壁一位同事的儿子撬门洗劫一空,当作废品卖了。我的箱子里没有也不可能有什么值钱的东西,但有几件是我至今想起来还是割舍不了的。其一是我大学三年级时吴组缃老师辅导我写的学年论文《评艾芜的长篇小说〈百炼成钢〉》的手抄原稿,约一万字,上面有组缃老师用红钢笔修改的笔迹。二是我研究生长篇论文《论现实主义与浪漫主义》原稿,约四万字,上面有杨晦导师用铅笔修改的笔迹。学年论文没有发表过,研究生毕业论文,《北京大学学报》曾排出清样拟发表,后《文艺报》副主编侯金镜劝我稍缓再发。在《学报》的原稿、校样"文革"中都遭损。我在大学学习时期用心写的这两篇,现在只能留存在我的记忆中了。其二是 1958 年我们集体编著《中国文学史》

时,我向叶圣陶老人请教有关"鸳鸯蝴蝶派"问题,他用毛笔工整地给我回过一封信,谈了几点他的看法。记得他明确说对鸳鸯蝴蝶派的作家、作品要具体分析,创作倾向不能做笼统概括。还有阿英先生关于中国近代文学问题回答我们的两三封信。此外,就是我20世纪50年代初期发表的一些文章的原报刊和剪报,如在《安徽日报》上发表的诗作《马鞍山的早晨》,尤其是在我较长期负责编的北大校刊《红湖》副刊上发表的不少文章。我们单元隔壁,住着文学评论家侯金镜,金镜是《文艺报》领导,对我十分关心,我常去他家请教。邻楼住着作家韩北屏,当时他在中国作协外国文学工作委员会负责。1964年,我到单位上班不久,第一次正式参加外事活动,去蒙古人民共和国驻华大使馆的一次庆祝酒会,就是他安排我去的。他叮嘱我头发、衣着要修理整齐。我有时上三楼他家玩,1970年我从干校回京结婚,在马路上遇到病重体衰的他,他说没力气爬楼看我的新房,就在这里向我祝贺。

　　再一次与李季做邻居,是1975年冬。我住到东直门外新源里小区东四楼,他住在西七楼,二三百米距离。李季不久任《诗刊》主编,后又积极参加恢复中国作协的领导工作。有时我去看他,他很忙,夫人李小为待人热情,李季若不在,我就同她闲聊。李季有段时间较空闲。1976年夏秋唐山大地震期间,他主动约我去聊天,他曾请我找《老残游记》、吴语小说《海上花列传》给他看。他说,中国古典文学作品中有许多值得抽时间补看的。《诗刊》当年经常举办诗歌朗诵会,或在首都剧场,或在天桥剧场。有次我参加一次大型朗诵会,是搭李季的车回家的。1979年他当选中国作协副主席,1980年因心脏病突发匆匆远去。先后同他在一个楼里居住的文艺界人士,还有杂文家、诗人聂绀弩,我去看过他两三次。走动较多的是画家范曾,我和范曾在"五七"干校一同干过活,有天我们彻夜在校部稻谷场上看守。他也不时来我家,他为我画了《庄周梦蝶》,是一大早我还未上班时亲自送来的,他是下半夜起来刚画好的。后来这张画赵朴初老人为我题了诗,范曾对这幅画很满意,曾从我处借去装裱后在香港展览,并收入他的画集中。画家韩美林,20世纪80年代初从安徽调来北京,也住在附近,我们时常走动。他有时来我家作画,有时我也去他家看他作画。

我在新源里附近的文艺界的朋友,后来都陆陆续续搬走了。但楼前楼后的树木依然郁郁葱葱地挺立着。

2002年春节,我搬到亚运村一座小区,这里居住的没有什么熟识的文学界朋友。小区不远,有中国作协两幢宿舍楼,那里住着不少共过事的朋友。因乔迁之喜,来我新居相聚的文艺界、新闻界友人络绎不断,有本市的,也有外地来京的,这时,我更贴切地悟到"天涯若比邻"的些许真谛。

2003年

乡情走笔

我是皖人。1938年春末刚落地,家乡当涂县就被日寇侵占,为了逃难,母亲抱着我和二哥一起辗转到后方江西。经小姨介绍,母亲在南昌市战时江西第一儿童保育院任教,我也自然成了院童。南昌不久也沦陷,保育院在院长陈庆云的带领下,迁徙到赣中井冈山一带,直到1945年日寇投降,才又返回南昌。1946年,我沿着长江而下,回到安徽老家。母亲是位普通的小学教师,当过小学校长,我也就跟着她到镇里上小学。1949年家乡解放,我考入当涂县中学上初一,1955年高中毕业,考学北上。

当涂濒临长江,是皖东南一座古城,李白归终在当涂县城附近的青山,太白楼在距县城几公里的采石镇,这些历史文化因素,多少也诱发了我从少年起就做起文学梦。

当涂中学是所百年老校,算不上出过多少人才,但也脱颖而出了一些人才。20世纪50年代初期,学校曾兴起过一阵文学热,几任校长都是教语文、历史的,在他们的支持下,学生间成立文学社团,办起黑板报,1954年办起油印小报《当中通讯》,我负责编了一年。

做过文学梦的少年同学不少,但面临人生道路选择时,报考大学文科的却很少,多数选择学工、学理、学医。如作文写得好的钱其璇,1954年考入天津南开大学物理系,后来成了半导体专家,再后来,居然从政,当了一段时期的天津市政府领导。同班同学徐大茂，1955年考入清华大学动力系，现在已是中国工程院院士。

我在北大学习期间，极少回家乡。一是家乡没有什么亲人，我自幼丧父，母亲跟着兄姐在沈阳、上海居住。二是穷大学生经济拮据，买张火车票的钱也难掏出。我开始较多次数地回家，是在"文革"结束后，因工作关系到南京时，顺道抽空回老家，当涂离南京只几十公里。

当涂县从1968年起，划归马鞍山市，马鞍山市是在原当涂县金家庄镇基础上发展起来的，因有马鞍山钢铁公司，算得是江南一座钢城。在这座新兴城市里，有我许多少年同学、亲友，有些人虽然担当了市委市政府领导工作，但也多是文化人，对理论、文艺始终怀有浓厚的兴趣。我回老家除去母校看望老师，多的是他们陪我参观李白墓、三国名将朱然墓、太白楼、三台阁、采石矶风景区等名胜古迹和现代书法大家林散之纪念馆。

1982年，《诗刊》编辑部在黄山脚下屯溪市召开抒情诗讨论会，我冒雨从马鞍山乘车行驶在徽州道上，上午动身，晚上才到。

江城芜湖市距马鞍山市也只三四十公里。我考大学的考场就在芜湖市赭山上的皖南大学（现安师大）。芜湖出来的名人也不少，如王稼祥，20世纪30年代影星王莹。1964年在北京香山没有红叶的时候我见过王莹，那时她给人的感觉像个村姑。1987年，我去芜湖参加阿英藏书室暨碑石揭幕仪式，陈云同志题写了室名，李一氓同志书写"文心雕龙"作为碑名。

安徽省的文友，会集在省会合肥市的自然居多，我与他们多半是因开会相聚。1984年难得一次，鲁彦周会后陪我去他的老家巢湖转转。本来是想浏览巢湖风光，因当时巢湖水污染较重，又下雨，我只好和他在招待所里聊天。那时鲁彦周的中篇小说《天云山传奇》已获中国作协主办的首届全国优秀中篇小说一等奖，电影《天云山传奇》又正轰动，我们交谈的话题自然离不了他的这篇代表作。他同我详谈了这篇小说创作的前前后后，对传说中的小说人物故事原型，他强调说，这是小说，是虚构。

我有一次为了纯属个人的事,到了合肥。1981年,安徽人民出版社决定出版自著散文集《艺文轶话》,几乎同时,也是这家出版社决定出版朱光潜委托我替他编选的《艺文杂谈》。这两本书的责任编辑曾石铃办事认真细致,非要我去看校样,天寒,住处又没暖气,我只看了部分。

1986年,《儒林外史》作者吴敬梓家乡安徽全椒县,为吴敬梓纪念馆举办开幕仪式,县里非要我出席。其时我正在广州参加一个会议,我想,他们的盛情,无非是因为我在筹建纪念馆时做了点事。时任国家文物局局长的吕济民不知从哪里听说,我曾为马鞍山市修建李白墓、太白楼、三元洞,在京请了一些名人题词,他就将他的老家托他办的这件事转托了我。我同济民同志在咸宁"五七"干校一同放过牛,自然不好推托,也尽力办了。我从广州飞抵南京,他们用香港歌手奚秀兰的父亲刚送给家乡的新车去机场接我,到全椒住下,吃晚餐已是午夜了。

1987年,我陪张光年到安徽,第一次参观了滁县琅琊山醉翁亭,第一次登上了黄山。陈登科全程陪同,他是江苏人,在安徽工作时间长,竟冒充起安徽人了,"咱安徽"离不了口。

我对安庆市留有特殊的记忆。1946年,我乘木船回当涂时,船因载货过量在安庆江面上下沉,我被人抢救出。20世纪90年代起,我去过安庆多次,都是与黄梅戏观摩研讨、潜山县纪念通俗小说大家张恨水有关。新千年之初,回安徽,至少有三次,都与鲁彦周有关。

2000年11月,彦周策划举办了迎驾文学笔会,邀请了来自北京等全国各地的作家二十余人,从合肥出发,至皖西六安市、霍山县至潜山县、九华山,再登黄山,在黄山分手,在黄山与会人员畅谈"21世纪中国文学走向"。

2002年11月,应邀去合肥参加"《鲁彦周文集》首发式暨鲁彦周作品研讨会"。鲁彦周是新中国成长、成熟起来的全国代表性作家之一。此次会议安徽省看重,中国作协也重视,金炳华、王蒙、邓友梅、从维熙等都出席了。我在会上发言时说,《文集》的出版不是鲁彦周创作的结束,而是老鲁新的攀登的起始。鲁彦周是位潜力很大的作家,确实,我是这么想的,对这辈作家我都充满着诚挚的期望。

2003年4月初,我和邓友梅、邵燕祥从北京去安徽参加省文联、省国营敬亭山茶场举办的首届"敬亭绿雪笔会"。敬亭山坐落在皖南宣城,是座名山,李白等大诗人有诗吟诵过它。敬亭山盛产历史文化名茶"敬亭绿雪",是安徽三大历史名茶之一。这次笔会主要是研讨茶文化。同行的小说家王火,虽在成都,但他是安徽的女婿,小说家何南丁、青年文艺理论家何向阳父女都是安徽人,他俩长期在河南。

2001年我为安徽《新安晚报》开设了《乡情走笔》专栏,栏名是请沈鹏写的,一周一篇,持续了大半年。我想,今后回家乡的机会会更多,乡情如缕,安徽值得写的人文山川和改革开放以来的新鲜事物实在太多,《乡情走笔》会继续下去。

2003年

沪上采撷小记

今年 6 月,江苏省南通市人民政府和上海文汇报社举办了"中国文化名人·南通旅游笔会",我和作家冯骥才、诗人吉狄马加应邀出席。我们原定从北京直飞南通,临行时,骥才突然改变主意:咱俩先飞上海吧!

我知道骥才的心思,他是个善于调动记忆的人。1986 年,我们曾结伴去上海看望巴金。巴老住医院数月刚回到家中。下午,李小林陪我们同巴老聊了两个多小时。我们听巴老谈《随想录》写作,谈现代文学馆的筹建,谈对一些中青年作家作品的看法。黄昏时,我们又陪巴老在自家庭院里散步,巴老腿脚有点不方便,骥才一再提醒巴老:走慢点,别踩空了。第二天上午,骥才另有约会,我去看望柯灵。柯灵老兴致勃勃地同我谈起他构思已久的一部反映上海百年历史的长篇小说,他说,看了大量资料,特别是清末有关上海的报章图书,现在素材积累得差不多了,已开笔,他有点犹豫地说:"年岁大了,精力有限,何时能脱稿还很难说",但他满怀自信地说,"这个题材是十分重要的,文学能反映上海这个东方大都市百年来的风雨巨变,是我们作家,特别是长期生活在上海的作家的一种义务,一种责任。"晚上我和骥才谈起今天各自的活动,他埋怨我为何不约他一起去看柯灵老,他说,像巴老、柯灵老这样的大家,平日我们更多的是读他们的作品,有机会接触他们,当面谛听他们的谈话,就是一种难得的受益机会。

我不是上海人，但我的家乡安徽当涂离上海不远。自打懂事起，乡人会指着滚滚东去的长江告诉我，坐船往下走，一夜就能到上海。去趟上海，是我自幼活在心底的一种向往。我国改革开放以来，由于工作关系，我曾多次去上海。从北京直航，两个小时就抵达虹桥机场。但几乎每次去都很匆忙，一两天，两三天办完事就返回了。同样由于工作的性质，每次到上海，拜望的，见到的，也都属于文艺界、新闻界的前辈、同辈和晚辈。我爱吃上海的三黄鸡，鲜嫩可口，临别的深夜，友人经常请我在一个小店里，半只三黄鸡，两瓶啤酒，见我那副贪婪的吃相，友人开玩笑地说："这还不是真正的小绍兴的三黄鸡，否则你吃而忘返，明天你都不想走了。"我有过一次在上海非公务的停留，至今难忘。

1977年，阿英先生在京去世。香港三联书店约我编选《阿英文集》。阿英是文艺界老人，20世纪三四十年代一直生活在上海。他以多种笔名在上海报刊上发表作品。为了尽可能齐全地查找到这些作品，我只好来到上海，经朋友帮忙，我在徐家汇藏书楼的旧期刊阅览室里安安静静地度过了整整一个星期。去藏书楼之前一个晚上，我去看望了于伶老。于伶和阿英是老友，尤其在"孤岛"时期过往甚密。他告诉我阿英当年经常发表文章的几家报刊，和常使用的几个笔名。他还谈道，由于战事的原因，许多作家当年写的一些文章，共和国成立后很少结集出版，而不少当事人已先后辞世，他们用过的一些笔名，也少有人能弄清楚。这不能不给研究者带来一些困难。他认为，收集整理资料趁一些老人还在，记下他们的回忆口述，是现代文学史研究的当务之急。经他的提示，我的查找工作就方便捷径多了。我借居在一位父辈的朋友家里。早起散步五分钟，就到目的地了，有时提前到了，还没开馆。中午在附近的小饭铺吃碗面充饥。傍晚回到九层楼上一间不足九平方米的屋子里，主人好客地招待一番，菜肴不算多，但新鲜爽口，酒是顶好的洋货。每天最轻松的时候，就是饭后持续几小时的听音乐。

主人是个老文化人，我给他讲些白天翻阅报纸所知的"孤岛"时期一些文化新闻，他听着，不时加以补充渲染，这样常常到下半夜。我在翻阅旧报刊时常发现许多我熟悉的老作家的文字。有次读到李健吾先生用刘西渭笔名写的谈巴金小说《家》改编成剧本的短文，非常喜欢，估计作者未必保存有，特意复印了一份。回北京后，交给同在一个杂志社工作的李健吾先生的女儿，请她带给她父亲。想不到第二天，李维永笑嘻嘻地告诉我，她爸爸高兴得很。不久，她又交来李先生给我的一封短笺，他在信的右上角特意加了几句。"这篇文章，似乎是复制出来的。你从什么报纸复制出来，还有，在什么地方复制的，请赶紧告诉我。"

看了他的信，我不禁自责起来。由于我当时的疏忽，没有复印全，又没有注明出处，使李先生如此着急。下班时我去东城干面胡同看他，才知道他正在为一家出版社编纂一部戏剧评论集，想把这篇文章补进去。从言谈中知道他颇得意此文，多年苦于没有保存而又忘记了发表的报刊，无法寻觅。他听了我的说明，又宽慰我："多亏你找到了线索，我会托上海友人查找出来的。"

我有"淘书"的喜好，平日有暇常去北京中国书店逛逛，到上海"淘"点旧书，一直是我的一个心愿。1982年，有次吴强同志请我在上海城隍庙吃小吃，饭后在旧货摊上，意外地购得一本叶圣陶的《倪焕之》。这部长篇小说由上海开明书店1929年8月初版，次年4月再版。我所得的是再版本。我将它送给叶圣老保存，叶圣老说他不收存自己著作的版本，当即在书的卷首写了几句话，因钢笔墨水过浓，他又用纸另写了一遍，贴在扉页上将书送还给我。他写道："泰昌同志喜访旧书肆，时得人家散出之新文学著作，今晨以此册相示，余久已不存初版及第二版，计之亦五十余年旧物矣，题而归之。一九八二年七月十七日叶圣陶。"

那天我随身还带去了新近购得的俞平伯的《读词偶得》，是1947年的修订初版，叶圣老看着说："这本书与我有点关系，是我们开明出的。这个修订本比之 1934 年初版本作者删略了许多。"他叫我送给俞先生看看，他说估计俞先生也没有保存这个本子。

2004 年 9 月 19 日

可敬可亲陆文夫

7月9日，我从崇明开完会后回到上海市区，中午上海文艺出版社几位朋友请吃午餐，席间谈起陆文夫。文夫从去年起就住院，前一阵中国作协党组书记金炳华专程从北京去苏州市第二人民医院看望他，后来听说他的病情稳定了些。老陆从2001年之后，由于多年的肺气肿病缠绕，精力每况愈下。2003年，鲁彦周策划在安徽宣城举办首届"敬亭绿雪笔会"，大家都盼望老陆去，彦周亲自电话邀请，先说来，临时又说不来了。事后，我曾和他通过电话，他说，本来是想去会会老朋友，但体力实在不支，手头还有许多事得抓紧去做。傍晚我飞回北京，到家就接到苏州《姑溪晚报》凡晓旺手机告知，老陆今晨走了。陆文夫今年刚七十七岁，圈子里的人习惯叫他"老陆"。我同他相识近三十年，时有联系。他的小说重人物塑造、情节营造、细节刻画，极富地方特色和个人风格，我爱读。而在日常生活中，他的情趣、平实、睿智，使我更爱与他交往。

美食家的《美食家》

陆文夫从20世纪50年代初开始写作，1956年发表的短篇小说《小巷深处》一举成名，茅盾曾著文称赞过。"文革"结束以后，他笔力勤快，中短篇小说不断问世。20 世纪 80 年代,中国作协曾举办过四届中篇小说评奖活动,从第二届起,评委会主任是巴金。陆文夫的《美食家》荣获第三届全国优秀中篇小说奖。

《美食家》1983 年发表前后,由于工作关系,他同我谈起过这篇小说的创作初衷。陆文夫曾在给我的一封信中说:"研究人是我今后的主要任务。"他又曾公开说过,他正在探索小说多主题的统一。我想,《美食家》也许正是他这种小说主张的一种尝试和实践。

《美食家》着力描写了两个人物:"美食家"朱自冶和作为"我"的高小庭。作者的本意主要体现在哪一位身上?当时有些评介文章认为是朱自冶,因作者的笔墨花在他身上的更多,我有点不同的想法,当时我正在为《文艺报》写推荐《美食家》的短评,我写信给老陆,想听听他的意见。他在复信中说:"一般人以为美食家是小说中的主要人物,这是上了作家'迷魂阵'的当。'我',才是主要人物。"即使像高小庭这样虔诚的革命者,为党勤恳地工作,作者在讴歌他的同时,对他的"左"和平均主义思想则用幽默和反讽的笔触进行了历史的剖析。陆文夫对自己创作要求严,作品出手后,不太在意别人的评价,但我看得出他对《美食家》却是较为满意的。上海电影制片厂将小说改编拍成了电影,他曾写信介绍该片导演来看我,希望我能在该片公映前解馋。他在信中说:

> 泰昌:《美食家》由上海电影厂拍摄完成,我已看过,不错,请你及有关同志们看看,可以解馋。
>
> 祝好
>
> 陆文夫 11 月 17 日

《美食家》问世后,陆文夫在他居住了大半辈子的苏州城十全街上开了个酒楼,名为"老苏州茶酒楼"。此后,我数次去苏州,他都在这里请我。从外地去的一些文友他也屡屡如此款待。文坛由此将老陆的名字与"美食家"也拴在一起了。

被逼出的随笔佳篇

1987年,文艺报社、江苏省作协和盐城市人民政府在盐城举办了"丹顶鹤散文节"。有天晚上在大凤县,大雨滂沱,与会人员都在房间里,或休息或聊天。我去看老陆,他头一句话就对我说,今天有记者采访时问他,你是小说家,怎么也来参加散文家的会?他说:"也许是我写了几个中短篇小说有点影响,其实我也写散文、随笔,而且数量并不少。"老陆说得不错,上海文艺出版社今年4月出版了他的散文自选集《深巷里的琵琶声》,就收了他"文革"结束后写的散文百篇。进而老陆谈这实际上反映了人们对小说与散文这两个文体难分关系的不清晰的认识。他说:"我不主张有人把散文和小说决然分开,把写小说的人称为小说家,把写散文的人称为散文家。其实,这两种文体不大好分。作家们也不要上当受骗,不要把自己囿在一个圈子里。"他强调地说,在有些国家,小说和散文是一个词儿,散文是相对于韵文和戏剧而言的,即除诗歌和戏剧外,其余的文体都叫散文。老陆对散文的理解是较为宽泛的,但散文创作的内容和写法是很多样的。我问他喜欢写哪一类型的散文,他回答得很干脆:"我只知道用一种较小的篇幅来叙述一些人与事,并抒发一点情怀。"在写法和形式上,我主张兴之所至,性之所至,当然,那也不是随便写写的,他认为好的散文,必须具备两点:一是有真情实感,情要真,感要实;二是要有文采,用词要讲究,要优美,要有灵气,要才华横溢。他开玩笑地说,现在有人将散文统统算作随笔,这种理解也狭窄了一些,但也并非毫无道理。他提起他的随笔《快乐的死亡》,他指着我说:"这篇东西是被你逼出来的。"我想起了当时逼他的情景。1985年,中国作协在南京举办全国中短篇小说、诗歌、报告文学等优秀作品颁奖大会。老陆出席了这个会,他是中国作协副主席,既是会议领导,又是中篇小说《美食家》的获奖者,会议期间找他的人多。《文艺报》当时正准备从期刊改为周报,先出试刊号。试刊号已约到巴金的言论《少发空言,多做实事》,来时编辑部叮牢我一定请老陆在试刊号上写篇随笔,将稿子拿到带回来。我一直在寻找合适的机会,快速完成这个任务。在会议结束的当天中午,我和老陆坐在一起就餐,彼此喝点啤酒,我陪他回卧室。坐下我就开口了,我说下午自由活动,我想上街逛逛,你是老江苏,别逛了,帮我们一个忙,为我们赶一篇,哪怕几百字。他默而不语地笑,而后说:"原来你还带来了任务。"我逼他:"你是作协领导,不能眼看自家的报纸试刊号不能及时出版!"他说:"有那么严重?能写的人很多,不过最近我倒是有点感触,关于作家活法的。"老陆晚饭聚餐后即回苏州,我次日上午回北京,他只有午睡后至晚饭前这段时间。我出来时,他叫我将房门上贴的他的名字撕掉,怕有人未约敲门找他,我心里想,看来有希望几个小时后能拿到稿子。晚饭时,我去宴会厅,恰巧他也缓缓走来,他悄悄地从口袋里取出一个信封递给我,我转身去卫生间急忙将信取出,原来是一篇千余字的随感原稿,题目是《快乐的死亡》。晚饭时,我向他敬酒致谢,他端着酒杯说:"我平日写小说不快,写随笔也由着性子,被你这样逼出来的还是头一次,但愿下不为例。"

这篇随笔写了作家有三种死法:"一曰自然地死,二曰痛苦地死,三曰快乐地死。

"自然地死属于心脏停止跳动,是一种普遍的死亡形式,没有特色,可以略而不议。快乐地死和痛苦地死不属于心脏停止跳动,是人还活着,作品已经,或几乎是没有了!……

"快乐地死亡却很快乐,不仅他自己感到快乐,别人看来也很快乐。昨天看见他在大会上做报告,下面掌声如雷;今天又看见他参加宴会,为这为那地频频举杯。昨天听见他在高朋中大发议论,语惊四座,今天又听见他在那些开不完的座谈会上重复昨天的意见。昨天看见他在北京的街头,今天又看见他飞到了广州……只是看不到或很少看到他的作品发表在哪里。

"我不害怕自然地死,因为害怕也没用,人人不可避免。我也不太害怕痛苦地死,因为那时代已经过去。我最害怕的就是那快乐地死,毫无痛苦,十分热闹,甚至还有点轰轰烈烈。自己很难控制,即很难控制在一定的范围之内。"

《快乐的死亡》在《文艺报》1985 年 4 月 20 日试刊号上刊出后,反响颇大,多家报纸转载。1986 年,作家出版社约我编《十年散文选》,我拟选老陆的这篇随笔,我打电话征询他的意见,他说:"正合我意。"

"喝酒也有喝法"

1986 年 3 月,全国人大和全国政协在京开会期间,出席会议的陆文夫提出休会日时要我约上同在会上的唐达成、陈登科和叶至善到我家里喝顿酒。他们的酒量我是领略过的。他说简单准备几个菜就行了,主要是喝酒、聊天。那天从中午一直喝到傍晚,我们五个人喝了两瓶茅台。那个年月,假酒还不时兴,何况我这两瓶来路正道,是我替李一氓同志辑录《一氓题跋》后他送我的,一氓老是中央的老同志,又是四川人。老陆仔细地看了酒瓶上的标签,说:"这酒还有些年份。"老陆和至善喝得比登科并不少,但他俩喝得从容,不似登科豪爽,举杯就干。席间,老陆向他们说起我在苏州喝酒出的一次洋相。

1983 年,百花文艺出版社约我编选《百花青年小文库》,收十位当代作家的作品,其中有老陆的一本短篇小说集。这期间,我正好去上海,老陆约我到苏州仔细谈谈。他说,上午来,中午请你喝酒,下午你就返回。近中午我到苏州,他和他的小女婿将我从车站直接拉到一家老字号饭店。我问他是不是《美食家》里写的那家,他摇摇头:"那是小说,不过我同这家饭店很熟,常来。"一进饭店,我就明显感到他同他们的熟。我们三人的座位,凉菜早已准备好,老陆点了几道特色菜。他说,今天喝黄酒,问我是喜欢喝本地出的甜一点的,还是绍兴加饭,我说就喝绍兴的吧!平日我常喝啤酒,但今天同"美食家"在一起喝,一切随主人安排。我喝酒也痛快,端起一小盅一饮而尽。老陆怕我不尽兴,替我换了喝啤酒的大玻璃杯,我也像喝啤酒那样大口大口地喝,其中有道烩鸭掌的菜,我特爱吃,吃了一盘又加了一盘。就这样一直喝到近三点,他们又送我到车站,赶四点回上海的火车。刚上车头有点晕,但还清醒。突然不知不觉我就睡着了。我醒来时,已坐在上海北站月台上。《解放日报》吴芝麟约好在出站口接我,车早已到,但我迟迟未出来,他急着买了站台票进来找我,才发现我如此狼藉。原来约好晚上去一位老同志家,这个醉相只好回住处继续睡。后来老陆听上海的友人说起我这次喝酒出洋相的事,他有次在电话里同我说:"你酒量还可以,但你喝黄酒的喝法不对,黄酒比啤酒后劲大,醉了难醒。"他提醒我:"喝酒也有喝法,不同的酒有不同的喝法,那天其实我喝得并不比你少,但我是慢慢来,你是一下来,让你留个深刻的记忆也好!"

老陆兴致勃勃谈起喝酒。他说,适当喝点酒活动活动经脉,对身体有点好处,但不能乱喝,更不能酗酒,醉了容易伤身体、误事。他说与家人和朋友喝点酒能创造和调节温馨的氛围,这也是中国人的一个传统。老陆是很重视情谊的,他在给我的一封信中说:

> 泰昌:8月8日由云南归来,突然进入高温,生了一点小病,休息了几天,近日天凉好过秋,想做一点事体。家中添丁,小女儿生了个女孩。大女儿陆绮已由北京归来,10月份也要生孩子,子孙满堂,热闹非凡。我的书房兼卧室已经改作托儿所,天伦之乐也得享受……
>
> 陆文夫 8月15日

老陆幽默地说,一个国家是由无数个家庭组成的,亿万个家庭的安居,直接关乎社会的祥和、安定。酒在这方面能起点什么作用,似可研究研究。

2005年7月17日

认真的叶至善大哥

刚从上海出席中国作协召开的一个会回到北京,小沫电话告诉我,她的父亲叶至善走了!一位当代著名的出版家、编辑家、作家走了,一位我敬重的大哥走了。北京一家媒体电话采访我,只要我就至善先生说一句话,我不假思索地说,他像父亲叶圣陶老人一样,凡事都很认真。冰心老人怀念叶老时曾说过这样的话,他是我熟悉的老作家中最认真的一位。谁都知道,父母对子女影响大,但也未必。至善做人处世之认真我觉得是从他父亲那里血脉相承下来的。

我认识至善不算早,有三十年吧!与他的交往也不算太多,但他给我留下的认真精神,却是丰富深刻的,我从他身上学到了不少很该学习的东西。因为我与至善从事着同一类型的工作,所以每次与他交谈,都免不了这方面的话题。20世纪70年代初,有次我和与他同在一个出版社的两位同志去看他,他谈起,做编辑,做一个好编辑的不易,他说:"做编辑要有眼光,要看准,对一部有基础的作品,编辑要协助作者去写好。"他举例,有位作家在他们社出了两本书,编辑就花了很大的力气帮作者修改。次日上午,我突然收到了他送来的一封短信,告诉我昨天谈话中他将提起的那位作者和另外一位同姓的作者弄混了,特此"更正"。他在信中说:"两位同志都姓崔,我把他们搞混了。因而连忙写信,向您更正。昨天听到咱们谈话的,有张葆莘等两位同志。

我立刻去社里跟他们说明,以挽回影响。"这件小事使我联想起有次我听叶圣陶老人谈文坛新发生的一些事,我前脚回办公室,就收到他派人送来的一封信,告我刚刚他谈的有个情况,人名记错了,叫我别再外传。叶圣陶创作的样式很多,既写小说,又写童话,又写诗和散文。从成果来看,散文该是他数量最多,使用最久,也最自如的样式。中晚期他不时发表的新作,除了诗词以外,几乎全是散文。叶老在现代散文发展史上影响极大。他的散文作品受到几代读者的喜爱。有些被作为范文选进了中学教科书。叶老的散文好是好精是精,但是他出版的散文集子却不多。他先和俞平伯出了本散文合集《剑鞘》,之后有不纯粹是散文的《脚步集》,又有《未厌居习作》和《西川集》两本薄薄的散文集。解放后,仅仅出了一本《小记十篇》和《日记三钞》。其实叶老的散文成集的虽少,发表的并不少,而且很多。20世纪80年代初,由叶至善牵头,和弟叶至诚为父亲编选散文甲集,花了很大功夫,尽可能把叶老解放前发表的散文作品找齐。收集到的叶老解放前用各种笔名发表的散文有50多万字,经过编者和叶老自己的筛选,这本甲集收了将近40万字。其中150多篇均系初次入集。对于我这样年岁的读者来说,绝大部分是第一次读到的;对于年长的读者,其中有些也许在发表的时候读过,但也未必知道或者记住这是叶老的作品。因此,我读这本散文甲集的第一"所得",也可以说最大收益,就是读到了迄今为止最齐全的一部叶老解放前的散文集。这本散文集之所以显得珍贵,还在于其中有些篇章是极不容易收集到的。例如,叶老写弘一法师的文章,一般人只知道《两法师》名篇,却未必知道叶老还有其他写弘一法师的文章。其中《谈弘一法师临终偈语》一篇,阐述了弘一法师的生死观,由于发表在宗教界的杂志《觉有情》上,没有被多数人留意,这次也收进了甲集。编者和作者将文章最初发表时排印的讹误一一校改过来。至善最后几年,体力、精力明显不济,但他坚持要为父亲写部传记,30万言的大著由一位80开外的人亲自一句一句、一段一段地写,可想他的劳累。本来在他的家人中,就不乏写手,特别是侄儿叶兆言。但他认为他们各人都有自己的事要做,而父亲过去的一些事,他较清楚,怕"传"留给社会,留给历史,有不够真实、不够确切之处,决心由他一人来完成。从2002年准备开笔,至2004年脱稿。这就是至善的封笔之作《父亲长长的一生》。至善在写作过程中,如实对待书中所述的每个情节和细节。有次我去看他,他还向我核实、印证了一些情况、细节。当时他说一会话,乏了回卧室休息一会,回来再同我谈。他说:"写完了这部书我就轻松了,可以轻松地走了。"书脱稿后不久他就住院了,在神志清醒时,他还交代家人书出来后要送给哪些友人。

  人的一生可长可短,但像至善么认真地一步一步地走完八十八个春秋,却是我终生难忘的。

2006年3月17日

圣火，也在这里传递

我在北京的住处，离奥运村有相当的距离，附近没有奥运场馆，也不是北京奥运圣火传递途经之地，是城区一处幽静的所在。自 8 月以来，这里的居民迎奥运燃起的激情之火，却随时随地可触摸可感受。

我习惯傍晚在西坝河一带绿荫道上散步，芳泽岩每日必去。芳泽岩是以水为题的一个景观，用 253 块山石堆砌而成，山石瀑布，绚丽多姿，这个景点是北京 2001 年申办奥运成功后于次年修建起的。这里既是景点，又是老人儿童的乐园。平日傍晚这里聚集着大批普通百姓，或单人，或结伴，在悠闲地养生运动。

随着 8 月 8 日北京奥运会开幕的日益临近，这里会集的人群，结合方式有了明显变化，一簇簇、一团团的老人小孩，不是坐着，而是站着，不是宁静，而是喧闹。8 月 5 日，北京奥运会开幕式第二次彩排日，我也挤进了这个热闹。来的人有我们小区的，也有周围小区的，有些见过，有些没见过，大家相聚在一起，都像熟人似的热情寒暄，话题都落在奥运上。有的担心姚明的脚伤会不会影响中国男篮的成绩，有的说别给刘翔太大压力。有位住在我们小区的老外，他不是志愿者，却在教大家几句简单的英语。有位退休的体育工作者给大家详细介绍奥运在北京、上海等地比赛的具体日程，并自费印了多份日程表分送大家。有位企业家，下午刚从成都回来，就生动描绘成都人民上午传递奥运圣火的热烈壮观的情景,他激动地说:"中国人民抗灾、重建家园的精神与举国上下迎奥运的精神是一致的,这就是中国人的伟大精神。"

我们小区的电工则在逐一询问各人家里的电视机有没有毛病,是否清晰,他表示乐意免费上门服务。北京虽是本届夏季奥运会的主办城市,但能参加开幕式、闭幕式和观看各场赛事的人毕竟是极少数。据说,北京居民98%的人选择在家看开幕式,可见准备好电视机是多么重要。我家里的电视机屏幕不时有点模糊,特别是中央台体育频道,我请这位电工师傅抽空帮我调试一下。晚上我刚回家,他跟着就来了,他说天线有点小问题,看看可以,若要看得清晰,不妨换根新的天线。第二天下午他又来替我换上了新买的天线,果然较前清晰,他乐呵呵地说,这就好了。我明白他想要说的意思,让中国人自己看清自己,让世界人民看清中国人。

2008 年 8 月 9 日

"的哥"的微笑

柳芳北街西口是京城喧闹中一个难得的僻静处,面积很小,道路两旁的绿荫像把巨伞覆盖着它。附近的居民常在这里散步休闲,忙碌的"的哥"们也爱选择在这里歇一会,停车既方便,又有整洁宽敞的公厕。更让"的哥"们感兴趣的是,街面几家店主在绿荫下安放了几张象棋桌,免费供"的哥"们厮杀、观战。

残奥会开幕式当天下午,我正在观看"的哥"们拼杀。三位来京的外地游客向我打听去火车站南站怎么走,他们要乘京津快捷列车去天津。南站是不久前才开通的,我不清楚,只好介绍给也在观战的两位"的哥"。"的哥"微笑着问他们想怎么走,抢不抢钟点。一位"的哥"说,乘地铁;公交车也方便,转几道,时间长些。另一位说,要抢钟点,打"的"快些,但花钱多点。另一位抢着补充说,打"的"若不赶,走城里,比绕三环少花几块钱。一位年长的游客拿出一个本子,请"的哥"帮他们详细标明乘地铁、公交车的线路和转换车的站名。游人告谢后沿着"的哥"提示的方位,向地铁 13 号线柳芳站走去。望着游人渐渐远去的背影,一位"的哥"微笑着高声嚷:进地铁站,先看清方向牌,别坐反了。京城"的哥"们这种热情待客、实话实说的精神风采给人触动,望着他们憨厚的脸上浮现的微笑,我内心也微笑了。

2008 年 9 月 11 日

将书读活

当下想读或爱读书的人众多。读书活动已成为群众性的社会文化活动中一项重要内容。然而要成为一个真正会读书的人并非易事。读者直接面对的不是书的作者,而是作者以书面形式(主要是语言文字)发出的信号,也就是作者称为"作品"、读者视为"读物"的东西,"读物"充当着读者和作者之间交流、沟通的媒介。郭沫若说:"人是活的,书是死的。活人读死书,可以把书读活;死书读活人,可以把人读死。"郭老的这几句话,道出了读书活动的这个特点。读书,就是人要将死书读活,读者与活书做朋友,交流对话,从中了解作者所描写、记载的事件和意义,体验作者所传递的思想和感情……进而使自己增长智慧、知识,增添快乐和力量,收"开卷有益"之效。

许多前辈早悟到了读书的这种奥秘,一再以各种表述提醒读者。茅盾说:"读死书是没有用的,要怎样用眼睛去观察,用脑子去思想才行。"歌德说:"经验丰富的人读书用两只眼睛,一只眼睛看到纸面上的话,另一只眼睛看到纸的背面。"而高尔基则说得更具体、形象:"每一本书都是一个用黑字印在白纸上的灵魂,只要我的眼睛、我的理智接触了它,它就活起来了。"

在阅读过程中,读者的思维活动和情感意向交织运行,是将死书读活的关键所在,只有用思想、情感去感知、去理解、去思考,死书才能成为读书人眼中、心中的活人,一位可以与之倾心交谈的忠实朋友。

阅读是极具个性的创造性的实践过程。作者和读者均是独特的"这一个",作者通过书面发出交流信号,读者接收了信号后,经过思考、领悟,其所得可能吻合或基本吻合作者原意,也可能不吻合或基本不吻合作者的原意,有所增补,甚或读者会有超出作者所预想的发现和联想。读者寻找作者的空间自由度是很大的。有修养、有经验的读书人,阅读不同种类的书籍,比一般读者会有更多的收获。文学作品许多人爱读,优秀的文学作品,比之学术等著作留给读者阅读的想象、联想、创造的空间更大。"说什么'欲穷千里目,更上一层楼'!我们连脚底下地球的那一面都看得见,而且顷刻可到。尽管古人把书说成'浩如烟海',书的世界却真正的'天涯若比邻',这话绝不是唯心的比拟。世界再大也没有阻隔,佛说'三千大千世界',可算大极了;书的境地呢,'现在界'还加上'过去界',也带上'未来界',实在是包罗万象,贯通三界。而我们却可以足不出户,在这里随意阅历,随时拜师求教。谁说读书人目光短浅,不通人情,不关心世界呢!这里可得到丰富的经历,可认识各时各地、多种多样的人,经常在这里'串门儿',至少也可以脱去几分愚昧,多长几个心眼儿吧?"——著名作家杨绛如是谈论自己的读书。

生命有限,知识无涯。目前图书出版事业空前发达,中外古今旧书新著浩繁,人的生活节奏加快,社会交际活动俱增,即便是一个迷恋读书的人,可以用来读书的时间也很有限,面对这种状况,读书人要学会更用心地去挑选对自己身心有益、适用的好书来读。世界各国都有悠久的读书传统,前人积累了丰富的读书经验,先贤哲人们介绍了自己的种种读书方法,推荐列举过数不胜数的好书篇目。凡此,对我们今天的读书人都有宝贵的借鉴意义。达·芬奇说:"在经验的指导下读书,价值要大得多,因为经验是他们老师的导师。"好书,经几代检验、岁月淘汰后数量还是繁多,一个人一辈子是读不完的。著名学者季羡林说他平生唯一的嗜好就是读书,而像他这样的饱学之士也坦承,在他家藏的大量图书中"我只看过极少极少的一部分"。读书,读者与书的作者在相互自由地寻求和选择。在博览泛读好书的基础上,再花功夫精读少量。各人有自己的读书需求和志趣意向,对好书的精选,也难免会多有差异。北大教授朱光潜和宗白华,是公认的两位学贯中西的美学大师,他们爱读西方古典哲学、美学经典名著,但偏重的对象却大不一样:朱光潜爱读柏拉图的《文艺对话集》、克罗齐的《美学原理》、黑格尔的《美学》、莱辛的《拉奥孔》、维柯的《新科学》,并翻译成中文出版;而宗白华则爱读叔本华、康德、尼采和歌德的著作,翻译出版了康德的名著《判断力批判》(上)。

"读书乐",是长久流传的一句佳话。"乐"从何来?读书本是花时间、伤脑子的苦事,而从书中获取的多方面充实感,则是苦事成乐事的根由。培根说:"阅读使人充实。"只有会读书的人,将书读活的人,才能尽情享受这无穷无尽的读书之乐。

2009 年 6 月 3 日

曾向冰心贺寿

10月5日,是冰心的生日,每年这个日子都有许多冰心的亲友、同事和读者,前来向老人贺寿,从上午到下午,来人络绎不绝。

20世纪70年代末起,每年冰心生日我都会去看她,多在10月5日那天,也有稍前或稍后的时候。北方人习惯,过生日有"庆九不庆十"的讲究,也就是说,过虚岁。但对年过古稀的老人来说,也就不那么讲究了,不管是"九"是"十",只要10月5日,人们都会去向冰心老人祝寿,年年都庆。

一

冰心本人对过生日看得很淡。1992年巴金计划到杭州西湖边上去休息一些日子,约冰心同去,时间在9月底10月上旬,时逢国庆和中秋佳节,正是桂花盛开的日子。冰心很动心,说这下子可以躲过生日了。巴金告诉了杭州方面。对方马上派人进京,准备陪往。大夫坚决不同意,只好作罢。

我记忆里鲜活地保存了几次向冰心贺寿的情景,至今还那么清晰。

冰心从小爱花,爱鲜花,爱各种鲜花。冰心的生活与花分不开,她的生日更是在鲜花丛中度过。起初冰心过生日我送她的花,只注意到了鲜花,后才读了她的《我和玫瑰花》,又经友人提醒,才更明确知道冰心特别喜爱带刺的玫瑰花，"因为她有坚硬的刺，浓艳淡香都掩不住她独特的风骨"！此后老人过生日时我都设法向她献上一束玫瑰花。那个年月，京城已有多家花店，买花并不难，可买玫瑰花并不太容易。

1989年，人们按照"庆九不庆十"的习惯，在积极准备隆重庆贺世纪同龄人冰心老人九十大寿。远在上海的巴金提前委托我代送给冰心大姐一个由90朵玫瑰花组成的花篮。能为巴老办这件事，我极为高兴，认真地去做好，让巴老放心，让冰心老人高兴。自从我的散文《她钟爱带刺的玫瑰花》在《北京晚报》发表后，我直接收到的或由《北京晚报》转来的京城多家花店的信函，都表示以后若有向冰心送玫瑰花的需要，他们非常乐意提供。我选中了护国寺花店，事先联系好，10月5日上午8时半去取。花店一再说这些玫瑰是清晨大兴一家花圃送来的，非常鲜艳。临行时，花店的女主人恳切地托我代她送冰心老人一束玫瑰，她说："我也是冰心老人作品的小读者，敬祝她老人家长命百岁。"

冰心看我们抬着一个大花篮前来祝贺，她先愣了一下，还没来得及看花篮上系着的佩带，她就笑着说："准是老巴托你送来的吧，他了解我的心意，我高兴，他就高兴。"老人不知从哪里知道，我几年前那篇写她爱玫瑰花的散文，原是北京一家大报的约稿，付印时临时被"把关者"抽下了。《北京晚报》编辑李辉知道此事后，将文章拿去，在"五色土"副刊头条全文发表了。冰心说，有人怕玫瑰花上带的刺。她开玩笑地说："玫瑰花上有刺，不是我谢冰心强加的，玫瑰在西方很早也被叫作'刺花'。我喜欢它，看了高兴；有人不喜欢，不高兴，这没有什么。现实生活中有点不同声音是好事。"

巴金在给冰心大姐送了大花篮的同时，还从上海写来了诚挚的贺信，信中说："九十岁！您并不老！您的文章还打动千万读者的心。最近我常常想，您好像一盏明亮的灯，看见灯光，我们就心安了……"

冰心看后，兴奋地说："巴金最知道我的心思，我最喜欢红玫瑰，不但颜色好看，有风姿、风度，而且带刺，有风格、风骨。"

二

冰心八十七岁生日时,《散文世界》编辑部九人于 10 月 4 日下午提前去向冰心老人贺寿,借这个机会向老人征求办刊的意见。

《散文世界》是份月刊,1986 年在京创刊,主办单位是中国散文学会。1987 年起由中华文学基金会和中国散文学会共同主办,作家出版社出版。后由中华文学基金会主办,1989 年底终刊。冰心和吴组缃前辈始终是刊物的顾问。冰心是中国散文学会名誉会长,吴组缃是会长。

《散文世界》主编袁鹰、唐达成早就想和编辑部同人一起去看望冰心老人。他们叫我先去预约好一段时间。冰心很高兴,想和大家好好聊聊。

下午三时半,袁鹰、唐达成带领我们到了冰心家。老人先在书房里,我们鱼贯进去祝寿问好后,老人说你们这么多人坐不下,还是到客厅里去好。我们坐定后,老人扶着助步器来到客厅。达成先代表大家向老人祝寿,达成称老太太"冰心同志",冰心指着达成说:"达成同志,谢谢党对我的信任。"冰心的风趣引起在场的人一片大笑。老人谈兴很浓,主要谈她对散文创作的一些看法,她期望散文要讲真话,写真情,别搞假大空,她说自己过去也写过假大空的东西,是个教训。她希望文章写短些,她说:"短点好,短的别人爱读,有人说我护短,其实我并不主张都短,该长的就长,重要是看有无真切的内容。"她说,她正考虑写一组短散文,也是受了巴金《随想录》的启发,如果决定了写,就给你们。1989 年 1 月起冰心为《散文世界》开设了《想到就写》专栏,深受读者的欢迎。冰心在这个专栏里,陆续发表了《痴人说梦》《一颗没人肯刻的图章》《埋在记忆最底层的一本书》《施者比受者更为有福》《无士则如何》《谢家墙上的对联》等。《散文世界》1989 年第 6 期"编前小语"中说:"冰心老人为我们开辟的《想到就写》专栏,已连续刊载好几期,引起海内外读者的注意,我们不愿老人为我们按时赶稿影响健康,但又不愿意缺一期没有她那精粹的短文,怎么办呢?亲爱的读者!"

老太太突然问起,我的《绿的歌》《霞》发表的那个刊物,和你们有关系吧,我记不清了,有人编我的年谱,提到这两篇散文时,只注明我文末标明的写作日期,没有说明发表在哪里,估计他们也没找到。在《散文世界》袁鹰、唐达成出任主编前,有一份以书号名义出版的《万叶散文丛刊》,丛刊只署了编委会,但没有标明编委会成员名单,实际上主要负责人是姜德明。德明时任《人民日报》副刊主编,他拉了袁鹰和我,好像还有香港的曾敏之,编务工作由《人民日报》副刊老编辑刘梦岚负责。《万叶散文丛刊》只出了三期,1983 年 6 月出了《绿》,首篇就是冰心的《绿的歌》,由文化艺术出版社出版;第二本《丹》,1985 年由天津百花文艺出版社出版,此辑中有巴金、夏衍、季羡林、孙犁等名家之文;《霞》1986 年 9 月由人民日报出版社出版,这期首篇也是冰心的《霞》,四年总共出了三期,后因出版经费问题,加之《散文世界》创办,这份丛刊就停办了。人员几乎全部转到《散文世界》,今天都来看冰心了。冰心说,这几本有许多老人支持,还发表过不少有文字意味和史料价值的作家书信。

三

冰心和我们闲聊了一个多小时,五点我们告别时,老人请大家喝葡萄酒,还主动提出合影留念。

冰心老人那天的谈话中一个话题,我们感到很意外,是万万没有料想到的。她平静地告诉我们,她已立下了遗嘱,将自己有限的存款捐献给文学事业,设立两个奖,一半给短篇小说奖,一半给散文奖,散文评 6 篇,若得票相等,作者年龄大的让年龄小的,文章长的让短的。老人手上拿了一张纸,看着纸说,看来是有准备的。我们只是听着。

我们告别了老人,在楼下分头返回时,袁鹰、达成问我和周明:"你们平日去看老太太的次数较多,过去听老人说过立遗嘱的事吗?"我摇摇头,周明也摇摇头。达成交代大家,今天老太太谈的关于遗嘱的内容不要外传,更不要见报。达成说,老太太今天当着我们这么多人说这事,是考虑了场合,是对我们的信任,有些事是未来的事,我们没有权利代老人宣布。袁鹰说,如《文艺报》要发表今天活动的消息,一定要事先给达成看。

《文艺报》后来发了这样一则新闻:

"冰心老人对散文的期望:

讲真话,写真情,别搞假大空。

10月4日下午,明丽的秋日。《散文世界》主编袁鹰、唐达成,常务编委吴泰昌、周明、张锲、姜德明、韩少华和编辑部同志专程去看望冰心同志,向她汇报《散文世界》的工作,请老人对明年的编辑工作提一些意见和要求。老人不假思索地说了那语重心长的十一个字,每一个字都令人深思。

冰心老人还说:散文要提倡短,提倡精练。写那么长,人家怎么读呀?我就是要护短。我也最爱读短小的作品。

这位散文老前辈对中青年散文家尤其寄予厚望。她深情地说:'将来全靠你们了!'

这天恰好是冰心老人八十七寿辰。《散文世界》编辑部送给老人的礼物不是生日蛋糕,也不是其他点心,而是一株盆栽的桂花。老人说:'我最爱的花就是兰和桂。它们散发幽幽的清香,不刺鼻子。我小时候过生日,父亲总是送我桂花。'大家似乎得到一点启迪,悟到散文和散文家应有的品格。

老人谈兴极浓,她从散文谈到花,从童年往事谈到海外交游。她那风趣的谈吐引起大家阵阵笑声,而她那睿智清晰的头脑和惊人的记忆力,更令满座惊叹:八十七高龄,堪称人瑞,而老人童心未泯,仍然年轻。"

文字稿左侧配有陈钢拍摄的唐达成和袁鹰向冰心老人祝寿的图片。

四

冰心老人八十七岁生日时,向我们透露的她立下的"遗嘱",只是"遗嘱"中的部分内容,而且是最初她拟下的,冰心老人的遗嘱,因时间的推移和客观情况的变化,比如冰心文学馆就是在此后成立的,冰心后又多次修改,1990年10月14日她最终立下的遗嘱是:

"我如果已经昏迷,千万不要抢救,请医生打一针安定,让我安静地死去;遗体交北京医院解剖;不要遗体告别,不开追悼会;骨灰放在文藻的骨灰盒内,一同撒在通海的河内;存款,除了分给吴平、吴冰、吴青的,其余都捐给现代文学馆。墙上的字画和书柜、书架上的书,有上下款的,都捐给现代文学馆;我身后如有稿费寄来,都捐给现代文学馆;书籍里面,没有上下款的,可以捐给民进图书馆(工具书你们可以留下)。"

遗嘱立下后,随着时间的推移,冰心又作了修改,将存款其余都捐给"现代文学馆"改为"希望工程"。冰心希望将她最后的微薄之力献给贫困的孩子。

我最早知道老人立下遗嘱的事,曾问过吴青,她说:"我们子女都独立了,家里人会遵照娘的意思去办。"2009年3月,我和吴青、陈恕一次相聚时,吴青又重复说起这番话,她并且告诉我,娘去世后,她和哥哥、姐姐家里人按娘遗嘱的交代一件一件在落实。大多早办了,有的还在继续办。2009年2月28日上午,在北京中国现代文学馆举行了"冰心逝世十周年系列纪念活动"开幕式暨"永远的冰心——冰心逝世十周年纪念展"剪彩仪式,吴青代表哥哥吴平、姐姐吴冰和陈恕在会上作了《分享冰心的爱》的致辞。她在致辞中说："妈妈在世的时候，留下了遗嘱，凡是给妈妈有落款的遗物全捐给冰心文学馆。在妈妈逝世五周年的时候，我们三家人做出了决定，将妈妈所有的遗物，毫无保留地捐赠给坐落在福建长乐的冰心文学馆。他们先后用了 5 个 10 吨的集装箱，运走全部遗物。冰心文学馆将一部分遗物公开展出，一部分珍藏起来。遗物的展出，感动了海内外许许多多的人。这次展出的只是遗物中的很小一部分，就是晚年妈妈的读者和朋友逢年过节寄给她的贺卡。让我们共同分享妈妈从她的读者与朋友那里得到的爱吧！'有了爱便有了一切'。"

2010 年 7 月 25 日

送别陈忠实

陈忠实走了,走得过早,太快。

我是他的读者、编者、评者,也是他交好的文友。我比他大几岁,所以,他在赠我的诗作中称我为"老兄"。他创作多年,硕果多多,对他的中短篇小说、散文,特别是创作了十年的长篇小说《白鹿原》的准备和写作过程,以及1997年荣获中国长篇小说最高荣誉——第四届茅盾文学奖的情况并获取海内外的广泛赞誉,我都基本了解。

我长居北京,他长居陕西。我们每次见面,多是在会议期间或作家聚会,有时,也在各省市邀请作家的采风活动中。他酷爱喝酒,喝得时间长,边喝边聊。忠实喝酒属于慢热型,酒喝好后,会开怀畅谈,在这种场合,他不喜欢谈别人对他作品的评价,更多关心的是京城一些文友的近况。偶尔谈谈对人生艺术的看法。特别是涉及《白鹿原》的一片叫好,对于过誉的称赞之词,他总是摇摇头,摆摆手,说:"不值得多谈。"

记得那是1998年的夏天,四川凉山彝族自治州邀请全国部分作家到当地采风,住在西昌青山竹风间的邛海宾馆,每天大家早出晚归。那次,有邓友梅、吉狄马加、我、陈忠实、王充闾、池莉等。因抵达后两天,团长邓友梅有事,先期回京,我被推举为团长,联络邀请方并为大家服务。那年的盛夏,正赶上长江发大水,晚餐后,我回房间看了《新闻联播》,及时电话告知家在武汉的池莉长江汛情,再去忠实房间喝酒。忠实喜爱喝酒,但不大讲究酒的牌子,只要是白酒就好。他从陕西带来的一瓶西凤酒,很快就喝光了。他让我给他找点白酒和下酒小菜,一般喝到下半夜一两点。他很欣赏孙犁先生的话,对于作家之间的往来,应该稀疏些,不要走得过勤。大家都应该把重心放在写作上。

忠实的创作很认真,对作品仔细地斟酌、修改。对于祖国、家乡、亲情,忠实认为,亲情、乡情与爱国是必然联系的。为了写作,不辞辛苦,忠实走访了很多地方,采访了很多人物,各种类型的人和事。好的作家,不光要拥有大量、真实的生活素材,更要有深刻的思想,站到高点,合理、合规地将好的素材梳理出来,生发、升华。思想,对于作家,最为重要。

我们在西昌采风期间,西昌当地邀请方举办了采风作家签名售书活动,首推忠实的小说《白鹿原》,也有我的散文集《失约的家宴》等,前来买书签名的读者很多。忠实说:"看来读者的口味,喜爱小说,也喜爱散文、诗歌等,文学的各种样式都有市场啊。"

《白鹿原》之后,有新闻媒体的朋友问忠实,是否还会有比《白鹿原》更好的作品问世。忠实对我讲起:"老兄,不一定有了一部,必然会写出更好的下一部。以后,我还会考虑写长篇小说,也会写些短篇小说,但同时更多的写些散文、诗歌,已经出了一本散文集,还要出一本诗歌集,到时,我一定会送给你。"忠实在送给我的诗作中就写了这么句:"来来去去故乡路,反反复复笔墨缘。"

前年,忠实来京,观看北京人民艺术剧院上演的他的同名话剧《白鹿原》。我邀请他一聚,"老兄,现在,我不喝酒了。你也要少喝或不喝"。

忠实走了,在深切怀念忠实之际,我又重读了他1998年在西昌采风时手书赠给我的这首他的旧诗作《故园》:

云垂雨疏柳如烟,桃李含苞又经年。
轻车碾醒少年梦,乡风吹皱老容颜。

来来去去故乡路,反反复复笔墨缘。

踏过泥泞五十秋,何论春暖与春寒。

　　　　书拙作诗赠泰昌老兄,戊寅夏,陈忠实,于西昌。

"来来去去故乡路,反反复复笔墨缘。"忠实,如他的名字一样,忠实于他的理想,忠实于他的笔墨。

2016年5月5日